सपनों भरे दिन

सपनों भरे दिन

(किशोरों पर केंद्रित कथाएँ)

रामदरश मिश्र

संपादक

वेद मित्र शुक्ल

प्रभात प्रकाशन, दिल्ली

ISO 9001:2015 प्रकाशक

प्रकाशक • **प्रभात प्रकाशन**
4/19 आसफ अली रोड,
नई दिल्ली–110002

संस्करण • प्रथम, 2020
मूल्य • तीन सौ पचास रुपए
मुद्रक • आर–टेक ऑफसेट प्रिंटर्स, दिल्ली

SAPANON BHARE DIN

Stories by Shri Ramdarash Mishra ₹ 350.00
Published by Prabhat Prakashan, 4/19 Asaf Ali Road, New Delhi-2
e-mail: prabhatbooks@gmail.com ISBN 978-93-5322-957-3

ये कहानियाँ

मैंने योजनाबद्ध रूप में बच्चों के लिए कुछ विशेष नहीं लिखा, इसका मुझे खेद है। हाँ, किताबघर प्रकाशन से प्रकाशित मेरी पुस्तक 'कुछ यादें बचपन की' मुझे कुछ सांत्वना प्रदान करती है। बचपन से संबंधित ये कहानियाँ सहज भाव से लिखी गई हैं।

मैंने बच्चों के लिए कहानियाँ भले ही नहीं लिखीं या इक्का-दुक्का लिखीं, किंतु किशोरों के जीवन पर मैंने बहुत लिखा है। मेरी कहानियों, उपन्यासों और कविताओं में वे विविध रूपों में आए हैं। इन रचनाओं में उनका दर्द भी है, उल्लास भी है, अभाव भी है, संघर्ष भी है, शिक्षा भी है, अशिक्षा भी है और न जाने कितना कुछ है। मेरे आत्मीय डॉ. वेद मित्र शुक्ल काफी दिनों से चाह रहे थे कि किशोरों संबंधी इन कहानियों और उपन्यास-अंशों का एक संकलन आना चाहिए। यह संकलन उनकी इसी चाह और चाह के क्रियान्वयन का परिणाम है।

—रामदरश मिश्र

आर-38, वाणी विहार,
उत्तम नगर, नई दिल्ली-110059
मो. : 7303105299

भूमिका

वरिष्ठ साहित्यकार रामदरश मिश्र की किशोरों पर केंद्रित चुनी हुई कहानियों और उपन्यास अंशों का यह संकलन उनके समृद्ध साहित्य संसार का एक महत्त्वपूर्ण हिस्सा है। इसमें पंद्रह कहानियों के साथ चार उपन्यासों से चयनित अंश और हाल ही में लिखी गई उनकी डायरी का एक अंश शामिल है। इनका चयन और संपादन गुरुवर रामदरशजी के असीम स्नेह के कारण ही संपन्न हो पाया है।

ये कहानियाँ जीवन की और विशेष रूप से किशोरवय की सच्चाइयों से किशोरों को अवगत कराने की अद्भुत क्षमता से युक्त हैं। यथार्थ की जमीन से उगती हुईं आदर्शोन्मुखी कहानियाँ लेखक के स्वानुभूत परिवेश में रची-बसी हैं। इनके किशोर चरित्र अपने समय की सामाजिक जटिलताओं और अंतर्द्वंद्व से उलझते व जूझते हुए भी आशा और मानवीय मूल्यों से संपृक्त होते हैं। मिश्रजी का साहित्य सहजता का पर्याय है। इन कथाओं में भी कथ्य के स्तर पर दुरूह माने जानेवाले विषयों को किशोरसुलभ रुचि व जिज्ञासाओं को ध्यान में रखते हुए स्वाभाविकता के साथ प्रस्तुत किया गया है।

कहानियों की भाषा-शैली भी परिवेशगत सहजता से ओतप्रोत है। शहरी या कस्बाई वातावरण में शब्दों का सौंदर्य है तो वहीं ग्रामीण परिवेश में देशज शब्दों की मिठास है। कथ्य और भाषा दोनों ही दृष्टियों से यह संग्रह पठनीय व किशोरोपयोगी है।

निश्चित रूप से इस कहानी-संग्रह के केंद्र में लेखक द्वारा गढ़े गए किशोर चरित्र हैं। इनकी जीवंतता की व्यापकता हास्य, व्यंग्य, करुणा, वात्सल्य आदि रस-रंग से सराबोर है। इसके बावजूद कहानियों में अनेक ऐसे प्रसंग हैं, जो मात्र किशोरवय को ही नहीं, बल्कि मानव जीवन को समग्रता के साथ प्रस्तुत करते

हैं और किशोरों को स्वयं को समझने और सँवारने में नवीन दृष्टि देने में कारगर साबित होते हैं। जिए हुए जीवन से उत्पन्न लेखक की ये गहन अनुभूतियाँ इन कहानियों के माध्यम से सहजता से पाठक को संप्रेषित होती हैं।

—डॉ. वेद मित्र शुक्ल
अंग्रेजी विभाग, राजधानी कॉलेज
दिल्ली विश्वविद्यालय, राजा गार्डन
नई दिल्ली–110015

अनुक्रम

ये कहानियाँ — *5*

भूमिका — *7*

1. सीमा — 11
2. मिस फिट — 17
3. जमीन — 29
4. माँ : एक बिखरा हुआ दिन — 34
5. मुर्दा मैदान — 40
6. गीतू — 52
7. सोनू कब आएगा पापा? — 58
8. आज का दिन भी — 64
9. एहसान — 84
10. लड़की — 87
11. माँ — 91
12. पटाखे — 94
13. चोरी — 96
14. परोपकार की आदत — 99
15. कुछ यादें बचपन की — 102

16.	शिक्षक दिवस	106
17.	थकी हुई सुबह	110
18.	बचपन भास्कर का	126
19.	एक बचपन यह भी	134
20.	एक था कलाकार	140
21.	एक था नीरू	147
22.	यश का बचपन	165

सीमा

चील एकाएक टिहा उठी और उदास सूखे ताल-सी टँगी हुई क्वार की दोपहरी में छोटी-छोटी दरारें उभर आईं। मानो ताल की लिपियाँ हों।

सीमा ने चील का टहाका सुना और आकाश को पूर्ववत् ताकती रही। चील का टहाका तो थर्राकर चुप हो गया था, मगर उसकी प्रतिध्वनि सीमा के मन में जख्मी पंछी-सी गिरकर हाँफ रही थी।

क्वार की यह दुपहर···चिनचिनाती धूप···स्तब्ध और उदास···

सीमा सीढ़ियों के पास बैठी एकटक देख रही है, आगे के खाली आकाश को··· हवा बह जाती है कभी-कभी और सामनेवाला नीम का चेंड़ा पुलकित बछड़े-सा रोएँ फुला लेता है। सीमा थोड़ी हरी हो जाती है और अनंत आकाश को देखने लगती है।

सामने की सड़क से कभी कारें, कभी टनटन करती हुई साइकिल गुजरती है, पीछे एक शोर छोड़ती हुई···सीमा निगाहों से दूर तक उनका पीछा करती है, फिर अपने में लौट आती है···

एक हवाई जहाज आकाश को मथता चला जा रहा है, सीमा खुश हो जाती है, लगता है कि कहीं जहाज के जरिए इस अगम्य अमाप्य आकाश को तोड़ रही है। जहाज चला जाता है आवाजों की लकीरें छोड़ता हुआ और सीमा आवाजों की छतरी के सहारे सीढ़ियों के पास चू पड़ती है।

"चाचाजी नमस्ते," सीमा बड़े अदब से दोनों हाथ जोड़कर नमस्ते करती है और मुसकरा देती है।

"नमस्ते बेटा," कहकर पड़ोसी डॉ. शर्मा मुसकरा पड़ते हैं और पूछते हैं, "क्या है सीमा, अकेली हो?"

"हाँ चाचाजी, आज अम्माँ बाजार करने चली गई हैं," वह मन-ही-मन बुदबुदाती है—अकेली-अकेली···।

डॉ. शर्मा को लगता है कि सीमा कुछ कहना चाहती है, "कुछ काम है सीमा ?" सीमा के चेहरे पर अनेक छायाएँ क्षणभर में उठती और गिर जाती हैं, वह चुप रहती है।

"कोई बात हो तो कह बेटा!"

"कुछ खास नहीं चाचाजी, एक ही जगह बैठे-बैठे नसें दुखने लगी हैं। जरा रेलिंग के सहारे खड़ी होना चाहती हूँ···"

"यह ले," कहकर डॉ. शर्मा सीढ़ियों के पास से उठाकर उसे रेलिंग के सहारे खड़ी कर देते हैं। सीमा को लगता है कि वह कुछ ताजा हो गई है, फैला हुआ असीम आकाश कुछ छोटा हो गया है—नीम का चेड़ा उसके नजदीक सरक आया है। वह भागते हुए रिक्शों, कारों के साथ दौड़ सकती है। सड़क पर आने-जानेवालों को देखकर मुसकरा रही है, मानो वह भी उनके साथ चल सकती है।

चील फिर टिहा उठती है, आकाश बड़ा होने लगता है और चील का टहाका छिन्न-छिन्न होकर आकाश में डूबने लगता है। सीमा के पाँव थरथरा रहे हैं। उसे लगता है कि सड़क पर चलनेवालों से धीरे-धीरे कट रही है, वह चारों ओर देखती है, कोई दिखाई नहीं पड़ता। वह धम्म से गिर पड़ती है और सड़क चलती रहती है, वह सबसे कटकर अपने बिंदु पर आ सिमटती है।

गिरने से वह छितरा जाती है, भीतर-ही-भीतर चोट पी लेती है, धीरे-धीरे सरकती हुई फिर सीढ़ियों के पास आ जाती है और आकाश फिर फैलता-फैलता बड़ा, असीम हो जाता है, जिसमें इसकी आँखें खो जाती हैं।

"पता नहीं कब अम्माँ आएँगी," वह बुदबुदाती है और फिर अपने को कोसती हुई कहती है, "बेचारी इतने दिनों बाद तो निकली हैं, वह भी काम से। अभागी तेरे मारे तो वे कहीं निकल ही नहीं पाती हैं। बोझ···तू सबके सिर का बोझ बनी हुई है।"

फिर वह एक किताब उठा लेती है, खोलकर एक चित्र देखती है—राधा और कृष्ण। कृष्ण और राधा। कृष्ण राधा के जूड़े में फूल खोंस रहे हैं और राधा नाचने की मुद्रा में—राधा और कृष्ण, कृष्ण और राधा उसके हृदय को चीरते चले जाते हैं, वह झटके से किताब बंद कर देती है और हाँफने लगती है। वह अपने पाँवों की ओर देखती है। सूखी लकड़ी जैसे निर्जीव पाँव—लगता है, उसके दोनों पाँव उसकी गरदन में लिपटकर उसे तोड़ रहे हैं, उसके जूड़े में कुछ फूल खुँसे हैं उन्हें नोचकर फेंक रहे हैं, एक ओर राधिका के थिरकते पाँव, एक ओर उसके फूलों को नोचती निर्जीव टाँगें—कृष्ण उसके भी बालों में फूल खोंस रहे हैं, तब तक निर्जीव टाँगें

कृष्ण के हाथों पर जोर का प्रहार करती हैं और कृष्ण—आगे नहीं सोच पाती—

सीमा पंद्रह साल की लड़की है। हँसमुख तरल चेहरा, बड़ी-बड़ी भावुक आँखें, नाक कुछ लंबी-सी, सघन बरौनियाँ—और ये पाँव! वह चल नहीं सकती। अपने को कुछ दूर घसीट सकती है। उसकी अंग-विकृति की पूर्ति की है उसकी सरल संवेदना और तीव्र बुद्धि ने। बोलती है कोयल जैसी और बड़ों को नमस्ते करते समय उसकी कलात्मक बड़ी-बड़ी पतली उँगलियाँ अपने आप जुड़ जाती हैं।

उसकी टाँगें देखकर माँ कितना रो चुकी है···गंगा-जमुना की धारा···छाती में भींच लेती है और रोती रहती है। पंद्रह साल बीत गए, ऐसे ही रोते। पिताजी कहाँ-कहाँ नहीं घूमे उसे लेकर, मगर डॉक्टरों ने जवाब दे दिया। कोई डॉक्टर क्या उसका भाग्य बदलेगा, कोई कर्म-रेखा मिटाएगा! पिताजी छिप-छिपकर रोते हैं, उसे देखकर···

सीमा की एक छोटी बहन है, स्कूल में पढ़ती है, बेहद नटखट। सीमा घर में ही पढ़ती है—हाई स्कूल की परीक्षा देगी। और भी पढ़ती है गीता, रामायण, महाभारत की धर्म कथाएँ···और मंदिर से जब घंटे बजते हैं तो पढ़े हुए श्लोकों को गुनगुनाती है···हाई स्कूल की तैयारी कर रही है। क्यों पढ़ रही है? उसे पढ़ना चाहिए, इसलिए पढ़ती है। माँ सोचती है, आज के जमाने में हर लड़की को पढ़ना चाहिए, क्यों पढ़ना चाहिए? यहाँ आकर माँ का गला रुँध जाता है। कौन स्वीकारेगा सीमा को पढ़-लिख लेने के बाद भी···कौन स्वीकारेगा! इसके आगे सोचना छोड़कर रोने लगती है। पिताजी भी सोचते हैं, लड़कियों को पढ़ना चाहिए, क्यों? स्वावलंबी बनने के लिए। और तभी लगता है कि सीमा के सूखे पाँव शब्द बनकर गले में अटक जाते हैं और उनके सामने एक लड़की का विराट एकाकी जीवन रेंगता हुआ नजर आता है और उठकर मंदिर चले जाते हैं, या किसी दोस्त से मिलने। मगर सीमा इतना ही जानती है कि वह पढ़ रही है, पढ़ना उसे अच्छा लगता है। भविष्य की ऊँची-नीची पगडंडियाँ वह अभी साफ नहीं देख पाती। वह तो इतना ही देखती है कि उसके आगे एक आकाश है और आकाश को चीरती बड़ी-बड़ी सड़कें हैं—दूरगामी, सीमांत-स्पर्शी, जिन पर अनंत पाँवों के गुजरने के निशान हैं। उन सड़कों तक पहुँचनेवाली कुछ छोटी-छोटी पगडंडियाँ हैं सड़कों को छूने को व्याकुल, परंतु सभी चार कदम चलकर टूट गई हैं और सभी पर सीमा के घिसटने के निशान हैं। वह बैठी-बैठी देखती रहती है इन सड़कों को, इन तक पहुँचने को व्याकुल पगडंडियों को। वह पगडंडियों से गुजरती है और दो कदम चलने के बाद गिर पड़ती है नाले में और असहाय छटपटाने लगती है···

"अम्माँ!" एक चीख-सी उसके मुँह से निकल पड़ती है, फिर वह अपनी इस कमजोरी पर शरमा जाती है। "अम्माँ," हाय, बेचारी कितने दिनों के बाद निकली है शहर को। चील फिर एक टहाका लगाती है और सीमा फिर उस ओर देखने लगती है।

"सीमा, चलेगी घूमने?" पास की सड़क से गुजरता हुआ मोहल्ले का एक बारह वर्षीय लड़का पूछता है।

सीमा एक उसाँस खींचकर रह जाती है। यह कमीना रोज ऐसे ही पूछता है। एक बार अम्माँ ने डाँटा था, "कमीने कहीं के! जलाते हो मेरी बिटिया को, असहाय जानकर। तुम समझते क्या हो अपने को! मैं अपनी बेटी को हवाई जहाज से घुमाऊँगी।" लड़का रोता हुआ घर गया था और दोनों माताओं के बीच देर तक वाक्युद्ध होता रहा। सीमा ने रो-रोकर हाथ जोड़कर अपनी माँ से कहा था, "जाने दे माँ, मेरे लिए दुनिया में इतनी आफत क्यों आए! जब भगवान् ही नाराज है तो आदमी का क्या कहना!"

और वह औरत गरगराती हुई, माँ-बेटी के सैकड़ों जीवन उधेड़ती हुई चली गई थी और सीमा की माँ सुबक-सुबककर खूब रोई थी। माँ की पीड़ा उसे सालती। कितना दुष्ट है यह लड़का और उससे अधिक दुष्ट तो उसकी माँ है, जो माँ होकर भी माँ की पीड़ा नहीं समझती। बड़ा दुष्ट है यह लड़का, नहीं मानता है और रोज पूछता है, 'घूमने चलेगी?' और सीमा को लगता है कि इकतारे को झनझना दिया हो और झनझनाने के पहले ही वह तार खट्ट से टूट गया हो।

सामने के तार में एक चिड़िया फँस गई है, चीं-चीं कर तड़फड़ा रही है। सीमा एक अवस करुणा से उसे देख रही है... वह पाती है कि वह एक चिड़िया है, बिजली के तार में उलझी हुई। चिड़िया चें-चें कर ठंडी हो जाती है, मगर वह तो उसी तरह तार से जीवित लटकी हुई है। तमाम चिड़ियाँ आकाश में शोर मचा रही हैं, मृत पंछी को घेरकर। शायद उसके लिए कोई भीड़ न होगी। केवल चार आँखें... माँ... बाबूजी... पड़ोसी की अठारह वर्षीय लड़की मिस कुमुद घूमने जा रही हैं। आज नए वेश में हैं—फ्रॉक की जगह सलवार है, रेशम का दुपट्टा है, घोड़े की पूँछ की तरह बाल सजे हैं और जरा अधिक चेष्टा के साथ कमर लफाती हुई चल रही हैं। सीमा इन्हें रोज ही देखती है, बहुत से लोग आते-जाते हैं, इनके यहाँ। बाप तो गरीब है, मगर मिस कुमुद के सपने गरीब नहीं हैं। रोज किसी-न-किसी का कुछ हड़पती हैं। पड़ोस में जब से मिस अंजना आई है, तब से कुमुद ने अधिक तेजी से कमर नचाकर चलना सीख लिया है, यह सलवार-दुपट्टा भी उसी का है। कहीं जा रही होंगी, किसी का कुछ हड़पने के लिए। सीमा को इस नकल पर हँसी आ रही

है, वह कुमुद के मटकते कूल्हे को देख रही है।

मिस कुमुद अंग-अंग की जाँच-पड़ताल करती जा रही हैं कि उनकी नजर सीमा की हँसती नजर से मिल जाती है। उन्हें लगता है कि सीमा उन्हीं को देखकर हँस रही है।

"क्यों हँसती है रे लँगड़ी? जलन होती हो तो तू भी कर ले।"

सीमा चौंककर सहम जाती है, चेहरे की हँसी उड़ जाती है, "मैं···मैं कहाँ हँसती हूँ आपको भ्रम हो रहा है।"

"हाँ-हाँ, मैं सब समझती हूँ। कम्बख्त सीढ़ी के पास बैठी सबका चलना-पहनना निहारा करती है। अपनी जिंदगी तो अकारथ हो ही गई, चाहती है सभी लोग लँगड़े होकर बैठ जाएँ। माँ का फैशन नहीं देखती, जो बुड्ढी होने पर भी बहेल्ला बनी घूमती है," मिस कुमुद गरगराती हुई, कमर जोर-जोर से नचाती हुई आगे बढ़ जाती हैं।

"हे राम, कैसे लोगों से पाला पड़ा है!" सीमा की आँखों में व्यथा उमड़ आती है। उसका सब क़ुछ तो छिन ही गया है, क्या लोग मुसकराना भी बर्दाश्त नहीं कर सकते! मिस कुमुद क्या-क्या नहीं करतीं, लेकिन कोई बोले तो मुँह नोच लेंगी। वह तो रास्ते का पत्थर बन गई है, जो भी आया, एक लात मारता गया। उसे कहाँ किसी से स्पर्धा है! कहाँ किसी का अधिकार छीनती है!

उसके सामने से कितने वर्ष गुजर गए। वह जैसे रेलवे लाइन के किनारे बैठी है, समय की गाड़ी उसके पास से भागी जा रही है, धुआँ और कोयले की गंध छोड़ती हुई। वह चाहती है, बच्चे उसके साथ खेलें या उसके सामने खेलें, मगर बच्चे वहाँ से भाग जाते हैं। किसी छोटे बच्चे को देखती है तो चाहती है, उसे गोद में भर ले। मगर हर बच्चा उसकी गोद में से तड़पकर भाग निकलता है और वह उदास आँखों से देखती रह जाती है। बच्चे झगड़ा कर भाग जाते, लँगड़ी-लँगड़ी चिढ़ाते हुए। उसकी बहन भी इसी तरह सताती है उसे। उसकी माँ उसे मारती है तो सीमा चीख उठती है, "मत मार माँ उसे इस अभागिन के लिए, मत मार।" और माँ दूनी व्यथा से सिसकने लगती है। जब किसी त्योहार पर सीमा जूड़े में फूल लगाती है तो उसका चेहरा फूल-सा खिल जाता है। माँ देखती है और एक अथक व्यथा से आँखें फेर लेती है।

पंद्रह साल बीत गए—अनेक भद्दी आकृतियों, कुरूप छायाएँ···एक छाया मिस कुमुद की भी सही।

चील टिहाकर आकाश में चक्कर काट रही है, धूप ताल-सी फैली है। सीमा को लगता है कि वह बड़ी सी मरी मछली है, उतराकर किनारे पड़ी हुई, कोई नहीं

पूछता···लोग आते हैं, जाते हैं···आँखों के पार वह जो पेड़ों की धूमिल कतार दिख रही है, सुनती हूँ, उसके पार एक बड़ी सी झील है, जहाँ देश–विदेश के तमाम पक्षी क्वार में चले आते हैं, हजारों पंखों की परछाइयाँ एक साथ जल में झरती हैं···और उसके पार कोई समुद्र···कोई पहाड़ और हरे–नीले देश··· ।

"घूमने चलेगी सीमा," फिर वही लड़का लौटता हुआ पूछ रहा है। 'कमीना' मन–ही–मन सीमा बुदबुदाती है। उसे लगता है, धूप एक मकड़ी का जाला है और दुपहर एक बड़ी सी मक्खी···फँसी हुई उसमें। हाय, यह दुपहर तो सरकने का नाम नहीं लेती।

सारे पेड़ स्तब्ध हैं, चिड़ियाँ ठहरी हुईं। रह–रहकर वही चील टिहा उठती है, दूर कोई गाड़ी जा रही है और मकड़ी का जाला हिल रहा है।

सड़क उसकी आँखों में उभर आई या धीरे–धीरे मिट रही है। आकाश सिमट रहा है, आवाजें बुझ रही हैं, धमनियों का स्पंदन गिर रहा है···

और जब वह सीढ़ी के पास से सोकर उठती है तो पाती है कि उसकी माँ उसके सिर पर प्यार से हाथ फेर रही है और पूछ रही है, "क्यों बेटी, कुमुद ने तुझे क्यों गालियाँ दीं?"

"नहीं माँ, मुझे किसी ने कुछ नहीं कहा।"

"सच बोल सीमू, मैं पड़ोसन से सब सुन चुकी हूँ। आज उस चुड़ैल का मुँह नोचकर रहूँगी। मेरे घर को अनाथ का घर समझ रखा है?"

"नहीं माँ, मेरे लिए किसी से कुछ मत कहना।"

"नहीं क्यों, उस साँडिनी को मेरी बेटी को पीड़ित करने का क्या हक! बेवा का घर है क्या?"

"नहीं माँ, मुझे कोई पीड़ा नहीं होती अब। तुझे मेरी कसम है माँ, मेरे लिए इन बुरे लोगों से लड़ा मत कर!"

माँ जाते–जाते रुक जाती है और सीमा को छाती में भींच लेती है। "तू मुझे बहुत सताती है पगली!"

"हाँ माँ, बहुत।"

माँ और बेटी की आँखों में एक ही साथ एक छाया उभरती है और बरस पड़ती है।

चील अभी भी टिहा रही है।

□

मिस फिट

"मैं कल स्कूल नहीं जाऊँगा।"

"क्यों बेटे?"

"टीचर साली मारती है।"

"बेटे, टीचर को साली नहीं कहते—वह गुरु होती है।"

"मैं कहूँगा, कहूँगा, साली कुतिया मुझे मारती क्यों है?"

"तुम काम करके नहीं ले जाते तो मारेंगी नहीं?"

"हाँ, मैं काम करके नहीं ले जाता। अरे, साली कुतिया मारती है कि तुम्हारी टाई ठीक नहीं है, कॉलर ठीक नहीं है।"

"तो तुम ठीक करके जाया करो कॉलर और टाई।"

"मैं नहीं ठीक करता कॉलर-फॉलर, टाई-फाई, जो करना हो कर ले, साली कुतिया। और मैं पढ़ने नहीं जाऊँगा उसके यहाँ।"

मैंने उसे बहुत समझाया, लेकिन नहीं माना। रिक्शा आया तो मैंने जबरदस्ती उसे रिक्शे में डाल दिया। चलते रिक्शे में से वह कूद पड़ा, रिक्शेवाले ने उसे पकड़ा तो उससे घूँसाबाजी करने लगा और बस्ता उठाए दरवाजे पर हाजिर हो गया। उसके आते ही मैंने तीन-चार तमाचे उसके गाल पर जड़ दिए। वह रोया कम, गुस्सा अधिक हुआ।

मैंने कहा, "चले जाओ पढ़ने के लिए, नहीं जाओगे तो न दूध मिलेगा, न खाना, न पैसे।"

"जाओ, मत देना। उस कुतिया साली को तो कुछ नहीं कहते, जो बिना बात के मारती रहती है। जब मैं बड़ा होऊँगा तो मुझे मारकर कोई देख लेना।"

मैं अपना गुस्सा पीकर अलग हट गया। कितना गनबढ़ हो गया है लड़का! प्यार से बुलाओ तो सुनता ही नहीं, डाँटो-मारो तो भभक उठता है, तेज इतना कि

जिसे मन लगाकर एक बार पढ़ ले वह अमिट और लापरवाह इतना कि अपने आसपास से बेखबर, भावुक हो उठा तो दुनिया-भर की तरलता आँखों में तैर उठे और क्रोध इतना कि पागल हो उठे। दिनभर घूमघाम, दौड़-धूप, मारपीट चलती रहती है। इस कमरे से उस कमरे में, फर्श से दीवार पर, दीवार से फर्श पर इनकी यात्रा कूदती रहती है। अच्छे-से-अच्छा कपड़ा पहनकर निकलता है और तारकोल में लपेटे चला आता है और टीचर हैं कि टाई और कॉलर के बिगड़ने पर मारती हैं, मैं क्या करूँ?

मैं अंदर गया तो देखा कि अमित साहब बड़े प्याले में दूध लिये बैठे हैं।

"अच्छा तो दूध पीने लगे। किसने दिया दूध तुम्हें?"

"पिऊँगा-पिऊँगा, सौ बार पिऊँगा।"

कुछ हँसी, कुछ व्यथा चेहरे पर कसे मैं वहाँ से अपने कमरे में लौट आया। थोड़ी देर बाद अमित साहब हाथ फैलाए फिर हाजिर, "पैसा दीजिए।"

"कैसा पैसा?"

"जो पैसा आपने अभी छीन लिया था।"

मैं जानता हूँ कि वह बिना पैसा लिये छोड़ेगा नहीं, इसलिए बिना बात बढ़ाए उसे पैसा दे दिया और कहा कि स्कूल नहीं गए तो बैठकर पढ़ो।

मैं नहाकर निकला तो देखा, अमितजी गायब हैं और उनकी माताजी उन्हें पुकार रही हैं।

"खूब बेटा जनमाया है तुमने!" टॉवल लपेटे व्यंग्य से मैं हँसा।

"वह तो आप पर गया है।" कहकर पत्नी भी मुसकरा पड़ीं।

और मैं सचमुच में सोचने लगा कि हाँ, वह मुझ पर ही तो गया है। लोग कहते हैं कि मैं भी बचपन में ठीक ऐसा ही था और तब अमित के बारे में नाउम्मीदी से साचते-सोचते एक रोशनी चमक उठती है कि यदि मैं कुछ बन सका तो अमित भी कुछ बन ही सकता है।

मोटर साइकिल लेकर ऑफिस जाने लगा तो दखा कि अमित साहब चौराहे पर खड़े होकर तीन-चार लड़कों से पत्थरबाजी कर रहे हैं। इन कई-कई अजनबी लड़कों के बीच निर्भीक भाव से शस्त्र-संचालन करते हुए उन पर हावी हो रहे हैं। मैंने डाँटा कि हर जगह झगड़ा ही करते रहते हो।

"तो ये साले कुत्ते मुझसे क्यों लड़ते हैं? मैं किसी को नहीं छोड़ूँगा।" कहकर उन्होंने एक बड़ी सी ईंट उठा ली और एक लड़के की ओर दौड़े। मैंने जबरदस्ती

पकड़कर मोटर साइकिल पर बैठा लिया और घर छोड़ आया।

बड़ा अजीब लड़का है। बात-बात में झगड़ा, बात-बात में गाली, किसी की कुछ सुनता ही नहीं, कैसे क्या होगा ?

दूसरे दिन भी स्कूल से उसका वही विद्रोह कायम रहा। मैं बाहर-बाहर उसे स्कूल जाने और टाई-कॉलर ठीक करने की शिक्षा देते हुए भी भीतर-भीतर सोचता रहा कि टाई-कॉलर ठीक रखना क्या छह-सात साल के बच्चे की शक्ति की नींव है, जिस पर आज स्कूल में इतना बल दिया जाता है और मैं अमित को लेकर स्वयं स्कूल चल पड़ा।

यह एक प्राइवेट नर्सरी स्कूल था—'आइडियल एजूकेशन स्कूल' जो तीन-चार वर्षों पूर्व शुरू हुआ और देखते-देखते इसने एक अच्छी-खासी बिल्डिंग खड़ी कर ली थी। प्रिंसिपल नेता हो गया था। सरकारी पार्टी के नेताओं को बुला-बुलाकर कल्चरल प्रोग्राम का उद्घाटन कराने लगा। स्कूल 15 अगस्त, 26 जनवरी से लेकर जन्माष्टमी और रामलीला तक का मैदान मारने लगा। देखते-देखते शिक्षा के नाम पर पास की एक जमीन हड़प ली और धीरे-धीरे अन्य जमे-जमाए स्कूलों की तरह अब यह भी पढ़ाई की गहराई से निकलकर फैशन की रंगीन सतह पर शोर करता हुआ बहने लगा।

स्कूल के मालिक ही प्रिंसिपल हैं। उनकी अनुपस्थिति में मालकिन प्रिंसिपल का पद सुशोभित करती है। मैं पहुँचा तो मालकिन प्रिंसिपल थीं। अमित को बाहर ही छोड़ दिया ताकि आवश्यकता हो तो बुलाया जा सके। प्रिंसिपल से शिकायत की कि अमित की टीचर उसे मारती है, इसलिए वह स्कूल नहीं आ रहा था।

"मैं समझा दूँगी" प्रिंसिपल ने बड़ी नम्रता से कहा और चपरासी को बुलाकर कहा, "जरा बुलाना तो मिस अहलूवालिया को।" कुछ देर बाद एक बड़े से जूड़े का मंदिर उठाए, चेहरे पर रूज और ओठों पर लिपस्टिक की गहरी परत लपेटे, स्लीवलेस में से अपनी मांसल भुजाएँ चमकाती, सुर्ख साड़ी और मैचिंग ब्लाऊज में अपनी भरी-पूरी काया को दहकाती एक अदद औरत प्रिंसिपल ऑफिस में दाखिल होती दिखी तो मैं समझ गया कि ये होंगी मिस अहलूवालिया।

"देखिए मिस अहलूवालिया, अमित स्कूल नहीं आ रहा था, उसे आप मारती हैं।" प्रिंसिपल ने बड़ी संजीदगी से अपनी नपी-तुली शिकायत मिस की ओर सरका दी।

"मैडम", बड़ी नजाकत भरी आवाज बनाती हुई मिस बोलीं, "वह लड़का

बड़ा असभ्य है, कपड़े कभी ठीक नहीं रखता। कभी उसकी टाई बिगड़ी होती है, कभी कॉलर नीचे दबा हुआ होता है, कभी बाल बिखरे हैं, कभी बूट की जगह चप्पल पहनकर आ जाता है। उसके माँ-बाप को ध्यान देना चाहिए।" अंतिम वाक्य कहते-कहते उनकी आँखें तिरस्कार, क्रोध, प्रतिशोध के भाव से मुझे रौंदती प्रिंसिपल की ओर मुड़ गईं।

मैंने प्रिंसिपल से निवेदन किया "मैडम, अमित थोड़ा विचित्र जरूर है, लेकिन असभ्य नहीं है। वह सामान्य लड़कों से थोड़ा भिन्न है, उसके साथ व्यवहार करते हुए थोड़ी सावधानी बरतनी चाहिए।"

"क्यों, उसे क्या सुरखाब के पर लगे हुए हैं कि उससे अलग किस्म का व्यवहार किया जाए।" मिस अहलूवालिया कूद पड़ीं।

मुझे इस लाल भैंस को देखकर गुस्सा चढ़ने लगा था। भाषा इतनी गलत बोलती है, लेकिन बोलती यों है जैसे शब्द-शब्द अपनी नजाकत से कुतर देगी। मैंने थोड़े से तेवर में कहा, "हाँ, सुरखाब के पर लगे हुए हैं। यह सामान्य बच्चों की तरह भेड़-बकरा नहीं है कि माता-पिता या टीचर के आदेश पर भूके, खँखारे और उठे-बैठे। इसमें शुरू से ही अपनी रुचि-अरुचि है और हमारी शिक्षा का काम भेड़ हाँकना नहीं है मैडम, भेड़ तो हर कोई हाँक सकता है, उसका काम शुरू से ही बालक की रुचि-अरुचि के आलोक में उसके व्यक्तित्व का विकास करना है।"

मैंने देखा कि मिस ने घृणा से अपना मुँह बिचका लिया, जैसे कह रही हों कि यह कहाँ का गँवार आ गया है। फिर वे कुछ कहने ही वाली थीं कि मैंने प्रिंसिपल से कहा, "मैडम, मैं शिक्षा की कुछ बुनियादी बातों पर बातें करना चाहता हूँ, इसलिए आपसे ही करना चाहता हूँ। मुझे लगता है, हमारी शिक्षा बच्चों के बाहरी वेश-विन्यास पर अधिक ध्यान देती है, उनके मानसिक विकास पर कम। अब बताइए, मैं क्या करूँ अमित का? उसे घर से ठीक-ठाक करके भेजा जाता है। वह रास्ते में या खेल में बिगाड़ लेता है तो क्या हो गया? इसमें शिक्षा की कौन-सी बुनियादी नींव हिल गई, यह मैं नहीं समझ पाता।"

प्रिंसिपल बेचारी चुप रहीं। उन्हें इस प्रकार के प्रश्न का भी सामना करना पड़ेगा, उन्होंने कभी सोचा भी न होगा। वे तो इतना ही जानती रही होंगी कि आज के अनेक माँ-बाप और स्कूल बच्चों के फिट-फाट ड्रेस और एडीकेट पर बहुत जोर देते हैं, स्कूल खोलकर इन्हें भी इसी परंपरा का निर्वाह करना है। प्रिंसिपल कुछ सोच रही थीं कि मिस अहलूवालिया टपक पड़ीं, "डरेस में बिगाड़ आने से अनुशासन

बिगड़ता है जी, अनुशासन सिखाना शिक्षा का पहला क्रतव्य है जी, आपके बच्चे को अनुशासन नहीं आता।"

मुझे मिस एकदम असह्य लगीं। मेरे भीतर से कब की उफनती एक तीखी आवाज फूट पड़ी, "मिस, पहले आप तो अनुशासन का क्रतव्य सीखिए।" उन्हें चिढ़ाते हुए मैंने भी कर्तव्य को क्रतव्य ही कहा।

उनका चेहरा तमतमा गया, शायद इसलिए नहीं कि मैंने उनकी बुद्धि का अपमान किया है, शायद इसलिए कि एक पुरुष ने एक आकर्षणमयी औरत के विशेषाधिकार युक्त औरतपन का अपमान किया है। लेकिन शायद वे यह नहीं समझ सकीं कि मैंने उन्हें क्यों अनुशासनहीन कहा है। इसलिए फट पड़ीं, "क्यों, आप इस तरह क्यों कह रहे हैं?"

"इसलिए कि मैं बात प्रिंसिपल से कर रहा था, आपसे नहीं।"

वे कुछ कहने जा रही थीं कि प्रिंसिपल ने उन्हें रोक दिया। वे चुप हो गईं, लेकिन उनकी चुप्पी उनके लाल मुखमंडल को एकबारगी विकृत कर गई। वे उठते हुए बोलीं, "मैंने क्या करना है, मैडम, आई शुड नॉट कम बिट्वीन यू एंड हिम, प्लीज एलाउ मी टू गो।"

"हाँ, हाँ आप जाइए।"

"मिस अहलूवालिया क्या पढ़ाती हैं मैडम?"

"पढ़ाती तो सब कुछ हैं, लेकिन इनका अपना विषय अंग्रेजी है।"

"अच्छा तो मिस बैट्वीन अँगरेजी पढ़ाती हैं" मैं मन-ही-मन भुनभुनाया।

मैं मिस अहलूवालिया के जाने की अदा देख रहा था—बिल्कुल अँगरेजों की सी अदा। एक तो स्त्री, दूसरे कुमारी, तीसरे इंगलिश कुमारी, चौथे गुस्से में। उन्होंने अपने जाने की भंगिमा से मेरे ऊपर ढेर-सी लानत उड़ेल दी।

"देखिए मिस्टर राय, क्लास की कुछ डिसप्लिन होती है, हर लड़के को उससे गुजरना ही चाहिए। लेकिन आपका लड़का कुछ दूसरे प्रकार का है, उससे बहुत कुछ फॉर्मेलिटीज की आशा नहीं की जा सकती। मैं मिस को समझा दूँगी। हाँ थोड़ा आप भी ध्यान रखें।"

"ठीक है, ठीक है" कहता हुआ मैं उठ गया। बेचारी प्रिंसिपल ने एक रटा-रटाया वाक्य उगल दिया था और न जाने कितने पैरेंट्स के सामने कितनी बार यही वाक्य उगल चुकी होंगी। ठीक है, इससे अधिक और क्या कर सकती हैं।

शाम को ऑफिस से लौटा तो देखा, अमित कमर में तलवार की तरह एक

डंडा लटकाए हुए है और एक डंडा हाथ में बंदूक की तरह पकड़े अटेंशन की मुद्रा में खड़ा है। फिर 'धाँय-धाँय 'मुँह से बोलने लगा। मैं उसे चुपचाप देखता रहा। वह फिर लेट गया और जमीन से डंडे को सटाकर फायर करने लगा? 'धाँय- धाँय…'।

"किसे मार रहे हो भाई?"

वह थोड़ा-सा चौंक पड़ा। फिर लेटा-लेटा उसी मुद्रा में बोला, "दुश्मन को मार रहा हूँ।"

"कहाँ है दुश्मन? यहाँ तो कोई नहीं है।"

"कैसे कोई नहीं है? क्या दुश्मन सामने आकर लड़ता है? वह देखिए, उस झाड़ी में छिपा है और देखिए, मैं भी पत्तों की झाड़ी में छिपा हुआ हूँ।"

और मैंने उसके सिर पर बँधी पत्तों की एक छोटी-सी झाड़ी का मतलब अब समझा।

"ठीक है, ठीक है भाई, मुझे यह सब क्या मालूम?"

"आपको यह सब क्या समझ आएगा। आप कोई देश के सिपाही हैं? आप तो अफसरी करते हैं।"

"हाँ-हाँ, भाई" मैंने हँसकर टाल दिया, लेकिन अचानक लगा कि इसने कितनी तीखी सच्चाई मेरे भीतर उड़ेल दी है। और मुझे एक घटना याद आ गई। पाकिस्तानी अतिक्रमण के समय आधी रात को सायरन चीख उठा। हम लोग हड़बड़ाकर उठे। मकान में रहनेवाले सारे परिवारों के लोग एक गैलरी में एकत्र हो गए। बच्चे भय के मारे हलके-हलके चीखने-से लगे, लेकिन, अमित अपनी डंडानुमा बंदूक खोजने लगा, "कहाँ है मेरी बंदूक, अभी साले दुश्मनों को दागता हूँ।" और अपने मुँह से 'धाँय-धाँय' की आवाज करने लगा। उस बदहवास माहौल में भी लोगों के चेहरों पर एक हँसी दौड़ गई और उस समय मैं अनुभव करने लगा कि हममें से कोई व्यापारी है, कोई वकील है, कोई अफसर है, कोई नेता है, लेकिन सिपाही कोई नहीं है। जैसे बच्चे ने अपनी-अपनी तिजोरी लिये हम सबको रास्ते में पकड़ लिया हो।

"अयँ, यह लाल-लाल छाप कैसी है, अमित?"

"कहाँ, ये तो कुछ भी नहीं है।" कहकर वह उसी तरह लेटा रहा।

"अरे, यह तो खून है, तुम्हारे पैर से खून की छाप कैसे पड़ी। तुम्हारा पाँव देखें तो।" "नहीं-नहीं, कुछ भी नहीं है, मेरे पाँव को क्या हो गया है?"

मैं उसके पास गया, देखा, उसके पाँव में बड़ा सा घाव लगा है और खून

सूखकर चकट गया है, "यह इतना बड़ा घाव कैसे लगाया रे?"

"अरे कुछ नहीं, खेल-खेल में लग गया।"

"डेटॉल नहीं लगाया?"

"इतने छोटे से घाव के लिए डेटॉल क्या लगाऊँ?"

मैं उसे जबरदस्ती उठाकर ले गया। धोया, डेटॉल लगाया और वह कहे जा रहा था, "पापा, आप भी थोड़े-थोड़े से घाव से घबरा उठते हैं।"

दो दिन बाद स्कूल जाने के समय बोला—"नई किताबें चाहिए।"

"किताबें! किताबें तो तुम्हारी पहले ही आ चुकी हैं।"

"अँगरेजी की।"

"अँगरेजी की भी तो आ चुकी हैं।"

"तो फिर उस आंटी से कहिए न, रोज-रोज तंग कर रही है।"

"तुम्हें कोई चिट-उट दी थी?"

"अरे हाँ, दी तो थी, दो-तीन दिन पहले।" कहकर वह अपना बस्ता उलटने-पलटने लगा, "यह रही।"

"तुम्हें इतना याद नहीं रहता कि टीचर कोई चिट भेजें तो मुझे दिखाओ।"

चिट देखी, लिखा था—अब बच्चों की पढ़ाई का मीडियम इंगलिश हो गया है। कृपया इंगलिश पुस्तकों के लिए बीस रुपए भेज दें, पुस्तकें स्कूल में हैं।

"व्हाट नॉनसेंस" कहकर मैंने चिट फाड़ दी, "स्कूल है कि साग-भाजी की दुकान। आज भिंडी तो कल परवल।"

रिक्शेवाला भोंपू बजा-बजाकर चिल्ला रहा था, "चलो अमित बाबू।"

"आँय, मेरी चप्पल कहाँ गई?"

"बाबूजी, इसे समय से तैयार करा दिया कीजिए! रिक्शेवाला जड़ गया और प्राय: जड़ जाता है।"

"अरे भाई, इसे सवेरे से ही तैयार किया जाता है। ब्रश करने के लिए चीखो, नहाने के लिए चीखो, लेकिन ये हजरत घंटा भर तो इधर-उधर भागते हैं, पीछे-पीछे माँ दौड़ती है, बहन दौड़ती है, कपड़े-वपड़े पहनकर मोहल्ले में गायब हो जाते हैं, फिर खोज होती है, खाना-वाना खाकर फिर गायब। और रिक्शा आने के समय जूता गायब रहता है। पाँव में चोट लगा लाते हैं तो चप्पल पहनकर जाते हैं और स्कूल जाने के समय चप्पल खोजते फिरते हैं।"

"चप्पल नहीं मिली?" मैंने पूछा।

"आँय अभी तो यहीं थी।" कहकर वह घर-बाहर एक करने लगा।

रिक्शेवाला शोर कर रहा था। मुझे गुस्सा आया, दो-तीन तमाचे जड़ दिए, 'कमबख्त, बिना चप्पल के ही जा।"

उसने अपना बस्ता फेंक दिया, "मैं स्कूल नहीं जाऊँगा" कहकर सड़क पर भाग खड़ा हुआ। गुस्सा पीकर रह गया। सड़क पर भाग तो सकता नहीं था। रिक्शेवाला चला गया।

मैं कुछ उत्तेजित तो हो ही गया था, सीधे स्कूल पहुँचा। उस समय पुरुष प्रिंसिपल थे। जाते ही उनसे सवाल किया, "श्रीमानजी, यह क्या तमाशा है कि आपने एकाएक इंगलिश मीडियम कर दिया।"

प्रिंसिपल गंभीर-के-गंभीर रहे, संजीदगी से बोले, "बात यह है मिस्टर राय कि काफी पैरेंट्स, विशेषतया व्यापारी पैरेंट्स यह चाहते रहे कि इंगलिश मीडियम हो, मुझे मजबूरन करना पड़ा। आप तो जानते हैं कि मैं हिंदी का पक्षपाती हूँ।"

"पैरेंट्स तो हम लोग भी हैं। हमने तो अपना बच्चा आपके यहाँ इसलिए दाखिल किया था कि वह इंगलिश तो पढ़ता रहे, लेकिन माध्यम हिंदी हो। अब सारी पुस्तकें जो खराब हुईं सो तो हुईं ही, बच्चे के कंधे पर अनावश्यक बोझ आ गिरा।'

"नहीं, बोझ नहीं है," माथा खुजलाते हुए प्रिंसिपल बोले, "बच्चे आसानी से समझ रहे हैं।"

"हाँ-हाँ, जरूर समझते होंगे, क्योंकि उन सबके घरों में अँगरेजी बोली जाती है न।" प्रिंसिपल व्यंग्य समझकर भी चुप रहे।

"प्रिंसिपल साहब, उन पैरेंट्स की एक मीटिंग बुला लीजिए, जो शिक्षा के बारे में कुछ जानते हों, सोचते-विचारते हों। जिन पैरेंट्स के कहने पर आपने इंगलिश माध्यम किया है, वे न हिंदी जानते हैं, न अँगरेजी। वे तो छोटे-छोटे व्यापारी हैं, जो नून, तेल, सुरती बेचकर पैसे इकट्ठे करना जानते हैं। वास्तव में वे अपनी हीनता की क्षतिपूर्ति के लिए ही बच्चों को अँगरेजी पढ़वाना चाहते हैं। उन्हें नहीं पता कि उनकी आरिया है, जारिया है, "सुन-सुनकर बच्चे अँगरेजी मीडियम नहीं ढो सकते।"

"हाँ, हाँ साहब, यही बात है। वे समझाने से समझते भी नहीं हैं।"

"तो ?" मैंने अंतिम निर्णय के-से स्वर में पूछा।

"तो यही हो सकता है साहब कि बच्चों को दोनों माध्यमों से पढ़ाया जाए और पढ़ाया जा भी रहा है।"

"ठीक है, जनाब, आप जैसा चाहें।" कहकर मैं चला आया और सोचने लगा

कि शिक्षा भी क्या व्यापार हो गई है। ये महोदय उस राजनीतिक दल से संबद्ध हैं, जो हिंदी और भारतीय संस्कृति का नाम रटते नहीं अघाता, लेकिन व्यापारियों को खुश करने के लिए बिना सोचे-समझे अँगरेजी मीडियम कर दिया। अच्छा हो, यह स्कूल छुड़ा दूँ। लेकिन उसके बाद? सारे स्कूल तो एक-से हैं, कोई थोड़ा आगे, कोई थोड़ा पीछे। जो बड़े-बड़े पब्लिक स्कूल हैं, वहाँ तो प्रिंसिपल खुलेआम इंगलिश के रस में भीगा हुआ जूता लगाते हैं और जूता खाने के लिए बड़े-बड़े नेताओं, अफसरों और व्यापारियों की भीड़ लगी रहती है। मुझे घृणा है इन स्कूलों से, जो खुलेआम भारतीयता को नीलाम करते रहते हैं। सोचते-सोचते मुझे सचमुच ऐसा लगा कि मैं उन्हें मुट्ठी में पकड़कर मसल रहा हूँ।···और खुद अपनी भावुकता पर हँस पड़ा।

"पप्पा जी, स्कूल की नई बिल्डिंग के लिए हम लोग एक नाटक खेल रहे हैं," बड़ी लड़की सवेरे-सवेरे हाजिर होकर बोली।

"बहुत अच्छा कर रहे हो तुम लोग।"

"अच्छा है न पापा जी! मुझे उसमें एक नेता का अभिनय करना है।"

"अच्छा! तो तुम्हें किसी शरीफ आदमी का पार्ट नहीं मिला।"

"आप मेरी बात तो सुनिए, लगे मजाक करने।"

"हाँ-हाँ कहो।"

"उस दिन के लिए मुझे खादी का एक सफेद चूड़ीदार पायजामा, एक कुरता, एक सदरी और एक टोपी सिलवा दीजिए। टीचरजी ने कहा है।"

"क्या?" मैं चीखा।

वह सहमकर पीछे हट गई।

"व्हाट नॉनसेंस, बिल्डिंग बने तुम्हारे स्कूल की और सीमेंट-चूना बनूँ मैं?"

कुछ देर बाद वह डरती-डरती बोली, "बनवा दो न पप्पाजी!"

"तो उस ड्रेस का क्या होगा? पहनोगी रोज-रोज?"

'दुत, वह रोज-रोज पहनने की कोई चीज है?'

"तो चालीस-पचास रुपए मैं तुम्हारे घड़ीभर नेता बनने के लिए फूँकूँ, यही न। नेता यों तो खा ही रहा है, नाटक में भी खाएगा। जाओ, नाटक में भाग मत लो।"

"टीचरजी ने कहा है कि तुम्हें नाटक में रहना ही है।" वह भुनभुनाती रही कुछ देर तक। फिर रुआँसी होकर हट गई।

"पप्पाजी, पप्पाजी, हमारे क्लास रूम में फैन लगना है और ताला भी। टीचर ने दो रुपए माँगे हैं।" स्कूल जाने के लिए तैयार अमित से बड़ा लड़का मेरे सामने हाजिर था।

"अच्छा, अब तुम आए हो! तुम्हारे स्कूल के ताला-कुंजी के लिए पैसा भी हमीं लोग दें। जाओ, टीचर से कह देना कि पैसे नहीं दे रहे हैं पप्पाजी।"

"टीचरजी मारेंगे, कहा है कि पैसे लेकर ही आना।"

"तो मत जाओ।"

लड़का रुआँसा होकर वहाँ से हट गया।

"पप्पाजी, पप्पाजी, आज टीचर ने तीन रुपए मँगाए हैं।"

मैंने घूरकर अमित को देखा जैसे तुम्हारी ही कमी थी। पूछा, "सो क्यों?"

"पिकनिक जा रही है, पिकनिक", उसने मस्त होते हुए कहा।

"ओफ्फोह, ये स्कूल है या जोंकें हैं।" मैं मन में बुदबुदाया, 'आदमी तो यों ही परेशान है महँगाई से, तिस पर ये स्कूलवाले रोज कोई-न-कोई खर्च का आइटम पेश कर देते हैं—कभी ताला, कभी कुंजी, कभी पंखा, कभी पिकनिक, कभी नाटक, कभी टीचर-डे, कभी विदाई, कभी किसी की सगाई, कभी लाठी, कभी डंडा, व्हाट नॉनसेंस···और सभी आइटम पेश होते हैं महीने के तीसरे या चौथे सप्ताह में। बेचारे लड़के घर पर पैरेंट्स की डाँट सहते हैं और स्कूल में टीचर की। और पढ़ाई के नाम पर कुछ नहीं।'

"पप्पाजी, दीजिए न तीन रुपए।" अमित चिल्ला रहा था।

"अच्छा, तीनों चलो और सामने बैठो, मैं सवाल बोलता हूँ, लगाओ।"

तीनों को बैठाकर उनकी पुस्तकों से सवाल बोल दिए। तीनों कुछ देर तक सवालों से जूझते रहे, फिर वे बारी-बारी कहने लगे कि यह तो पढ़ाया ही नहीं गया है।

"अरे, तीन महीने बीत गए, अभी दूसरा अध्याय नहीं कराया गया है?"

"मेरा मास्टर तो कभी-कभी ही कक्षा में आता है, पढ़ाएगा क्या?"

"मेरे टीचरजी तो आते हैं, लेकिन इस तरह डाँटते रहते हैं कि किसी को कुछ पूछने की हिम्मत ही नहीं पड़ती।"

"और ओए, मेरी तो वह कुतिया साली फैशन करती रहती है।"

"चुप रहो तुम लोग, खुद पढ़ते-लिखते हो नहीं, टीचरों को दोष देते हो।'

"और लड़कों से पूछ लीजिए।" बड़ा लड़का बोला।

"हाँ-हाँ, पूछ लिया है। तुम लोगों को पढ़ना-लिखना नहीं है, बस दिन-रात पैसे माँगने हैं। जाओ, किसी को पैसे नहीं मिलते।"

"मैं तो लेकर जाऊँगा।" अमित जिद पर आ गया।

"नहीं, पैसे नहीं दूँगा, चलो घर बैठो। स्कूल मत जाओ।"

"वाह-वाह-वाह, स्कूल मत जाओ। आज तो पिकनिक है, आज तो जाऊँगा ही।" मैं जानता था कि अमित को पैसे देने ही पड़ेंगे, बेहतर है, दे ही दूँ।

□

आज महीने का दूसरा शनिवार था। मैं घर पर ही था। दो बजे अमित घर लौटा तो बस्ता उठाकर फेंक दिया—"अब मैं इस स्कूल में कभी नहीं जाऊँगा।"

"क्यों भाई, क्यों?"

"देख लेना, अब कभी नहीं जाऊँगा।"

"आखिर बात क्या हुई भाई?"

"बात पूछते हैं? अरे, प्रिसिंपल की कुतिया बेटी है न शोभा, बस उसे दौड़ में फर्स्ट कर दिया गया, लेकिन फर्स्ट आया था मैं। मैंने जब कहा कि मैं फर्स्ट हूँ तो साली टीचर कुतिया ने मुझे डाँटकर धकेल दिया। गाने में दूसरी लड़की फर्स्ट आई थी, लेकिन वहाँ भी शोभा फर्स्ट। उसे हर जगह फर्स्ट कर दिया गया।"

मैंने हँसकर टाल दिया, लेकिन भीतर-भीतर बहुत आहत अनुभव करने लगा।

"आप हँसते हैं पप्पाजी, देख लीजिएगा, मैं स्कूल नहीं जाऊँगा और गया तो उस शोभा कुतिया को मारूँगा और बोलेगी तो टीचर को भी।"

और दूसरे दिन सचमुच अमित स्कूल नहीं गया। मैंने जिद नहीं की। जानता था कि कोई परिणाम नहीं निकलेगा, लेकिन मैं बहुत हारा हुआ अनुभव करता रहा, क्या करूँ इस लड़के का, कहीं अँट नहीं पा रहा है।

शाम को लौटा तो देखा कि अमित साहब सिर पर पत्तों का छत्ता लगाए लेटकर लकड़ी की बंदूक से फायर कर रहे हैं—धाँय-धाँय।

मेरे मन में एक विचार कौंधा। चाय-वाय पी चुकने के बाद अमित को बुलाया। पूछा, "बेटा, फौजी स्कूल में जाओगे?"

"फौजी स्कूल में?" कहते-कहते वह उल्लसित हो उठा।

"हाँ, फौजी स्कूल में।"

"वहाँ बंदूक मिलेगी?"

"हाँ।"

"मशीनगन मिलेगी?"

"हाँ।"

"टैंक मिलेगा?"

"हाँ।"

"नेट पर चढ़ने को मिलेगा?"

"हाँ भाई हाँ।"

"तो जाऊँगा, जरूर जाऊँगा। कल ही जाऊँगा।"

वह बड़ा खुश हो रहा था। बड़ा लड़का स्कूल से आया तो दौड़कर उससे लिपट गया…"भैया भैया, मैं कल फौजी स्कूल में जा रहा हूँ।"

"हें?" उसने मेरी ओर देखकर पूछा। मैं मुसकराए जा रहा था।

एक नेट जोर से घड़घड़ाता हुआ गुजरा।

"देख भैया, मैं भी इस नेट पर चढ़कर मारूँगा।"

"किसे?"

"जो हमारे देश पर हमला करेगा।"

मेरा मन उल्लसित हो रहा था इस संवाद से।

"लेकिन यदि तुम्हें ही किसी ने मार दिया तो।"

"ओय, हमें कौन साला मार सकता है? मैं क्या किसी के देश पर हमला करने जाऊँगा!"

"अच्छा-अच्छा" कहकर बड़ा लड़का अंदर चला गया।

और मैं खड़ा-खड़ा सोचता रहा। सचमुच ही किसी ने अमित को भी मार दिया तो! अमित को कहाँ मालूम कि दूसरे देश पर हमला न करनेवाले भी मारे जाते हैं। मैं कहीं भीतर से भर आया तो क्या सचमुच ही फौजी स्कूल में भेज दूँ इस प्यारे बदमाश को? नहीं-नहीं…और उधर अमित दोस्तों से अकड़-अकड़कर कह रहा था, "ओ लल्लुए, ओ विनोदे, मैं फौजी स्कूल में जा रहा हूँ…धाँय…धाँय…"

□

जमीन

'यह जमीन सबकी है, पानी सबका है। ईश्वर ने सबको एक-सा बनाया है, लेकिन आदमी ने बँटवारा कर लिया। उसने जमीन को जमीन से, पानी को पानी से और आदमी को आदमी से बाँट दिया। इस बँटवारे में किसी के हाथ सब कुछ लग गया, किसी के हाथ में कुछ भी नहीं। हमारी सरकार इस भेदभाव को मिटाना चाहती है। वह चाहती है, समाजवाद आए, ताकि सबको जमीन मिले, सबको पानी मिले, सबको एक-सा मानवीय अधिकार मिले।'

आठवीं कक्षा के विद्यार्थी मोहन ने आज पहली बार किसी मंत्री को देखा था। इस बीहड़ कछार में भला कौन मंत्री-संत्री आता है। आज वह बहुत खुश है। मंत्रीजी का भाषण उसके भीतर गूँज रहा है और वह प्रसन्न-सा स्कूल से लौट रहा है।

स्कूल गाँव से मील भर की दूरी पर है। जाड़े की शाम में दूर-दूर तक के सरसों के पीले-पीले खेत डूब रहे हैं और रास्ते के दोनों ओर के खेत मटर की छीमियों से लदे पड़े हैं। मोहन इन्हें देखता हुआ धीरे-धीरे रास्ते पर सरक रहा है। वह अकेला है। उसके आगे-पीछे लड़कों के झुंड हैं। वह लड़कों की भीड़ में शामिल नहीं हो पाता, पता नहीं उसके भीतर क्या-क्या चलता रहता है।

उसके पेट में ऐंठन हो रही है। वह छीमियों को देखता हुआ अपनी ऐंठन से लड़ रहा है।...तो क्या उसकी भी अपनी जमीन होगी? क्या उसके भी खेत में इस तरह पीली-पीली सरसों फूलेगी और हरी-भरी गदराई छीमियाँ लटकेंगी? क्या उसके भी अपने कुछ पेड़ होंगे?

सोचते-सोचते वह अपने में डूब गया। कितना तरसता है वह आम के दिनों में आम खाने के लिए। हरे-हरे कच्चे आम...पीले-पीले, लाल-लाल टपकते आम। वह आँखों से इन्हें देखता हुआ आता है, जीभ भीतर-भीतर लुटपुटाने लगती है।

बाभनों और ठाकुरों के लड़के अपने-अपने पेड़ों से आम तोड़ते हैं और दूसरों के पेड़ों से तोड़ लेते हैं तो उन्हें कोई मारता-पीटता नहीं, बस गाली-गलौच होकर रह जाती है, लेकिन··· ओह उसके गाल पर तमाचे अब तक चिनचिना रहे हैं। उसकी माई ने कलसे में रखने के लिए आम का पल्लो लाने को कहा। वह डंडे से मार ही रहा था कि पेड़ का मालिक आ गया और गाली देकर तमाचों से उसके गाल लाल कर दिए। अब तक वे गालियाँ उसके भीतर खौल रही हैं—साला चमार, तेरे बाप का पेड़ है कि पल्लो तोड़ रहा है। बहुत शौक है तो बाप से कह दे कि लगा ले दो-चार पेड़।··· और तब से वह किसी पेड़ से किसी तरह का अपना संबंध नहीं जोड़ सका।··· वह देखता है, उसकी बिरादरी के बच्चे मार खाते हैं, रोते हैं और फिर भी चोरी से आम उठा लाते हैं, मटर तोड़ लाते हैं, भुट्टा तोड़ लेते हैं··· उन्हें कहीं कुछ नहीं होता क्या? जरूर होता होगा, लेकिन करें क्या?

फिर वह क्यों नहीं इस तरह की चोरी करता? जाने क्यों नहीं करता?

पेट में एक जोर की मरोड़ होती है और उसकी निगाहें मोटी-मोटी छीमियों पर चिपकने लगती हैं।

थूक निगलकर सोचता है, जाने क्यों नहीं करता? पंडितजी अकसर कहते हैं कि 'सारे हरिजन बालकों में मोहन बहुत अच्छा है, लगता ही नहीं कि वह छोटी जाति का है—नेक, ईमानदार, पढ़ने-लिखने में होशियार।' और वह एहसान से पंडितजी के सामने झुक जाता है और चाहता है कि उसकी भलमनसाहत उसके साथियों के बीच बनी रहे। पंडितजी पढ़ाते हैं—बच्चों, ऋषियों-मुनियों का उपदेश है कि सत्य बोलो, चोरी मत करो, उपकार करो···।

उसकी निगाहें छीमियों से ऐसे चिपक गई हैं कि छूटना ही नहीं चाहतीं।··· नहीं-नहीं, वह नेक लड़का है, भला चोरी करेगा? पंडितजी सुनेंगे तो भला क्या कहेंगे?

चटाक-चटाक···

खेत में से निकलकर एक ठाकुर लड़का एक हरिजन बालक के गाल पर तमाचे जड़ रहा है। मोहन चौंक जाता है। उसकी निगाहें छीमियों से छूटकर आगे के दृश्य पर ठहर जाती हैं।

"साला! मैंने सुना था कि तू रोज स्कूल से लौटते समय मेरे खेत से छीमियाँ तोड़ता है। आज मैं ढूका लगा था।"

वह लड़का गिड़गिड़ा रहा था, "मालिक भूख लगी थी, दो ठो तोड़ लिया।"

"अरे भूख के बच्चे, भूख लगी थी तो तू भी जोत-बो ले, यह खेत तेरे बाप का तो नहीं है।"

मोहन आकर चुपचाप दृश्य के पास खड़ा हो जाता है। दो पल रुका, फिर आगे बढ़ जाता है। उसकी भूख गायब हो जाती है और मुँह में न जाने कैसा-कैसा कसैला थूक भर आता है।

जोत, बो ले। हाँ, खाना है तो जोत, बो ले। लेकिन कहाँ से जोते-बोये? कहाँ है उनके पास खेत? उनके पास रास्ते तक नहीं हैं, जिन्हें वे अपना कह सकें। जब होता है, तब ये बाभन, ठाकुर धमकी देते रहते हैं—आना सरऊ हमारे खेत की मेंड़ से, आना हमारे दरवाजे से। और वह दृश्य अभी भी उसकी देह में परपरा रहा है, जब वह सूअर चराने जा रहा था। ज्यों ही सूअर जोखू बाबा के खेत की मेड़ पर पहुँचे वे कहीं से निकल आए और ऐसा डंडा खींचकर मारा कि एक सूअर की टाँग ही टूट गई और गाली देते हुए उस पर पिल पड़े, "साला, मेरे खेत को रौंदवाता हुआ अपनी सूअरें ले जा रहा है।" उसने जोखू बाबा से बहुत कहा कि सूअरें मेड़ से जा रही थीं खेत में से नहीं, लेकिन कौन सुनता है।" साला जबान लड़ाता है! एक तो चोरी करता है और ऊपर से सीनाजोरी।" हाय कितना मारा था उस बाभन ने बिन बात के।···लेकिन नहीं, बात थी। बात यह थी कि उसके बपई जोखू बाबा के यहाँ खेत काटने नहीं जा सके थे।

लेकिन मंत्रीजी कह रहे थे कि यह सब अब नहीं चलने का। जमीन सबकी है, पानी सबका है तो वह क्यों नहीं पंडितजी का पानी छू पाता है। क्यों उसे पानी पीने के लिए हमेशा अलग-थलग और सबके पीछे होना पड़ता है।

टेंऽऽए···चील बोल रही है और वह पाता है कि गाँव का पोखरा आ गया है। उसका पानी मथा गया है और ऊपर अभी भी चील मँडरा रही है, लगता है, आज मछली मरी है, आज उसे मछली खाने को मिलेगी, उसकी जीभ सरसों के मसाले से लिपटी मछली के स्वाद से पनिया जाती है···"कौ हो भैया, आज मछली मरी है का?" पोखरे के तट पर बैठे एक प्रौढ़ हरिजन को देखकर मोहन पूछता है और खुद थोड़ा बैठ जाता है।

'हाँ, मरी तो है मोहन, लेकिन अपने किस काम को? जिसका खेत, उसका पानी, उसकी मछली। देखो, मैं मछली मारने पानी में बैठा तो पीठ पर एक डंडा और गाली खाकर निकल आया।"

मोहन की जीभ पर तैरती मछली का स्वाद छूटकर गिर जाता है और उसके

पेट में जल्दी-जल्दी तेज-तेज ऐंठन उठने लगती है। वह देखता है, शाम का धुँधलका गाढ़ा हो गया है। दूर-दूर तक कोई दिखाई नहीं पड़ता, लड़के भी उससे काफी आगे निकल चुके हैं। उसकी निगाहें छीमियों से जोर से चिपक गई हैं, छुटाने पर भी नहीं छूटतीं।···क्यों नहीं कहीं से कुछ छीमियाँ तोड़ लेता है। मंत्रीजी तो कह ही रहे थे कि जमीन सबकी है। जब जमीन सबकी है तो ये पेड़-पौधे क्यों नहीं सबके लिए? वह क्यों नहीं किसी भी खेत में से कुछ छीमियाँ तोड़ सकता है? नहीं-नहीं, पंडितजी कहते हैं कि चोरी करना पाप है, जो काम छिपकर किया जाए वह चोरी है। नहीं-नहीं, इस जमीन पर उसका अधिकार है, वह छीमियाँ तोड़ सकता है। अधिकार है तो छिपकर क्यों तोड़ना चाहता है? तोड़ा होता उसी ठाकुर के सामने उसी के खेत में से।···नहीं-नहीं, छिपकर तोड़ना चोरी है और चोरी पाप है। पंडितजी कहते हैं कि छोटे-बड़े का भेद ईश्वर का बनाया हुआ है। जिसने पहले जनम में पाप किया था, उसे ईश्वर ने अछूत बना दिया, जिसने अच्छा काम किया था, उसे बड़ी जाति में पैदा किया। भगवान् की बनाई हुई रेखा को कोई मिटा सकता है भला?··· लेकिन मंत्रीजी तो कह रहे थे कि यह भेदभाव आदमी का बनाया हुआ है और मंत्रीजी तो पढ़े-लिखे आदमी हैं और देश के मालिक हैं। झूठ थोड़े ही बोलेंगे···। हे भगवान! कुछ भी उसकी समझ में नहीं आ रहा है। वह घर की ओर तेज-तेज चलने लगता है। माई ने कुछ बनाकर रखा होगा।

घर लौटकर देखता है, उसके बपई खटिया पर बैठे चिलम फूँक रहे हैं। पास दो पट्टीदार बैठे हैं।

"एक अच्छी बात सुनाऊँ बपई!" दरवाजे पर ही रुककर मोहन उत्साह से बोलता है। उसके चेहरे पर मंत्रीजी के भाषण की दीप्ति उभर आई है।

"सुना बचवा।"

"बपई, आज मंत्रीजी हमारे स्कूल में आए थे। वे कह रहे थे कि जमीन सबकी है, पानी सबका है, सारे इनसान बराबर हैं। बपई, अब हम लोगों को भी जमीन मिलेगी न? हम लोग भी अपनी जमीन में आम, जामुन, जौ, मटर, धान, कोदो उगा सकेंगे न? बपई, कितना मजा रहेगा।"

मोहन देखता है, बपई के चेहरे पर कोई खुशी की रेखा नहीं है। वे उसी तरह चुपचाप चिलम फूँक रहे हैं। चिलम की फूँक की रोशनी में उनकी आँखों में एक चुप्पी सुलग रही है।

"क्यों बपई, आप तो कुछ कहते ही नहीं। मंत्रीजी कह रहे थे तो अब हम लोगों को भी जमीन मिलेगी न!"

"बचवा छोड़ इन बातों को, ये बातें तो मैं तब से सुन रहा हूँ, जब मैं सुराजी था और झंडा लेकर गाँव-गाँव घूमा करता था। अरे, ये जो मंत्रीजी तुम्हारे यहाँ आए थे न, उन्हीं के साथ मैंने जेल भी काटी है बचवा। वे मंत्री हो गए हैं और मैं···छोड़ बचवा इन बातों को।" बपई की चुप्पी चारों ओर फैल जाती है और चिलम की बुझती आग एक बार जोर से चमककर ठंडी हो जाती है।

मोहन एक बार बहुत उदास आँखों से बपई को देखता है, फिर तेजी से घर में घुस जाता है। देखता है, माई शायद अभी काम से नहीं लौटी है। चूल्हे के पास जाकर टूटे-फूटे बरतनों में कुछ खोजने लगता है।

पड़ोस में एक कुत्ता बहुत नंगे और भूखे स्वर में रो उठता है—पु ऊँ ऊँ ऊँ···। मोहन को लगता है कि सारी चमरौटी इस आवाज में लिपटकर थर्रा उठी है।

□

माँ : एक बिखरा हुआ दिन

लक्ष्मी के हाथ से पानी का घड़ा छूट पड़ा, फट्ट से फूटा और चौके में पानी फैल गया। लक्ष्मी ने टुकड़ों को बेरहमी से दोनों हाथों से दबोच लिया और बरामदे में से ही उन्हें नचाकर बाहर फेंका। वे बाहर के आम की जड़ से टकराकर खच्च से चकनाचूर हो गए। फिर उसने झपटकर आँगन में से झाड़ू उठाई और चौके में फैले हुए पानी को छप्प-छप्प मारने लगी। झाड़ू में से तीन-चार तीलियाँ बाहर निकल आईं तो लक्ष्मी ने उन्हें ठीक करने के स्थान पर मरोड़कर तोड़ दिया, बुदबुदाई, "कमबख्त।"

पति महोदय तो पहले ही ऑफिस चले गए थे खाना-वाना खाकर। पानी को झाड़ू से मार-मूरकर लक्ष्मी थाली में दो-चार रोटियाँ लेकर खाने बैठ गई। लगा जैसे मुँह में मिट्टी के ढेले जा रहे हों। तीन-चार कौर खाने के बाद थाली को जोर से सरका दिया। थाली सामने की दीवार से जा टकराई और कटोरी की दाल फर्श पर फैल गई। लक्ष्मी वेग से उठी और जँगले पर रखे गए कपड़े को लेकर जोर से मलकर दाल का फैलाव साफ कर दिया।

खाना खाकर बरामदे में जा बैठी। जी नहीं लगा, उठकर अंदर गई; खाट पर लेट गई। किंतु बिस्तर बुरी तरह भारी लगा, नींद नहीं आई। उठी, अलमारी में से एक कहानी की किताब निकाल ले आई। खोला—जो भी कहानी निकल गई, पढ़ने लगी। दो-तीन परिच्छेद पढ़ते ही वह ऊब गई। लगा कि कहानी बड़ी बेस्वाद और उबाऊ है। किताब उठाकर मेज पर फेंक दी। किताब के प्रहार से मेज पर रखा हुआ अधबुना स्वेटर नीचे गिर पड़ा। लक्ष्मी उठी और स्वेटर लेकर एक आरामकुरसी पर फैल गई। उँगलियाँ सलाइयों के साथ दौड़ाने लगी। कितना प्यारा ऊन है, लक्ष्मी की पसंद का सबसे प्यारा ऊन जो बाजार में मिल सका। वह मुन्ने के लिए स्वेटर बना रही है। वैसे मुन्ने के पास स्वेटर तो हैं, किंतु दीवाली आ रही है। लक्ष्मी हर

दीवाली पर मुन्ने को एक प्यारा स्वेटर भेंट देती है, क्योंकि उस दीवाली पर उसने ठंडक से बचाव के लिए मुन्ने को एक प्यारा-प्यारा स्वेटर भेंट किया था। हाँ, उस दीवाली को जबकि मुन्ने का पुनर्जन्म हुआ था। हाँ, दीवाली पास आ गई है, लक्ष्मी, की उँगलियाँ अधबुने स्वेटर पर और तेज गति से दौड़ने लगीं, किंतु उसकी आँखें उमड़ती गईं,…उमड़ती गईं, जिनमें प्रतिबिंबित हो गई तीन वर्ष पहले की एक रात, अस्पताल की एक रात।

लक्ष्मी के पति इस नगर में नए-नए आए थे। किसी से जान-पहचान नहीं थी। हर चीज अजनबी। लक्ष्मी एक अजीब दमघोंटू वातावरण में अपने को पा रही थी। सैकड़ों मील दूर छूटे हुए घर की याद से उसका सन्नाटा और भी बोझिल हो जाता। पूस की फीकी-फीकी डूबती-सी धूप उसके सीने में भर जाती। पति ऑफिस चले जाते, बच जाती वह और उसका मुन्ना। लेकिन उस दिन जब उसका मुन्ना बीमार पड़ गया तो लक्ष्मी के हृदय पर सन्नाटे की एक परत और जम गई। मुन्ना फिर बीमार पड़ गया। कई महीनों से थोड़ी सी फुरसत में था, आज फिर पड़ गया। उसकी गरदन में अजीब-सी ऐंठन होने लगी। लक्ष्मी की आँखों में मुन्ने के जीवन के विगत तीन वर्ष अपने सारे रोगों, व्यथाओं और छटपटाहटों के साथ तड़प गए। कितना दुःख लेकर जनमा है मेरा लाल! बचपन से ही कितने रोगों ने बारी-बारी से आकर फूल के समान इस स्वस्थ और सुंदर बालक को तोड़ डालना चाहा! कितनी दवाएँ पी हैं मेरे लाल ने। इस छोटी सी अवस्था में ही उसे रोगों से इतना लड़ना पड़ा कि कड़वी-से-कड़वी दवा की उपयोगिता का बोध उसे हो गया। "माँ, मेरा हाथ पकड़ ले तब न दवा पीऊँगा।" ये शब्द आज कई महीनों बाद लक्ष्मी के फटे हृदय पर टूट पड़े।

पहले तो लगा कि सोने में गरदन की कोई नस दब गई होगी, दुख रही है। डॉक्टर ने भी कुछ ऐसा ही समझा किंतु गरदन की ऐंठन बढ़ती गई। लक्ष्मी ने मुन्ने को समझाया कि गरदन सीधी रख, किंतु मुन्ने की गरदन सीधी नहीं हुई तो लक्ष्मी ने तीन-चार चाँटे जोर से मारे, "नकल करता है कमबख्त।" किंतु धीरे-धीरे बाईं आँख भी छोटी होती गई और बायाँ पाँव भी लड़खड़ाने लगा, आवाज भी बैठकर केवल साँय-साँय साँस के रूप में बच रही। बच्चों के डॉक्टर ने बताया, "पोलियो है, अभी इसे अस्पताल में भरती कर दो, खतरे के लक्षण हैं।"

लगा, लक्ष्मी के प्राण सन्न से उड़ गए। वह मुन्ने को छाती में जोर से चिपकाकर हबसने लगी। कल जो उसने मुन्ने को तीन-चार चाँटे मारे थे, वे लपटों

की चोट की तरह उसके मुँह पर तड़ाक-तड़ाक से लग रहे थे। हाय, क्या होगा?

लक्ष्मी और उसके पति मुन्ने को लेकर दस बजे रात को अस्पताल पहुँचे। काला लबादा ओढ़े-सी रात के पंजे में अस्पताल छटपटाता-सा लगा। टिंचरी गंध से सनी आवाजें—कहीं से रोने-चीखने की आवाज, कहीं से नर्सों की यांत्रिक गति की आवाज। इन आवाजों के बीच लक्ष्मी को अपनी आवाज डूबती-सी लगी। मुन्ना ज्यों ही अस्पताल के एक कमरे में ले जाया गया त्यों ही एक सीट के इर्द-गिर्द से भयंकर चिंघाड़ उठी। लक्ष्मी काँप गई। भय से अनिष्ट की आशंका से उसमें कँपकँपी छा गई। आँखें फटी-फटी सी रह गईं। हथेलियों में मुँह छिपाकर फफक पड़ी। उसे लगा कि उसे किसी पहाड़ से ढकेला जा रहा है। जब मुन्ने को बिस्तर पर लिटाकर उसकी नाक से ऑक्सीजन दिया जाने लगा तो लक्ष्मी को प्रतीत हुआ कि उसकी नाक के रास्ते उसके भीतर धुएँ की गुफाएँ ढकेली जा रही हैं, और वह अवरुद्ध साँस छटपटा रही है। ब्लड टेस्ट के लिए मुन्ने की उँगली चीरी गई तो खून की बूँदें उसके कपड़े पर टपक पड़ीं, लक्ष्मी को लगा कि उसका दिल चीरा जा रहा है।

कुछ नींद और कुछ बेहोशी से जागकर मुन्ना साँय-साँय की आवाज में चिल्लाया और रोने लगा। उसकी आवाज अवरुद्ध थी। उसकी चीख निकल नहीं पा रही थी। केवल निरीह आँखों से आँसू झरते थे और बाँहें माँ की गोद में आने के लिए उफना रही थीं। लक्ष्मी को हुआ कि बढ़कर गोद में उठा ले, किंतु नर्स ने कठोरता से कहा, "बच्चे के सामने से हट जाइए, नहीं तो उसका मोह उमड़ता रहेगा।" लक्ष्मी नहीं सोच सकी कि बच्चे के सामने से हटकर वह कहाँ जाए। ये नर्सें बच्चा जनें तो बच्चे से हटने का दर्द मालूम हो।

लक्ष्मी अपने पति को घर भेजकर वहीं फर्श पर लेट गई—आँचल ही ओढ़ना, आँचल ही बिछौना। मुन्ने की नाक से घर्र-घर्र की आवाज आती रही। लक्ष्मी उठ-उठकर देखती रही।

मुन्ना रात को जोर से चीख उठा साँय-साँय की आवाज में, जैसे वह भयभीत होकर काँप रहा हो। लक्ष्मी हड़बड़ाकर उठ बैठी। इच्छा हुई कि उसे खींचकर गोद में भींच ले, किंतु ऑक्सीजन की नली नाक में पड़ी थी। मुन्ने की आँखों में पता नहीं कितना दर्द था, जो वाणी के मूक हो जाने पर और भी गहरा गया था। लक्ष्मी ने चाहा कि आँखों से मुन्ने की आँखों का सारा दर्द खींच ले। मुन्ने का दर्द तो वह नहीं खींच सकी, हाँ, उसकी आँखें जरूर दुहरे दर्द से उफन आईं।

लक्ष्मी को एक हलकी सी झपकी आ गई। स्वप्न में उसे लगा कि कोई मुन्ने को छीन रहा है उसके हाथों से। वह उफनाकर जाग गई। देखा कि डॉक्टर कुछ नर्सों के साथ मुन्ने के ऊपर झुका हुआ है। लक्ष्मी तड़प उठी, "क्या है, डॉक्टर साहब ?"

डॉक्टर चौंक गया। फिर मुसकराकर बोला, "कुछ नहीं बहन, घबराने की कोई बात नहीं।"

"अब मुन्ना कैसा है, डॉक्टर साहब ?"

"अभी कुछ कह नहीं सकता बहन, अभी भी वह खतरे के बाहर नहीं है।"

डॉक्टर चला गया लक्ष्मी के दिल को एक हूल और मारकर। लक्ष्मी की आँखों के आगे अंधकार का पहाड़-ही-पहाड़ नजर आ रहा था। कहीं से कोई रोशनी नहीं। असूझ अंधकार। वीरान जंगलों के भटकाव, जिसमें कहीं से कोई आवाज नहीं। लक्ष्मी थोड़ी सी आहट पर चौंक उठती। उसे भय लगता कि अब न कोई डॉक्टर आकर कह दे कि''' वह आगे नहीं सोच पाती, केवल छाती में एक गड़गड़ाहट महसूस करती।

हाय, उस अँधेरी रात की वीरानियों में दौड़-दौड़कर कहाँ नहीं दामन फैलाया। हवाओं को पुकारा, फूलों को बुलाया, धरती को जगाया, आसमान को गुहराया, किंतु कोई नहीं बोला तो लक्ष्मी को लगा कि कोई बरगद के पीछे से बुला रहा है। दौड़ी हुई गई तो चिल्ला उठी—हाय, यह तो श्मशान है। लक्ष्मी सर्द हो गई। क्या होगा, भगवान् ? मुन्ने के विगत जीवन की सारी व्यथाएँ कफ की तरह उसकी छाती में जम गईं। सामने पड़ा मुन्ना घर्र-घर्र साँस खींच रहा था। कितना असहाय! कितना निरीह! इस छोटी सी काया ने कितना कुछ नहीं सहा!

लक्ष्मी की इच्छा हुई कि वह अपनी छाती कूटकर रख दे। उसे याद पड़ा कि उसने इसी मुन्ने को बार-बार चाँटे मारे थे। हाय अभागिनी, कैसे तेरे हाथ उठे हैं इस गरीब बालक पर। तू जी जा, मेरे लाल! अब ये अभागे हाथ कभी भी तुझ पर नहीं उठेंगे।

मगर जीना एक असंभव कल्पना-सा लग रहा था। अतः मुन्ने पर लगे हुए चाँटे लू के थपेड़ों की तरह उसी के गाल पर लग रहे थे—तड़ाक-तड़ाक।

भोर हुई। मुन्ने की नाक की नली निकाली गई तो मुन्ना हबसकर दोनों बाँहें फैलाए माँ की ओर झपटा। लक्ष्मी ने झपटकर उसे छाती में भींच लिया और चाहा कि उसे इस कदर छिपा ले कि कोई उसे पा न सके—हाँ-हाँ, मौत भी। दोनों एक-दूसरे से लिपटे देर तक रोते रहे। थोड़ी देर बाद लक्ष्मी मुन्ने को लिटाकर हाथ-मुँह

धोने बाथरूम चली गई। हाथ-मुँह धोकर निकली तो देखा, मचकते पाँवों से मुन्ना उसकी ओर हँसता-लपकता आ रहा है। असहायता और जिजीविषा के इस मिले-जुले भाव से लक्ष्मी के हृदय में एक अजीब करुणा उमड़ आई। वह रो पड़ी और झपटकर फिर मुन्ने को उठा लिया।

घंटे बीते, दिन बीते, रातें बीतीं, मुन्ना फिर मौत का मुँह फाड़कर निकल आया। दीवाली के दिन वह अस्पताल से घर लौटा। आज लक्ष्मी दीवाली के स्वागत में मन के हजार-हजार चिराग जलाए अपने को लुटा रही थी।

मुन्ने ने कहा, "माँ, हम दीवाली देखने चलेंगे।"

"ना बेटा, तू अभी बीमार है, ठंड लग जाएगी।"

"मैं बीमार कहाँ हूँ, माँ! अब तो अस्पताल से निकल आया। घूमने चलेंगे।"

लक्ष्मी नया जन्म लेनेवाले मुन्ने का पहला आग्रह नहीं टाल सकी। वह बाजार गई, एक अच्छा-सा स्वेटर खरीदा। उसी स्वेटर में मुन्ने को सजाकर अपने पति के साथ दीवाली देखने गई।

उस रात वह मुन्ने को बार-बार चूमती रही और अहक-अहककर कहती रही, "अब तुझे कभी नहीं मारूँगी मेरे लाल, मेरे कलेजे···"

और साल बीतते गए। मुन्ना के बाद टुन्नू भी आ गया। दैनिक जीवन की व्यस्तता में सारे दर्द दब गए। पति के ऑफिस जाने की व्यस्तता, बच्चों को खिलाने-पिलाने, नहलाने-धुलाने, स्कूल भेजने की व्यस्तता, कपड़े-लत्ते, घर-द्वार साफ करने की व्यस्तता; व्यस्तता-ही-व्यस्तता। व्यस्तता लक्ष्मी का दूसरा नाम हो गया। उसकी गति में एक विशेष त्वरा आ गई। उसकी त्वरा से यदि कोई टकराता तो वह झनझना उठती। दोनों बच्चे तो अकसर टकरा जाते, तो लक्ष्मी उन्हें पीट देती और फिर दिन भर उदास रहती।

आज लक्ष्मी ने मुन्ने को बहुत पीट दिया। उसकी नाक से खून गिरने लगा। यह भी कोई बात है—बिला वजह उठते-उठते रोना, न दूध पीना, न ब्रश करना, न नहाना, न धोना, बस रोना और शोर करना। कोई वजह तो हो। एक कोने में मुन्ना और दूसरे में टुन्नू मुँह सिकोड़कर रोते रहे। पड़ा-पड़ा दूध का गिलास ढरक गया। लक्ष्मी को और भी तो काम करने हैं, समय हाथ से छूटा जा रहा है। गुस्सा कहाँ तक सँभाले। बस मुन्ना और टुन्नू की अच्छी पिटाई हो गई। टुन्नू तो थोड़ी मार खाते ही भाग गया, किंतु मुन्ना अमर्ष में आकर अपने को पिटवाता रहा। टुन्नू थोड़ा सा अहककर चुप हो गया और बाद में हँसने लगा, किंतु मुन्ना अहकता ही रहा और

बिना कुछ खाए-पिए रोता-रोता स्कूल चला गया।

लक्ष्मी मशीन की गति से काम-धाम में लिपटी रही, किंतु एक अज्ञात-सा धक्का उसकी गति तोड़ता रहा। सारे काम उसके हाथ से फिसल जाते रहे और मुन्ने की अहक उसके रोम-रोम में बिच्छू के दंश की भाँति परपराती रही।

टुन्नू ने तो हँसकर अपनी व्यथा धो दी, किंतु मुन्ना, जन्म का टूटा हुआ मुन्ना, अँधेरी घाटियों से गुजरा हुआ अभागा मुन्ना अहका तो अहकता ही रहा। उसे लगा कि घर से स्कूल तक अहक की एक लकीर बन गई है। मुन्ना के विगत जीवन की सारी अहक जलती भाप की तरह लक्ष्मी की आँखों में फैलती रही।

पता नहीं कब शाम होगी, मुन्ना आएगा। दिन तो सरकता ही नहीं, भगवान्!

दीवाली आ रही है। हाँ, मुन्ने को नया स्वेटर भेंट देना है। लक्ष्मी के हाथ और तेजी से स्वेटर पर भागने लगे। वह अन्यमनस्क शून्य में खोई-सी कुरसी पर पड़ी थी, उसे यह भी पता नहीं था कि उसकी आँखों से आँसू झर-झरकर स्वेटर को भिगो रहे हैं।

□

मुर्दा मैदान

भों···भों···भों

घुर···घुर···घुर···घुर

काँव···काँव···काँव

फड़···फड़···फड़ड़

टेंअ···

रिंग रोड है यह। वजीरपुर से मील-भर आगे बढ़ने पर नाक में एक तेज दुर्गंध फट पड़ती है। एक सड़ी हुई दुर्गंध···और आदमी तिलमिला उठता है, नाक पर रुमाल रख लेता है और चाहता है कि उसकी बस या स्कूटर या टैक्सी जल्दी से यह जगह पार कर जाए और पार करने के बाद भी वह इसी प्रभाव से तिलमिलाता रहता है।

हाँ, यह शहर की दुर्गंधशाला है। दूर-दूर तक एक खाली मैदान (जो पहले नीची जमीन था और अब काफी ऊँचा-नीचा और ऊबड़-खाबड़ हो गया है) में सैकड़ों जानवरों के नए-पुराने मुर्दे पड़े हैं, उनके कंकाल, उनकी टूटी-फूटी हड्डियाँ बिखरी हुई हैं। ट्रकों में लद-लदकर शहर का कूड़ा आता है और हवा के ऊपर अपनी सीलन-भरी दुर्गंध लादकर मीलों बिखेर देता है। जगह-जगह गंदे गड्ढों में काई-भरा पानी जमा है जिसके किनारे-किनारे अनेक लोग नंगे बैठे हुए हैं।

भों···भों···भों···किऊँ किऊँ···

घुर-घुर-घुर···चोंय···चोंय···चोंय

काँव···काँव···काँव···

टें अ-अ···

फड़ड़···फड़ड़···फड़ड़···फड़ड़

बड़े-बड़े गिद्ध पंख फड़काते हैं, मुर्दे को खींचते हैं, नोचते हैं और पंख

फैला-फैलाकर लड़ते हैं, फिर चुप होकर बैठ जाते हैं किसी नए मुर्दे की तलाश में।

इस गंदे मैदान में अनेक पेड़ हैं, जो ठूँठ हो चुके हैं, कुछ सरकारी मकान हैं। गिद्ध इन्हीं पेड़ों और मकानों की छतों पर सैकड़ों-हजारों की संख्या में बैठे हुए नए मुर्दे का इंतजार करते हैं।

अगस्त की दोपहर है। काफी दिनों से पानी नहीं बरसा है। तेज धूप और पसीने की चिपचिपाहट के कारण आदमी अपनी ही दुर्गंध नहीं सँभाल पाता, इस मुर्दा मैदान को कहाँ तक सँभालेगा! हर व्यक्ति को लगता है कि वह जल्दी यहाँ से निकल जाए, नहीं तो दुर्गंध से मूर्च्छित हो जाएगा, लेकिन आखिर इस मुर्दा मैदान में फेंका गया कूड़ा और दुर्गंध भी तो इन्हीं आदमियों की है, लेकिन कोई बात नहीं, इन्हें निकल जाने दीजिए, कुछ और लोग हैं, जो इस कूड़े के साथी हैं।

इनका कूड़ा लिये कई ट्रक एक साथ आए और इस मैदान में उसे उँडेलने लगे। पीठ पर छोटी-बड़ी बोरियाँ लटकाए कुछ छोटे-बड़े लड़के-लड़कियाँ, कुछ मर्द, कुछ औरतें दौड़कर आए और इस कूड़े के ढेर में कुछ खोजने लगे।

कुछ शीशे के टुकड़े।

कुछ लोहे और प्लास्टिक के टुकड़े।

कुछ कागज के टुकड़े।

सिगरेट की खाली डिब्बियाँ।

कुछ कपड़े के टुकड़े।

"अबे साले, यह लोहा तो मुझे मिला है।"

"नहीं-नहीं, मुझे मिला है।"

"मुझे मिला है।"

"मुझे मिला है।"

दो लड़कों में लोहे के टुकड़े के लिए तकरार हो गई। एक लड़का बारह साल के आसपास का था, उसका नाम था भोला। दूसरा सोलह साल का होगा, उसका नाम हट्टी था। दरअसल यह लोहे का टुकड़ा (जो काफी अच्छा था) छोटे को ही मिला था, किंतु पास खड़े बड़े लड़के ने झपटकर वह लोहा पकड़ लिया और अपना अधिकार जताने लगा। भोला यह टुकड़ा पकड़े रोने लगा। हट्टी ने लात से अड़ंगी मारकर भोला को गिरा दिया और जोर से लोहा उसके हाथ से खींच लिया जिससे भोला के हाथ में खरोंच आ गई और खून चिपचिपा आया। वह रोने लगा। आपस के लोगों ने दोनों को गालियाँ दीं, "अरे नरक के कीड़ों, नरक में भी आकर

लड़ते हो। जिसे लोहा मिला हो, वह ले ले।"

"दोखो न ताऊ, यह साला न जाने आज कहाँ से आ टपका और मेरे हाथ से यह लोहा छीनने लगा।" हट्टी ने पास खड़े एक अधेड़ से कहा।

"क्यों रे, तू कौन है, कहाँ से आ गया रे हरामजादा! देख न, मीलों कूड़ा फैला हुआ है, कूड़े के लिए लड़ाई क्यों करता है?"

भोला ने रुआँसा होकर कहा, "नहीं ताऊ, मैं नहीं लड़ाई कर रहा हूँ। लोहा मैंने ही पाया है।"

"जा-जा, भाग जा, घूम-घामकर कूड़ा बीन।"

भोला खून से चिपचिपाती उँगली का खून पोंछता हुआ अलग हट गया और कूड़े के ढेर पर रेंगने लगा।

चलती-फिरती काली-काली फटी-फटी छायाओं-से अनेक लोग, गंदे-फटे पायजामे या मात्र लँगोट, गंदी-फटी और किसी की उतारी हुई बेडोल बुश्शर्ट या कुरते या नंगे शरीर, सिर से पाँव तक बहती हुई मैल की लकीरें, पीठ पर झूलते हुए पुराने बोरे, आँखों में जमी हुई सीलन···

एक फटा कच्छा और किसी का उतारा हुआ झोलदार कुरता पहने भोला मार खाए कुत्ते-सा सबसे अलग टूटे-फूटे कूड़े बटोरने लगा।

भों-भों, किऊँ-किऊँ···हड्डी के एक टुकड़े के लिए कुत्ता दूसरे कमजोर कुत्ते पर चढ़ बैठा और कुत्ता किऊँ-किऊँ करता हुआ दूर भाग गया।

घुर-घुर-घर···चोंय-चोंय-चोंय

गंदगी के लिए कई सूअर आपस में लड़ने लगे।

फड़ड़···फड़ड़···फड़ड़···फड़ड़···

नए फेंके गए घोड़े की लाश के लिए गिद्ध लड़ रहे हैं, बड़े गिद्ध छोटे गिद्धों को खदेड़ देते हैं। टें अ-अ···चीलें जूझती हुई झपाटे मार रही हैं। काँव···काँव···काँव···

कौवे मांस के लिए शोर करते हुए आपस में लड़ रहे हैं। भोला यह सब देख रहा है। आदमी भी तो लड़ता है आदमी से, इन टुकड़ों के लिए। बड़ा छोटे को दबोच लेता है। उसने देखा, दूर फिर दो लड़कों में लड़ाई हो रही है।

स्साले···बुदबुदाकर वह चीजों की खोज करने लगा। कैसी अजीब लग रही है मुर्दों और कूड़े की यह दुनिया। वह आज पहली बार आया है यहाँ। उसे महसूस होता है कि पसीने की काली-काली लकीरें चेहरे से फूटकर छाती पर होती हुई

चली आ रही हैं। वह अपना झल्लड़ कुरता उठाकर मुँह पोंछ लेता है और कुरते को छाती पर रगड़कर छाती की लकीरें साफ कर लेता है। खड़ा होकर आँखें उठाकर चिनचिनाती धूप में दूर तक देखता है, फिर डगमगाता हुआ सरकने लगता है।

हाँ, वह पहली बार आया है यहाँ। कई दिन का बासी पाव रोटी का एक टुकड़ा सामने पड़ा हुआ है—गंदा काला-सा। भोला उसे देखता है···उसके खाली पेट में ऐंठन तेज हो जाती है, जबान में पानी आ जाता है, पिछले कई खाली दिन हहराते हुए उसके भीतर से गुजरने लगते हैं। कुछ देर तक उस टुकड़े को घूरते रहने के बाद अपने को धिक्कारता है—छिः, जिसे चील, कौवे, कुत्ते और सूअर भी नहीं छू सके, उसे वह उठाकर पेट में झोंके। उसने आगे बढ़कर उस टुकड़े को पाँव से रौंद-रौंदकर और भी गंदा कर दिया और कूड़े में गाड़ दिया।

धूप बहुत तेज हो गई थी। पसीने की काली-काली लकीरों से उसका काला चीकट शरीर भर गया था तथा और भी गंदा लग रहा था। धीरे-धीरे सरकता हुआ वह एक ठूँठ बबूल की डाल की छाया में बैठ गया।

हाँ, आज वह पहली बार आया है। उसकी पढ़ाई छूट गई। हाँ, छूट ही गई समझो। वह नगर-निगम के स्कूल में पढ़ता था। बाबू कहते थे—'देख भोला, खूब मन लगाकर पढ़, मैं तुझे बड़ा आदमी बनाऊँगा। देखता है न—तेरी माँ बिना दवाई के मर गई। जिंदगीभर बनते हुए मकानों के लिए ईंट-गारा ढोती रही और वह एक दिन ईंट-गारा ढोकर जाड़े की शाम को घर लौट रही थी तो पानी बरसने लगा। रास्ते में किसी ने अपने बरामदे में बैठने तक न दिया। वह एक पेड़ के नीचे भीगती रही। उसे निमोनिया हो गया। दवाई के पैसे नहीं थे, तड़प-तड़पकर मर गई। इतने दिनों से हम हाड़ पेर-पेरकर मजूरी करते रहे, लेकिन दवाई के चार पैसे भी नहीं बचा सके। इस महँगाई के जमाने में रोज आधा पेट भोजन मिल जाए, यही बहुत है। बेटे, जो नरक हमने भोगा है, उसे तू भी भोगे, यह नहीं होने दूँगा। मन लगाकर पढ़ और बहुत बड़ा आदमी बन।'

भोला की आँखें गीली हो आईं। बाबू कितने अच्छे हैं। माँ के न रहने पर भी उन्होंने उसको और उसकी बड़ी बहन लछमी को कितने प्यार और दुलार से पाला-पोसा। दिनभर यहाँ-वहाँ मजूरी करते, थककर आते तो उससे पढ़ने-लिखने के बारे में पूछते। लछमी अब बड़ी हो गई थी, धीरे-धीरे काम पर जाने लगी थी। बाबू का **बोझ थोड़ा** हलका हो रहा था। बाबू कहते थे कि एकाध साल में इसकी शादी कर दूँगा। शादी का नाम लेते ही उनकी आँखें खुशी से चमक उठतीं, फिर धीरे-धीरे

आँसू से भीग जातीं। बाबू बार-बार कहते—लछमी ठीक अपनी माँ को पड़ी है, एक दिन यह भी छोड़कर चली जाएगी। लेकिन ठीक है, लड़की का असली घर तो उसकी ससुराल है। दूसरे की धरोहर जितनी जल्दी उसे दे दो, उतना ही अच्छा है।

बाबू कितने अच्छे हैं! सारे दोस्त कहते हैं कि उनके बाप उन्हें बहुत मारते हैं। उनकी आँखों में हमेशा एक डर बना रहता है, लेकिन उसके बाबू! एक दिन लछमी काम से नहीं लौटी तो वह घबरा गया। बाबू देर से आते थे। उसके बारे में उसने बताया तो वे भी बहुत घबरा गए। जहाँ वह काम पर जाती थी वहाँ दौड़े-दौड़े गए लेकिन वहाँ मालूम हुआ कि सारे मजदूर तो कब के जा चुके हैं। बाबू ने दो-चार पड़ोसियों को लिया, इधर-उधर खोजने के बाद थाने में रपट लिखाने गए। बाद में मैंने सुना कि दीवान ने गाली देकर भगा दिया, "अबे जा साले, तेरी बेटी कोई हूर नहीं है कि कोई उड़ा ले जाएगा। चले आते हैं रात-बिरात जान खाने।"

बाबू रात भर रोते रहे, चौंक-चौंककर इधर-उधर देखते थे। दूर से आनेवाली आहट को सुनकर कुछ देखने की कोशिश करते थे। कभी-कभी बाल नोचते थे, उन्हें देखकर डर लग रहा था।

कई दिन तक कोई खबर नहीं मिली। बाबू काम पर नहीं गए, घर में कुछ बना नहीं। आसपास के लोग कभी-कभी कुछ खाने को दे जाते और वह स्कूल चला जाता। एक दिन एक पड़ोसी ने आकर बताया कि उसने लछमी की लाश सड़क पर पड़ी देखी है। भीड़ जमा थी। पुलिस वहाँ खड़ी-खड़ी पूछताछ कर रही थी। मैंने पहचान तो लिया, लेकिन बताया नहीं। पुलिसवालों का चक्कर बड़ा पेचीदा होता है। भागा-भागा आया हूँ, तुम्हें जो करना है, करो।

बाबू धाड़ मारकर गिर पड़े। होश आया तो दो-एक पड़ोसियों को लेकर लछमी की लाश की ओर जोर से भागे। वहाँ से लाश थाने जा चुकी थी। वहाँ से लौटने पर एक पड़ोसी वहाँ का समाचार बता रहे थे। सुनकर लगा कि पुलिस तो सचमुच ही राक्षस है। वश चले तो इन राक्षसों को गोली मार दी जाए। हाँ, बता रहे थे कि थानेदार और दीवान ने कहा कि तुम्हारी लड़की ने आत्महत्या की है—तुम्हारे जुल्मों से तंग आकर। हम तुम्हें फँसाएँगे। बाबू बहुत गिड़गिड़ाए—"नहीं हुजूर, मैं तो अपनी बिटिया को अपनी आँख की पुतली समझता था। मैं भला क्यों जुल्म ढाऊँगा? मैं तो जिस दिन यह गायब हुई, उसी दिन रपट लिखाने आया था, आप लोगों ने रपट नहीं लिखी।"

"किसने रपट नहीं लिखी, झूठे इल्जाम लगाता है।" दारोगा तड़पा। बाबू ने

दीवान की ओर इशारा करना चाहा, लेकिन दीवान की आँखें देखकर वे डर गए। पड़ोसी चाचा ने बाबू के कान में कहा, "चुप रहो, बहस मत करो, कुछ ले-देकर छुट्टी करो। यह पुलिस का जाल है, उलझते ही जाओगे।"

बाबू तड़प उठे—"मेरी लड़की की जान लेनेवाले भेड़ियों को पुलिस नहीं पकड़ती, उलटे मुझी को फाँसने की धमकी दे रही है। मेरी बेटी गई, इज्जत गई और अब मेरे ऊपर कलंक लगाया जा रहा है कि मेरे जुल्म से तंग आकर बेटी ने अपनी जान दी है। वाह रे इंसाफ!" बाबू रोने लगे थे, लेकिन उन्हें क्या मालूम कि वे भेड़ियों के सामने रो रहे हैं। पुलिसवालों ने उन्हें कमरे में बंद कर दिया और पीटने लगे। और जब बाबू ने कहीं कुछ न कहने का वचन दिया तो उन्हें छोड़ा गया।

वे देर से घर पर लौटे। उन्हें देखकर डर लगा। उनकी देह पर बेंत के निशान थे, उनकी आँखों में खून की लाली जम गई थी जिसमें से एक डर झाँक रहा था। कुछ देर तक खड़े-खड़े वे उसकी ओर देखते रहे जैसे पहचानते ही न हों, फिर एकाएक झपटकर उसे गोद में भर लिया और धाड़ मारकर रो पड़े। वह भी फूट-फूटकर रोने लगा। आसपास के लोग भी आ गए और रोने लगे और पुलिस के जुल्म की बात बकने लगे।

पड़ोस का नौजवान मलखा कमरे में बंद शेर की तरह एक ही जगह चहल-कदमी करने लागा। उसकी आँखों से आग बरस रही थी। गुर्राकर बोला, "यह किसी का काम नहीं है, पुलिसवाले ही लड़की को उड़ाकर ले गए थे। उनके कुकर्म से जब वह मर गई तो उसके अंग काट-काटकर सड़क पर फेंक दिया, ताकि मालूम हो कि वह बस से कुचलकर मर गई है।"

"नहीं-नहीं, ऐसा नहीं होगा, इसे गुंडे उठाकर ले गए होंगे।" कई बुजुर्ग आवाजों ने एक साथ कहा—जैसे वे पुलिस पर लांछन लगाने मात्र से डर गए हों।

"हाँ-हाँ, और वह भी पैसेवाले गुंडे।" कुछ और लोगों ने कहा।

"कोई भी ले गया हो, पुलिस गुनाहों से बरी नहीं हो सकती। चाहे उसने खुद कुकर्म किया हो, चाहे गुंडों से करवाया हो, एक ही चीज है।" मलखा फिर गुर्राया। उसकी आँखों से जैसे आग निकल रही थी।

"अरे देख रे मलखा, इतनी आग मत मूत। कोई जाकर कह देगा या पुलिस अपने आप सुन लेगी तो तेरी खैर नहीं। पुलिस तुझे किसी जुल्म में फाँसकर बरबाद कर देगी।"

"यही तो बात है यारो, तुम सभी डरपोक हो और एक-दूसरे से कटे हुए हो।

इसलिए यह हरामजादी पुलिस जो चाहे सो कर लेती है। बाप से बेटी को छीनकर बाप को मारती है। पैसेवाले गुंडों की गुंडई की सजा हम लोगों को देती है और हम अलग-अलग चुपचाप सह लेते हैं, संगठन करके तो देखो, कैसी आग फूटती है तुम लोगों के भीतर से! वह आग पुलिस नहीं, पुलिस के बाप को भी न झुलसाकर रख दे तो मेरा नाम मलखा नहीं।"

लोग डर के मारे धीरे-धीरे वहाँ से सरक गए। मलखा बहुत देर तक वहाँ चुपचाप आँखों से गुर्राता रहा। फिर बोला, "अच्छा चाचा, मैं देखता हूँ साली पुलिस को। मैं अपने यूनियन के दफ्तर में जा रहा हूँ, पुलिस की ऐसी-तैसी करके नहीं रख दी तो मेरा नाम मलखा नहीं।"

मलखा चला गया। बच गए बाबू, टूटा-सा झोंपड़ा और वह। बाबू रह-रहकर रो पड़ते थे फिर चुपचाप फटी-फटी आँखों से सामने की ओर देखने लगते थे''' ।

धीरे-धीरे बाबू बीमार पड़ गए। पहले तो बीमारी की हालत में काम पर गए, लेकिन जब खाट पकड़ ली तो काम पर जाना बंद हो गया। उससे कहते—"तू स्कूल जा बेटा, पढ़ाई मत छोड़।" वह मरे मन से स्कूल जाता रहा। कुछ दिन तक तो यों चला। घर में बिक सकनेवाले जो सामान थे, वे काम देते रहे। फिर क्या हो? फाकामस्ती होने लगी।

"बाबू, मैं पढ़ने नहीं जाऊँगा। मैं मेहनत-मजूरी करूँगा।" उसने एक दिन बाबू से कहा।

बाबू ने उस दिन कुछ नहीं कहा। वह समझ गया कि अब उसे पढ़ाने की जिद बाबू में बाकी नहीं है, फिर भी बड़ी तकलीफ से बोले, "तू इस छोटी उमर में क्या करेगा रे?" फिर कुछ देर तक चुप रहे और फिर बीमार आँखों में प्यार भरकर देखते रहे, फिर बोले, "अच्छा तो तू यह कर कि दोपहर तक तू उस कूड़ाखाने में लोहे, प्लास्टिक, कागज आदि के टुकड़े बटोरा कर, फिर उसके बाद स्कूल चला जाया कर। इन टुकड़ों तो बेचने से कुछ पैसे बन जाएँगे, काम चल जाएगा, फिर मैं अच्छा हो जाऊँगा तो चिंता नहीं रहेगी।"

'काम क्या चल जाएगा? लेकिन हाँ, कुछ काम चल ही जाएगा।' सोचकर वह तैयार हो गया। वह जानता था कि अब पढ़ाई नहीं हो पाएगी। इन टुकड़ों से मिलेगा क्या? पढ़ाई छोड़कर पूरे दिन की कोई मजदूरी करनी ही होगी। यही सोचता हुआ आज पहली बार यहाँ आया है। इतवार होने से आज छुट्टी है, देखा जाएगा।

भों···भों···भों···किउँ-किउँ-किउँ···

घुर-घुर-घुर···चोंय-चोंय-चोंय···

फड़ड़···फड़ड़···फड़ड़···

टें अ···

उसने आँख उठाकर देखा—चारों ओर लड़ाई जारी है छोटे-बड़े की। उसे सिर पर धूप महसूस हुई। उसने देखा कि ठूँठ डाल की छाया उसके ऊपर से सरक गई है···ओफ! कुछ और बटोरना चाहिए—

वह फिर यहाँ-वहाँ टुकड़ों की तलाश में सरकने लगा। सरकता-सरकता सड़क की ओर आ गया। अरे, इतने पुलिसवाले। पुलिस को देखते ही उसके अंतर्मन में जमा हुआ डर ऊपर आ गया। "अरे, इतने पुलिसवाले।" वह अपने आपसे कहने लगा।

"हाँ बेटे, इतने पुलिसवाले।"

उसने मुड़कर देखा—वही लड़का जिसने उससे लोहे के टुकड़े के लिए लड़ाई की थी।

वह भय से भनभना गया।

"अरे बेटे, देखते नहीं, कितनी चहल-पहल है आज इस मुर्दाघर के पासवाली सड़क पर भी। अरे तू जानता नहीं है, आज वजीरपुर में कोई जुलूस है, उसमें बड़े मंत्रीजी आ रहे हैं। सुना है, वे रोहतक गए हैं, वहीं से यहाँ आएँगे। अरे जानता नहीं चुनाव पास आ रहा है। देख, इसीलिए इतनी पुलिस खड़ी है, तमाम मोटरवाले साले आ-जा रहे हैं—पों-पों-पों-पों, पीं-पीं-पीं। अरे साले, सभी चोर-बजारिए यहाँ इकट्ठा होंगे। पों-पों-पों, पीं-पीं-पीं वह मुँह से आवाजें करता नाचने लगा। भोला को हँसी आ गई।

"तेरा नाम क्या है रे?" उसने पूछा।

भोला ने एक बार उसे घृणा और क्रोध मिश्रित दृष्टि से देखा, फिर धीरे से बोला, "भोला।"

"भोला? हा हा हा-हा, तू सचमुच भोला है। मेरा नाम हट्टी है। तू मुझसे नाराज हो गया है रे? मैंने तेरा टुकड़ा छीन लिया था न।"

भोला ने 'नहीं' में सिर हिला दिया। इस पर हट्टी ने उसे हलका-सा धौल जमाते हुए कहा—

"क्यों बे साले, तू नाराज क्यों नहीं है? मैंने तेरा लोहा छीन लिया और तू

नाराज भी नहीं है। तुझे नाराज होना चाहिए। यही तो ऐब है अपन लोगों में कि हम लोग अपना हक छीननेवालों से नाराज नहीं होते। बोल तू नाराज है न, नहीं तो मैं फिर मारूँगा। बोल-बोल…"

भोला ने 'ना' में सिर हिला दिया और कहा, "हाँ, मुझे मार।" वह भीतर से इस आदमी के प्रति खिलता आ रहा था।

हट्टी खिलखिलाकर हँस पड़ा, "तू मेरा दोस्त बनेगा?"

"हाँ।" भोला ने कहा।

"तो ले, अपना लोहा ले। और भूख लगी है न?"

भोला ने संकोच से 'ना' में सिर हिला दिया।

"अबे ओ हरामी, तुझे भूख क्यों नहीं लगी है, तेरा बाप तुझे रोटी खिला गया है क्या? तीन-चार बज रहे हैं, तू साला कोई देवता है कि हवा पीकर भूख मिटा लेगा। ले खा।" कहकर उसने अपने फटे लंबे कुरते की पॉकेट में से एक कागज में लिपटी कुछ मोटी-मोटी रोटियाँ निकालीं। भोला की ओर बढ़ाते हुए कहा, "ले खा।"

भोला पहले तो सकुचाया, लेकिन रोटियाँ देखते ही उसके भीतर का ज्वालामुखी उबल पड़ा और फिर रोटियाँ तोड़-तोड़कर खाने लगा। भोला ने कागज का वह टुकड़ा उठा लिया जिसमें रोटियाँ लिपटी थीं। उसे पढ़ने लगा, "पाँच लाख लोगों की सभा को संबोधित करते हुए मंत्रीजी ने घोषणा की है कि हमारी सरकार अमीर-गरीब के भेद को मिटाकर रहेगी। अब अमीरों का जोर-जुल्म नहीं चलने पाएगा। गरीबों को अच्छा खाने-पीने, पहनने, अच्छे मकान में रहने का अधिकार होगा। उनके बच्चों को पढ़ने की सभी सुविधाएँ दी जाएँगी। हमारी सरकार ने इस दिशा में काफी सफलता हासिल कर ली है, लेकिन विरोधी दल के लोग अपने राजनीतिक स्वार्थ के लिए सरकार की सफलताओं को नजरअंदाज करते रहते हैं।"

हट्टी भोला का पढ़ना मुग्ध भाव से देखता रहा, फिर प्रसन्न होकर बोला, "अरे, तुझे पढ़ना भी आता है? भोला, तू तो बड़ा ही किस्मतवाला है रे! वाह मेरे यार, तू तो पंडित है, फिर क्या करने आया इस मुर्दाखाने में? यह तो हम जैसे जानवरों की जगह है रे।"

"नहीं यार हट्टी, मैं बड़ा अभागा हूँ। मैं स्कूल में छठी क्लास में पढ़ता हूँ, मगर अब नहीं पढ़ पाऊँगा।"

"यार भोले, तू पढ़ाई मत छोड़। मेरी कितनी इच्छा थी कि मैं पढ़ पाता, लेकिन पैदा होते ही अपने को गरीबी के नरक में पाया। माँ-बाप के होते हुए भी अपने

को लावारिस समझता रहा। माँ-बाप भी तो जिंदा रहते मुर्दा थे। किसी को पढ़ते देखता तो दिल में हूक उठती कि 'हाय, मैं भी पढ़ पाता।' माँ-बाप कहते, हट्टी यह पढ़ाई-लिखाई हम लोगों के लिए नहीं है, हम लोग तो पैदा होते ही अपने पेट के हौज को भरने के लिए घूरे पर डाल दिए जाते हैं।"

भोला उदास खड़ा रहा। उसे लगा कि हम सबका दर्द एक ही है, वह है भूख का दर्द। उसके आगे और कहीं कुछ नहीं है उनके जीवन में।

"क्या बात है, यार?"

"कुछ नहीं, हट्टी।"

एक हवाई जहाज आकाश में बहुत नीचे आकर शोर करता उड़ता चला गया। इन्होंने देखा कि कागज के बहुत से पन्ने हवा में लहरा उठे हैं, जो धीरे-धीरे जमीन पर आ रहे हैं। एक पन्ना भोला के पास भी आकर गिरा। वह उठाकर पढ़ने लगा।

"क्या लिखा है, रे?"

"वही यार, जो उस अखबार के टुकड़े में लिखा था।"

"यानी कि हम गरीब लोग अमीर हो गए हैं, हमारे पास अच्छे मकान हो गए हैं, हमारे पास खाने-पीने के ढेर सारे सामान आ गए हैं, और हम लोग पढ़-लिखकर अफसर बन गए हैं। यही न रे! धत्तेरे की।"

"हाँ हट्टी, यही लिखा है।"

"तब चल प्यारे, हम लोग इस मुर्दाखाने में क्यों खड़े हैं? हम लोग तो रईस हो गए हैं।"

हट्टी ठठाकर हँसने लगा, फिर एकाएक चुप हो गया।

सड़क पर चहल-पहल बढ़ गई थी। मोटरों का ताँता और भी सघन हो गया था—मिनिस्टर, नेता, सेठ, अफसर आगे चले जा रहे थे।

"अच्छा भाई हट्टी, मैं चला।"

"अरे चले जाना यार, मंत्रीजी यहाँ से जाएँगे, उनके दरसन तो कर ले।"

"नहीं यार, मुझे अपने बीमार बाबू को देखना मंत्रीजी का दरसन करने से ज्यादा जरूरी है, पता नहीं किस हालत में होंगे। मुझे छोड़कर और कोई देखनेवाला भी तो नहीं है।"

"अच्छा चल, कल आएगा न?"

"हाँ-हाँ, आऊँगा।"

"अच्छा तो जा, अब मैं भी जाऊँगा। मैं कल तेरी राह देखूँगा।"

दोनों की दिशाएँ अलग-अलग थीं। हट्टी को मुर्दा मैदान पार करते हुए उधर जाना था और भोला को सड़क पार कर दूसरी ओर जाना था। वह सड़क पर पहुँचा तो पुलिस के सिपाहियों ने उसे देखा। एक सिपाही तड़पा, "क्यों रे नरक के कीड़े, तू मंत्रीजी को दर्शन देने आया है? भाग साले यहाँ से।"

"हवलदारजी, मुझे सड़क पार कर उधर अपने घर जाना है।"

"अरे हट मेरे पास से, बदबू कर रहा है। पता नहीं कितने दिनों से नहाया नहीं है और पता नहीं किस पाखाने में से कपड़े उठा लाया है। सूअर की तरह इस कूड़ाखाने में लोटकर आ रहा है। जा घंटाभर और लोट, जब मंत्रीजी चले जाएँगे तब सड़क पार करना।"

भोला भयभीत-सा वहाँ से सरक गया। डर के मारे यह भी नहीं पूछ पाया कि मंत्रीजी कब जाएँगे। वह दो पुलिसवालों के बीच सड़क से कुछ फासले पर खड़ा हो गया और सोचता रहा कि मोटरों का ताँता कुछ कम हो तो झटके से सड़क पार कर जाए। पता नहीं बाबू का क्या हाल है? कुछ देर बाद उसने देखा कि सड़क थोड़ी खाली है। वह झपटकर सड़क पर आया और उस पार को भागा। एक पुलिसवाला गाली देता हुआ दौड़ा, तब तक तेजी से आती हुई एक कार कें-कें करती हुई भोला से आ टकराई। भोला एक गंदे चूहे की तरह उछलकर किनारे जा गिरा। उसके थैले में भरे हुए सारे टुकड़े छितरा गए।

पुलिसवाले ने कार की ओर देखा। कार में से एक चिकना चेहरा झाँकने लगा। पुलिसवाले ने सलूट मारी।

"इस लड़के को कैसे आने दिया तुम लोगों ने?" वह चेहरा शांत आवाज में गरजा।

"हुजूर, मैंने बहुत रोका, यह हरामी वहाँ खड़ा रहा और छिपकर सड़क पर दौड़ चला।"

"जिंदा है कि मर गया?"

"अरे ये कहाँ मरते हैं, हुजूर? आप जाएँ, हम देखते हैं इसका क्या हाल है?"

मिनिस्टर ने ड्राइवर से कार स्टार्ट करने को कहा। कार उड़ चली और कार के पीछे रुका हुआ संभ्रांत प्रवाह बह चला। पुलिसवाला गाली देता हुआ भोला के पास आया। देखा कि लड़के के सिर से खून बह रहा है और वह बेहोश हो गया है। उसपर पद-प्रहार करने की लालसा सिपाही के मन में ही रह गई। कुछ लोग भोला के पास घिर आए थे और तरह-तरह की बातें कर रहे थे। कुछ लोग कह रहे

थे कि यह अभी जिंदा है। इसे जल्दी से अस्पताल पहुँचाया जाए तो जी सकता है। इसके माँ-बाप को खबर भी की जा सकती है—किंतु कौन करे! अभी तो इसकी पुलिस-जाँच की खानापूर्ति होगी। यह जाँच भी मंत्रीजी की गाड़ी निकल जाने के बाद ही होगी। तब तक यह गरीब बचेगा भी क्या?

पुलिस का सिपाही सड़क के किनारे अपनी राष्ट्रीय ड्यूटी पर मुस्तैद हो गया है और एक हवाई जहाज फिर कागज के पन्ने बिखेरता ऊपर से शोर करता गुजर गया है। पन्ने धीरे-धीरे फटे पंखों की तरह उड़ते इस विराट मुर्दाखाने में यहाँ-वहाँ गिर रहे हैं···

□

गीतू

"पप्पा! गीतू को बुला दीजिए न, मैं खेलूँगी।" सवेरे-सवेरे मेरे पास आकर मेरी सात वर्षीया मुन्नी मचल उठी।

मैं कुछ नहीं बोला, बल्कि और भी गहरे विषाद में डूब गया। मेरी चुप्पी से खीझकर फिर बोली—

"बुला दो न पप्पा, उसे मैं कब से खोज रही हूँ? वह कहीं दीखती ही नहीं, उसका घर गिरा हुआ है और ये छोकरे सब कह रहे हैं कि वह मर गई। बुला दीजिए न।"

मेरी चुप्पी का अंधकार और गहरा गया। क्या कहूँ इसे? फिर बोलना ही पड़ा, "हाँ, बेटी गीतू मर गई।"

"मर गई तो कहाँ गई पप्पा! वह मुझसे बिना पूछे क्यों चली गई? बुला दो न पप्पा, उसके बिना मुझे कुछ भी अच्छा नहीं लगता।"

"बेटी, अब वह नहीं आने की। वह अपने मन से नहीं गई। भगवान् उसे अपने घर खींच ले गए।"

"भगवान् क्यों खींच ले गए पप्पा! भगवान् भी क्या कोई पुलिसवाला है कि उसे पकड़ ले गया। क्या गीतू ने बिस्कुट चुराया था?" इस गहरे विषाद में एक हलकी हँसी मुझे छू गई। बोला—"नहीं बेटा, भगवान् तो देवता हैं। जिसको चाहते हैं, अपने घर बुला लेते हैं।"

"भगवान् देवता हैं गणपति बाबा की तरह? तब तो उनके यहाँ प्रसाद खाने को खूब मिलता होगा। गीतू बिस्कुट, हलुआ खूब खाती होगी, क्यों पप्पा?"

मैं उलझन में पड़ गया—हाँ करूँ कि ना। मुझे डर लगा कि भगवान् के यहाँ की अच्छी-अच्छी चीजों के आकर्षण से कहीं इसके मुँह से अपशकुन-सूचक शब्द न निकल पड़ें। मैंने बीच का रास्ता ग्रहण करते हुए कहा, "बेटी, भगवान् के यहाँ भूख-प्यास नहीं लगती।"

मुन्नी तुनक गई, "यह कैसे हो सकता है ? इतने बड़े होकर झूठ बोलते हो। गीतू मेरे घर तो खूब खाती थी और तुम कहते हो, उस वहाँ भूख नहीं लगेगी। अब पता चला कि भगवान् कोई चोर है जो मेरी गीतू को उठा ले गया है और खाने को नहीं देगा। अब मैं किससे खेलूँ?" वह अहकती हुई चली गई। मैं बिस्तर पर ज्यों-का-त्यों पड़ा रहा।

मैं रात भर सो नहीं सका। बोझिल आँखें जलन और पीड़ा से फटी पड़ रही थीं। नस-नस में ऐंठन थी। केवल एक ही बात साँप की तरह तन-मन में रेंग रही थी, गीतू अब नहीं रही। बार-बार भूलने की कोशिश करने पर भी यही दहकता सत्य मेरी चेतना पर टूट पड़ता था। आँखें मूँदने पर जैसे कोई उनमें अंगुली कोंच-कोंचकर जगाने लगता। जागने पर वही भयानक सत्य घूरने लगता।

गीतू मेरे पड़ोस में रहनेवाले एक गरीब देसाई परिवार की लड़की थी। मैं इस नगर के लिए एकदम नया था। पास-पड़ोस के लोगों को ठीक से अभी नहीं पहचानता था। इन लोगों से मेरा कोई प्रत्यक्ष या परोक्ष सरोकार नहीं था। दूसरे, रुचि और संस्कार में समानता भी नहीं थी। इसलिए आते-जाते इनके चेहरों को मामूली तरीके से पहचान भर लिया था। लेकिन बच्चों की दुनिया निराली होती है। वे जहाँ जाते हैं, अपना संसार बसा लेते हैं। इनके परिचय और दोस्ती के संसार में नवीनता, रुचि और संस्कार दीवार नहीं बनते। वात्सल्य एक सार्वभौम भाव है। बच्चों ने आते-ही-आते मोहल्ले के बच्चों से दोस्ती गाँठ ली थी और इन्हीं बच्चों के कारण सारे बच्चे यहाँ पहुँच जुटते तो मुझे ऐसा लगता कि इन बच्चों की दुनिया में मैं नया नहीं हूँ, जो वहाँ थे, वे ही यहाँ भी इन्हीं में थी गीतू, जो छह-सात साल की एक अत्यंत दुबली-पतली, किंतु अत्यंत हँसमुख लड़की थी। वह जैसे हँसने के लिए ही बनी थी। मेरे सामने पड़ते ही लहरों-सी खिलखिल करती हुई झुक जाती। भागती तो हँसती, खेलती तो हँसती, जीतती तो हँसती, हारती तो हँसती और जब वह मेरे हाथ की पकड़ में आ जाती तो हँसते-हँसते दुहरी, तेहरी, चौहरी हो जाती। फिर मेरे हाथों पर झूलती हुई लेट जाती। जब मेरे हाथ ढीले हो जाते तो वह खिल-खिल करती हुई भाग जाती। वह मानो एक गौरैया थी, जो चहकना और फुदकना जानती थी।

मेरी मुन्नी उसे बहुत चाहती थी। दोनों साथ-साथ फुदकती थीं। और बच्चों ने तो कभी-कभी मार-पीट भी की, किंतु गीतू ने केवल प्यार किया। यह हँसी की लहर किसी से मार-पीट करेगी, सोचना मुश्किल था।

गीतू और मेरी हँसियों ने मिल-जुलकर हम दोनों के बीच के अवस्था-भेद के

भारी अवकाश को भर दिया था। वह मुझे भी अपने ही जैसा बच्चा समझती थी। मेरे साथ उसके संकोच के सारे सूत्र टूट चुके थे।

ऐसी थी गीतू। धीरे-धीरे वह मेरी खुशी का एक अंग बन गई थी। मैं अपनी मुन्नी में गीतू को और गीतू में मुन्नी को देखने लगा था। मुन्नी के साथ बैठकर खाने-पीने की चीजों में निस्संकोच हिस्सा बँटा लेती।

गीतू एक निहायत गरीब बाप की बेटी थी, यह मुझे उस दिन मालूम हुआ जिस दिन मालूम होने-न-होने का कोई अर्थ नहीं रह गया था। उसका बाप किसी दुकान पर तीस-पैंतीस रुपए पर नौकर था; जिस पर चार प्राणियों के जीवन-निर्वाह की जिम्मेदारी। हाय! इतनी गरीबी के भीतर गीतू की मुक्त हँसी कैसे पनप सकी थी? मुझे दर्द हुआ कि पहले मुझे गीतू-परिवार की यह असहायता क्यों नहीं मालूम हुई? मालूम होती तो उस सुकुमार, अबोध बालिका के अभावों को मैंने कुछ अवश्य बाँट लिया होता। मगर कुछ न कर सका, इसीलिए मेरा मन घायल होकर तड़प रहा है।

कल नौ बजे रात तक गीतू मेरे साथ खेलती रही। पत्नी गई थीं मोहल्ले के एक मंदिर में जन्माष्टमी की झाँकी देखने और मैं बच्चों के साथ घर सँभाल रहा था। गीतू के साथ होने से बच्चे सोने की स्थिति में नहीं आ रहे थे। गीतू हँसती हुई सारे घर को मुखर कर रही थी। मैं कोलाहल से ऊब-सा गया। गीतू से कहा, "जा बेटा, फिर कल आना।" लेकिन वह दो कदम जाकर दूने वेग से हँसती हुई टूट पड़ी। मेरे बच्चों ने भी उसका अनुकरण किया। मैंने खीझकर गीतू की हलके स्वर में डाँट दिया, "जा न भाई, जाकर सो जा, काफी देर हो गई है।"

लेकिन वह और भी हँसने लगी, जैसे मुझे चिढ़ा रही हो।

मैंने उठकर उसकी बाँह पकड़ी और दरवाजे के बाहर कर दिया।

वह थोड़ा-सा रुआँसा मुँह बनाकर बोली, "जा, कल से मैं नहीं आऊँगी।" फिर थोड़ी दूर जाकर खिलखिलाकर हँस पड़ी और घर भाग गई।

हम लोग सोए ही थे कि बड़े जोर की एक आहट से सारा मोहल्ला काँप उठा। सँभलने पर देखा कि सामने एक मकान भहराकर गिरा हुआ है।

"किसका मकान है?" मैंने चौंककर पूछा।

"गीतू का।" पत्नी ने जवाब दिया और उसी वक्त मुझे मालूम हुआ कि गीतू यहाँ रहती । जल्दी-जल्दी लोग बाहर आए। मकान दो मंजिला था। ऊपर से नीचे तक विदीर्ण हो गया था। मकान में से कोई आहट नहीं मिली। पड़ोस के दो-तीन नवयुवक किसी प्रकार मलबे के भीतर घुसने की कोशिश कर रहे थे। धीरे-धीरे भीड़

इकट्ठा होने लगी। मैं धड़कने थामे हुए इस परिवार के बारे में जानने को बेचैन हो उठा। थोड़ी देर बाद एक आदमी गीतू को लिये हुए निकला। उसकी गोद में गीतू का अचेत शरीर पड़ा हुआ था। मेरी हिम्मत नहीं हुई कि पूछूँ, कैसी है गीतू? शायद मर गई हो। इसीलिए नहीं पूछा और काफी देर तक मन को इस भ्रम में रखना चाहा कि वह कुछ घायल हो गई है, ठीक हो जाएगी। गीतू पड़ोसी के घर में लिटा दी गई, परंतु मैं भय के मारे हाल-चाल पूछने नहीं गया। भीड़ बढ़ती गई। चौराहा तमाशाइयों से कसमसा उठा। कुछ देर बाद गीतू का घायल बाप निकालकर लाया। उसकी कमर पर काफी चोट आई थी, मगर खतरे की बात नहीं थी। माँ अपनी छोटी बच्ची के साथ सही-सलामत थी।

कुछ देर बाद अस्पताल से एंबुलेंस कार आई। मैंने अपने दरवाजे पर से देखा कि कार में गीतू का बाप और माँ बैठे और कार चली गई। मुझे एक धक्का-सा लगा। मर गई क्या गीतू कि कार उसे छोड़ गई? फिर सोचा, शायद जगह नहीं रही, फिर आएगी उसके लिए। थोड़ी देर बाद जब फिर कार आई तो बुझती हुई आशा सुगबुगा उठी। किंतु कार बहुत देर तक खड़ी रह गई तो मैं धीरे से बड़बड़ाया कि कैसे हैं ये एंबुलेंसवाले? इधर जख्मी की जान के लाले पड़े हैं, उधर ये मस्ती से खड़े होकर बीड़ी पी रहे हैं।

मेरी बगल में खड़े एक सज्जन मेरी अज्ञानता पर तरस खाकर बोले, "अरे साहब, वह छोकरी तो कब की मर चुकी है। एंबुलेंसवाले अस्पताल में फोन कर रहे हैं कि लाश वहीं लाई जाए कि सगे-संबंधियों को दे दी जाए।"

मैं तो जमकर काठ हो गया। उसी समय एक धोबी की औरत ने फुसफुसाकर मुझसे कहा, "साहब, यह घर दोखिहा था। दो साल पहले इसमें चोरों ने छह-सात साल की एक लड़की को मार डाला था। वह चुड़ैल बन गई है। उसी ने मकान गिराया है, उसी ने इस छोकरी को मारा है।"

मैंने चुपचाप उसकी बात सुन ली। भूत-प्रेत के संस्कारों से युक्त इन गँवारों का मैं क्या प्रतिवाद करता? मगर मेरी कल्पना के सामने एक दूसरी ही तसवीर उभर आई—

तीस-पैंतीस रुपए पानेवाला गीतू का बाप मकान खोज रहा है। आदमी के रहने लायक मकान कहीं मिलता है तीस-पैंतीस रुपए पानेवाले नौकर को? मिलता है तो तनख्वाह का आधा हड़पने को तैयार। फिर ये चार प्राणी क्या खाएँगे? आखिर पाँच-सात रुपए किराए पर यह मकान मिला जिसमें दो साल से किसी आदमजात

ने पैर नहीं रखे हैं। लोगों के कहने के अनुसार भुतहा है, पर इसमें शायद भूत भी रहना पसंद न करता होगा। किंतु गरीब बाप को इस भुतहे घर को कबूल करने के सिवा और कोई चारा नहीं। भूत-प्रेत के प्रकोप, बच्चों के अनिष्ट की आशंकाओं को धड़कते हुए हृदय से झेलकर इस घर को स्वीकार करनेवाले बाप की मजबूरी का अनुमान लगाना कठिन नहीं है। बे-मरम्मत घर से सीलन और प्रेत-आशंका से मिश्रित एक घुटनमयी गंध उठती रहती है, किंतु यह भी ठीक है कि गरीबों को घ्राण नहीं होता। दीवारें फटी हुई हैं, छत विदीर्ण है और इस साल की यह बरसात है, जो थमने का नाम ही नहीं लेती। मकान मालिक को कोई चिंता नहीं। वह तो धूप होने पर ही छत को ठीक करा सकता है। लेकिन यह मकान मालिक की तरह आशावादी नहीं है। वह अपनी छाया में भीगनेवालों को लिये-दिए अपना दम तोड़ बैठा।

मैंने कोलाहल करती हुई भीड़ पर एक नजर डाली। देखा, घुटने तक धोती पहने, कमीज पर एक बादामी जैकेट डाले, काली टोपी पहने काँपते हाथ में एक छड़ी लिये सत्तर-अस्सी साल का एक बूढ़ा भीड़ में बौड़ियाता हुआ घूम रहा है। उसकी आँखों में असीम शून्य भरा हुआ है। लोगों ने कहा, यह गीतू का बाबा है। श्मशान में घूमते हुए कंकाल की तरह इस बूढ़े को देखकर अजीब-सा लगा। मैं मर्माहत-सा अंदर आकर खाट पर पड़े रहा।

बाहर रात भर तमाशबीनों का ताँता लगा रहा। मैं संतप्त हृदय को दबाकर सोने की कोशिश कर रहा था। लेकिन नींद नहीं आई। जो गौरैया अभी-अभी मेरे साथ चहकती हुई फुदक रही थी, वह नहीं रही, यह बात मुझे विचित्र ढंग से कचोट रही थी। न जाने कब नींद आ गई।

"अरे तुम गीतू! मैं तुम्हें कब से खोज रहा था।"

"हि···हि···हि···हि···" वही खिलखिलाहट लहर गई।

"आ, मेरे पास आ; कहाँ चली गई थी दुष्ट?"

वह मेरे पास नहीं आई, केवल खिलखिलाती रही।

"आ न, आ।"

"ना, ना, अब तुम्हारे पास नहीं आऊँगी, तुम डाँटते हो न।" वह खिलखिलाने लगी।

"शैतान कहीं की!" कहकर मैं उसकी ओर दौड़ा। वह हँसती हुई दूर निकल गई। मैं अपने दरवाजे से बाहर होना ही चाहता था कि किवाड़ का पल्ला जोर से मेरे सिर पर लगा। मैं दर्द से जाग बैठा। ओह, यह सपना था। मुझे बड़ी व्यथा हुई यह

सोचकर कि उसे मैंने कल डाँट दिया था। न जाने किन अशुभ क्षणों में उसके मुख से फूटा था, "जा, अब तुम्हारे यहाँ नहीं आऊँगी।"

अखबारवाले ने पुकारा। उठकर दरवाजे के पास गया। दिन के प्रकाश में देखा, मकान अपनी चूर-चूर हड्डी-पसलियों के साथ जमीन पर निस्पंद पड़ा हुआ था। मेरी मुन्नी मलबे के ऊपर एक कोने में गुमसुम बैठी हुई न जाने क्या देख रही थी और खोह-सी आँखों में वही असीम रिक्तता भरे गीतू का बाबा लकड़ी के सहारे इस कोने से उस कोने तक काँपता हुआ चक्कर काट रहा था।

□

सोनू कब आएगा पापा?

"मीतू कहाँ है ? बहुत देर से दिखाई नहीं पड़ रही है ? सवेरे बड़ी मुश्किल से तो मनाया था।" पत्नी से पूछा।

"हाँ, देर से मैंने भी उसे नहीं देखा। जरा देखिए न।" पत्नी ने सब्जी छौंकते हुए कहा।

"शायद बहनों के साथ हो। कहाँ हैं वे ?"

"वे तो पड़ोस में ही अपनी दोस्त के यहाँ गई हैं।"

"शायद वह भी उनके साथ गई हो।"

"नहीं, उन्हें जाते देखा था। मीतू उनके साथ नहीं थी।"

"कमाल है। मीतू है कहाँ ? मीतू घर में हो और घर शांत रहे, ऐसा हो सकता है क्या ?" मुझे थोड़ी चिंता हो गई। ऊपर-नीचे के सारे कमरे और बाथरूम खोज मारे, मीतू कहीं भी दिखाई नहीं पड़ी। ऊपर गया तो देखा—जहाँ सीढ़ियाँ खत्म होती हैं, वहाँ चुपचाप दीवार की ओर मुँह किए बैठी है। मैं कुछ क्षण चुपचाप निहारता रहा। फिर धीरे से पुकारा, मीतू!

चौंककर उसने देखा। उसका मुँह आँसुओं से भीगा था। वह एकटक निहारती रही। उसकी आँखों में उदासी भरी थी।

"तुम रोई हो बेटे ?"

वह कुछ नहीं बोली, देखती रही। मैंने फिर पूछा, "तुम रोई हो बेटे ?"

इस बार उसने स्वीकृति में धीरे से सिर हिलाया।

"क्यों ? क्यों रोयी हो बेटे ?"

"सोनू आया पापाजी ?"

"सोनू आज ही तो गया है, आज ही कैसे आ जाएगा ?"

"तब कब आएगा ?"

"अभी तो कई दिन लगेंगे बेटे।"

"तब मैं किसके साथ खेलूँगी। वह आएगा तो उससे नहीं बोलूँगी। वह मुझे अपने साथ क्यों नहीं ले गया।" उसका चेहरा रुआँसा हो गया। मैं भीतर तक भीग आया।

"बेटे, वह अपने नाना के घर गया है। तुम्हें कैसे साथ ले जाता।"

"क्यों नहीं ले जा सकता था। मैं उससे वहाँ झगड़ा थोड़े करती। उसके साथ खेलती।"

"बेटे, तुम वहाँ चली जाती तो मैं कैसे रहता?"

"दीदी लोग तो हैं न।"

"हाँ, हैं तो, लेकिन तुम्हारी बात और है। बताओ कि क्या तुम्हें हमारे बिना अच्छा लगता? और तुम हमारे बिना रह पाओगी? रह पाओ तो आज ही तुम्हें वहाँ छोड़ आऊँ।"

वह कुछ नहीं बोली, लगा जैसे कुछ असमंजस में हो।

"बोलो बेटा, बोलती क्यों नहीं? लगता है, तुम हमें प्यार नहीं करती।"

उसने मुझे ऐसे देखा जैसे कुछ कहना चाहती हो, पर कह नहीं पा रही हो। मैंने बाँहें फैला दीं, "आओ बेटा!"

वह वैसी-की-वैसी बैठी रही, किंतु उसकी आँखें कुछ अधिक सक्रिय हो उठी थीं।

"लगता है, तुम मुझे प्यार नहीं करती।" बाँहें फैलाए हुए मैंने फिर कहा।

वह उठी और "पापा!" कहकर मेरी गोद में टूट पड़ी और हबस-हबसकर रोने लगी। मैं उसे गोदी में लिये हुए अपने कमरे में आया। वह थोड़ी देर में सो गई। मैं कुछ देर तक वहीं बैठा उसके चेहरे को निहारता रहा। नन्हा-सा मासूम चेहरा-चेहरे पर आँसुओं की सूखी लकीरें। मानो रह-रहकर पूछ रही हैं, "सोनू आया?"

बच्चों की दुनिया बड़ी विचित्र होती है। क्षणे रुष्टा, क्षणे तुष्टा।

मीतू मेरी बेटी है, साढ़े तीन साल की। सोनू मेरे छोटे भाई का बेटा है, मीतू से छह महीने बड़ा। दोनों साथ खाएँगे-पिएँगे, साथ-साथ खेलेंगे कूदेंगे, साथ-साथ हँसेंगे-रोएँगे, साथ-साथ नाचेंगे-गाएँगे। यह हँसता-गाता हुआ साथ एकाएक महाभारत में बदल जाएगा। फिर लगेगा कि दोनों एक-दूसरे के खून के प्यासे हैं। मैं कोई सामान लाऊँगा तो दोनों के लिए। भाई लाएगा तो दोनों के लिए।

सामान समान होंगे, रंग में थोड़ा भेद होगा पहचान के लिए। पहले तो दोनों शौक से खेलेंगे, फिर किसी को लगेगा कि दूसरे के सामान का रंग तो अच्छा है, तो फिर उसे लेने की जिद करेगा या किसी का सामान टूट जाएगा तो कहेगा, "मेरा वाला तो यह है।" फिर हलकी-सी कहासुनी के बाद मारपीट शुरू हो जाएगी। सोनू मीतू को धक्का देगा, लात से मारेगा और मीतू कोई चीज फेंककर मारेगी या काट लेगी, चिकोट लेगी। उनके क्रोध की अंधी अभिव्यक्ति में कुछ भी हो सकता है, किसी का अंग-भंग हो सकता है, इसलिए हम प्रायः उन्हें अकेला नहीं छोड़ते। लेकिन कब तक कोई उनके पीछे छाया-सा घूमेगा और साथ रहने पर भी उनके संघर्ष में बाधा नहीं आती। होता इतना ही है कि हम उन्हें शीघ्र ही सँभाल लेते हैं, उन्हें खींचकर एक-दूसरे से अलग कर देते हैं। दोनों अलग होकर भी लड़ने के लिए जोर मारते रहते हैं और गुस्से में हाथ-पाँव पटक-पटककर रोते हैं। मीतू तो क्रोध में खड़े-खड़े गिर पड़ती है और फिर उसे सँभालना या उठा पाना आसान नहीं होता। कभी-कभी हम उन्हें डाँट-फटकारकर हिदायत देते हैं, "अब तुम लोग एक-दूसरे के साथ नहीं खेलोगे।" और उन्हें अपने-अपने कमरों में खींच ले जाते हैं। उन्हें चुप कराते हैं, "बेटे, सो जाओ, तुम्हारे लिए खिलौने लाऊँगा, उसके लिए नहीं लाऊँगा, वह दुष्ट है ना!"

उस दिन मैं कोई सामान लाता हूँ तो कहता हूँ, "लो मीतू, देखो तुम्हारे लिए क्या लाया हूँ?" वह सामान लेकर खुशी से नाचने लगती है। किंतु एक मिनट बाद ही पूछती है, "और सोनू के लिए?"

"उसके लिए नहीं लाया, वह तुमसे लड़ता है न!"

"नहीं पापा, उससे कह दूँगी, अब नहीं लड़ेगा। उसकी चीज दो न।"

"मैं तो एक ही लाया था।" कहकर मुसकराता हूँ।

"तो मैं भी नहीं लेती।"

"अरे बाबा, नाराज न हो। लाया हूँ न।"

जानता हूँ कि अब यदि थोड़ी भी देर हुई तो यह खड़े-खड़े गिर जाएगी और सँभालने में घंटा लग जाएगा। सोनू की चीज लेकर उसके कमरे के पास जाकर पुकारती है, "सोनू, देखो तो पापा तुम्हारे लिए क्या लाए हैं।" सोनू चीज लेकर खुश हो जाता है। दोनों खेलने लगते हैं।

यही बात उधर भी होती है। जब भाई कोई सामान लाकर सोनू को देता है तो वह भी पूछता है, "और मीतू के लिए?" और मीतू की चीज लेकर उसे

पुकारता हुआ उसके पास पहुँच जाता है।

दोनों मगन होकर खेलने लगते हैं और फिर किसी-न-किसी बात पर दोनों में घमासान मच जाता है।

शाम को टी.वी. पर कोई गाना आता है तो सोनू नाचना शुरू कर देता है और मीतू भी मैदान में कूद पड़ती है। दोनों बच्चे इतना साथ रहकर भी अपने-अपने व्यक्तित्व की निजता बनाए हुए हैं। दोनों के झगड़ने की, पीटने-मारने की, खाने-पीने की, हँसने-रोने की अलग-अलग शैलियाँ हैं, यद्यपि चलती हैं साथ-साथ।

मैं कहता हूँ, "सोनू हँसता रहता है।" और सोनू बनावटी हँसी हँसने लगता है। मीतू कहती है, "मुझे भी कहो।" और मेरे कहने पर वह भी नकली हँसी हँसने लगती है। दोनों नाच-नाचकर, झुक-झुककर, ताली बजा-बजाकर हँसते हैं और हम लोग भी उनकी हँसी के प्रवाह में बह जाते हैं। खुशी से सोनू के गाल पर एक चपत मारता हूँ तो मीतू भी लपकी चली आती है और कहती है, "गुझे भी।"

कल सोनू की वर्षगाँठ थी। वह सवेरे ही बहुत उत्साह में था और कहता फिर रहा था, "आज मेरा हैप्पी बर्थडे है।" मीतू कह रही थी, 'मेरा भी हैप्पी बर्थडे है।' सोनू डाँटता, "अरे पागल, आज तो मेरा हैप्पी बर्थडे है, तेरा कैसे हो गया?" "नहीं-नहीं, मेरा भी है।" मीतू की जिद कायम थी। हमें लग रहा था कि ये कहीं इसी बात पर न टकरा जाएँ। शाम को सोनू नया-नया कुरता-पाजामा पहनकर तैयार हुआ तो मीतू भी नए कपड़ों के लिए मचल उठी। मैं जानता था, अतः ले आया था। वह भी नई फ्रॉक पहनकर उत्सव कक्ष में हँसती-विहँसती आई।

कैसेट पर दोनों नाचने लगे। घर के लोग और दो-चार अंतरंग अतिथि बैठे थे। भाई फोटो ले रहा था। फोकस सोनू पर था, लेकिन हर बार मीतू लपककर फोकस में आ जाती थी। केक पर चार बत्तियाँ लगाई गई थीं। सोनू से कहा गया—फूँको। उसने फूँक मारी, लेकिन उससे पहले मीतू ने फूँक मारकर दो मोमबत्तियाँ बुझा दीं। लोग ताली बजाकर 'हैप्पी बर्थडे' कहने लगे। दोनों बच्चे ताली बजाकर नाचने लगे। नाचते-नाचते सोनू मीतू से बोला, "हैप्पी बर्थडे तो मेरा है, तूने बत्ती क्यों बुझाई?"

"मेरा भी तो है।"

"तेरा कैसे? तेरा तो बाद में आएगा।"

"नहीं-नहीं, मेरा भी है।"

और इस कहासुनी में झड़प शुरू हो गई। दोनों चिल्ला-चिल्लाकर कह

रहे थे, "जाओ, तुमसे अब नहीं बोलेंगे।" पत्नी मीतू को अपने कमरे में ले गई। सोनू को मनाया गया कि वह अपनी वर्षगाँठ पर नाचे-गाए, लेकिन वह मूड में नहीं आया।

सुबह सोनू को अपनी माँ के साथ नाना के यहाँ जाना था। वह कई दिनों से बहुत उत्साह में था कि नाना के घर जाएँगे। मीतू सवेरे उठी तो बोली, "सोनू भैया कहाँ हैं?"

"अपने कमरे में होगा।"

उसने उसके कमरे के आगे जाकर आवाज दी, "सोनू भैया।"

कमरे से निकलकर सोनू ठसक से बोला, "क्या है? मैं तो अपने नाना के यहाँ जा रहा हूँ।" "भैया, मुझे भी ले चल न।"

"तू कहाँ चलेगी, वे तो मेरे नानाजी हैं। तू अपने नाना के यहाँ क्यों नहीं जाती?" "भैया, ऐसा है न कि माँ इस बार नाना के यहाँ नहीं जा रही है। तू मेरा भाई है तो तेरे नाना मेरे नाना हुए।"

"नहीं-नहीं, मेरे नानाजी मेरे नानाजी हैं। तू अपने नानाजी के घर मुझे कभी ले जाती है?"

"अब जाऊँगी तो ले जाऊँगी। ले चल न।"

"नहीं-नहीं, मैं नहीं ले चलूँगा। तू तो मुझसे लड़ती रहती है।"

"नहीं लड़ूँगी। देख ये सब मेरे खिलौने हैं न, तू ले ले।"

"अरे पागल, ये सब खिलौने क्या करूँगा? नानाजी के यहाँ बहुत खिलौने होंगे।"

मैं इनकी बातें सुनकर मुसकराता रहा। मीतू उदास होकर लौट आई और मेरे पास बैठ गई। सोनू सज-धजकर अपनी माँ और मामा के साथ जाने को हुआ तो मीतू वहाँ भी पीछे-पीछे लगी रही।

"भैया, ले चल न।" धीरे-धीरे अनुनय करती रही और सोनू बड़े-बूढ़ों की तरह कहता रहा, "नहीं-नहीं। अरे भाई, तू कहाँ जाएगी! वे मेरे नानाजी हैं न।"

वे लोग चले गए तो मीतू देर तक वहीं उदास खड़ी रही जैसे उसे विश्वास हो कि सोनू लौटकर आएगा और कहेगा, 'अच्छा चल।'

"चल बेटे, ऊपर चलें।" मैंने कहा तो उसे होश आया और रो उठी, "नहीं? मैं कहीं नहीं जाऊँगी। सोनू मुझे छोड़कर क्यों चला गया?" वह वहीं खड़े-खड़े गिर पड़ी।

बहुत देर तक मनाया। बाजार चलने को कहा। किसी तरह वश में आई। बाजार में उसे ले जाकर खिलौना दिलवाया। उसे लेकर बोली, "और सोनू के लिए?"

"अरे वह तो नानी के यहाँ गया न।"

"हाँ, नानी के यहाँ गया।" वह बुदबुदाई। थोड़ा चुप रही, फिर बोली, "सोनू कब आएगा पापा?"

□

आज का दिन भी

सवेरे उठकर थोड़ा गैलरी में टहलता हूँ। अपने छोटे से किचन गार्डन में और गैलरी में रखे गमलों के फूलों से बतियाता भी हूँ। काफी लोग सलाह दे चुके हैं कि मुझे सवेरे उठकर दूर किसी पार्क में निकल जाना चाहिए और तेज-तेज घूमना चाहिए, लेकिन मैं टहलने के लिए दूर नहीं जा पाता और किसी पार्क में जाकर, जहाँ रंग-बिरंगे फूल खिले हों, तेज-तेज घूमना नहीं हो पाता। लगता है, फूल मुझे पुकारते हैं और मैं ठमककर उन्हें देखने लगता हूँ। फिर अपने किचन गार्डन और गमलों के फूलों का तो कहना ही क्या? इन्हें मैं लगाता हूँ, सींचता हूँ और रोज-रोज इनकी विकास-गति को देखता हूँ। मैं जैसे ही सुबह उठता हूँ, लगता है, वे पौधे, उनके फूल मुझे मेरे नाम से पुकार रहे हैं और मैं उनके बीच घूमता भी हूँ रुक-रुककर। उन्हें देखता भी हूँ, उनकी मुसकान से मुसकान मिलाता हूँ, उनकी गंध मेरे भीतर तक चली जाती है, उनका हाल-चाल पूछता हूँ। और लगता है, मैं एक ही साथ बाहर भी घूम रहा हूँ और भीतर भी। अब इस घूमने को डॉक्टर लोग, योगाभ्यासी लोग चाहे जो कहें, लेकिन यह मेरी तो आदत बन गई है।

पीछे के खुले आँगन में खड़ा होता हूँ।

"दादाजी!" एक बहुत मीठी आवाज मेरे कानों में रस घोल देती है। देखता हूँ छत पर रेलिंग के सहारे मिट्ठू खड़ी है। मिट्ठू यानी डेढ़ साल की मेरी पोती। उसका भोला-भाला, गोल-मटोल चेहरा, गदबदी देह, हँसती-सी आँखें¨, किचन गार्डन के तमाम फूलों के साथ खिला हुआ एक बड़ा सा फूल, सूर्यमुखी का फूल—सबसे विशिष्ट, सबसे ताजा और सबसे जीवंत फूल। और मेरी सुबह एक महकती हुई अनुभूति बन जाती है।

"दादाजी!" वह फिर पुकारती है। मैं बाहर से भीतर तक भीग जाता हूँ इस स्वर के रस-माधुर्य से। पुकारकर छिप जाती है और कुछ पलों में उसका हँसता,

मुसकराता हुआ चेहरा फिर सामने आ जाता है।

"नीचे आओ।" मैं कहकर व्यायाम करने लगता हूँ। आँगन में मेरा व्यायाम चलता रहता है और ऊपर से मिट्ठू की मीठी पुकार बरसती रहती है, उसका गोल-मटोल चेहरा छिप-छिपकर उदित होता रहता है और मेरी आँखों में समाता रहता है।

मुझे स्पांडीलाइटिस है। बाँहों में काफी पहले आर्थराइटिस भी हुआ था। इसलिए कुछ व्यायाम कर लेता हूँ। व्यायाम क्या है? व्यायाम जैसी चीज है। जानकार लोगों का सुझाव है कि मैं बहुत सवेरे उठकर पार्क में जाया करूँ। वहाँ एकांत में एकाग्र होकर व्यायाम करूँ, तभी उसका लाभ है। लेकिन यह मुझसे कभी नहीं हो सका। दो-एक बार यहाँ के एक छोटे से उद्यान में गया। इस इलाके में यही सबसे बड़ा उद्यान है। अच्छा है, लेकिन यहाँ इतनी ठेलमठेल कि मुक्त भाव से घूमना नहीं हो पाता। आगे-आगे बूढ़ों की ठिलती हुई दुनिया चलती रहती है, जो खाँसती है, थूकती है और आपको तेज-तेज चलने नहीं देती। चारों ओर घास पर लोग पसारे होते हैं। यहाँ कहाँ है एकांत जिसमें आप व्यायाम के लिए एकाग्रता पैदा कर सकते हैं? इसलिए जैसे अपनी गैलरी में घूमता हूँ वैसे ही आँगन में व्यायाम कर लेता हूँ और एकाग्रता की स्थिति यह है कि एक आसन करने पर यदि अखबार आ गिरा तो पहले उसके हैडिंग पर नजर मार लेता हूँ, फिर दूसरा आसन करता हूँ। उसी क्रम में किसी से बात करनी हुई तो वह भी कर लेता हूँ और थोड़ा रुककर मिट्ठू को देख लेता हूँ, पुकार लेता हूँ और आसन करते हुए भी उसे देखता-पुकारता रहता हूँ, बल्कि वही पुकारती रहती है। अब इसे आसन या व्यायाम कहा जाए या नहीं, यह लाभकर सिद्ध होता है या हानिकर, इसकी चिंता कौन करे? आखिर इसी क्रम से जीवन के इतने दिन बीत गए। बाकी भी बीत जाएँगे। नियमों में कभी यांत्रिक ढंग से बँधकर काम नहीं किया तो अब क्या करुँगा? फुरसत होने पर भी कभी मन हुआ तो लिखा, नहीं हुआ तो नहीं लिखा। कभी लिखने के क्रम को तोड़कर कुछ और करने लगा, कभी लिखता रहा तो लिखता रहा। कभी किसी उपन्यास के लिखने का क्रम टूटा तो छह-छह महीने या साल-सालभर तक नहीं जुड़ा, लेकिन जब जुड़ा तो फिर एक क्रम बन गया।

इन दिनों तो फुरसत-ही फुरसत है, लेकिन लिखने का क्रम मंद पड़ गया है—एक तो इसलिए कि स्वास्थ्य को कुछ-न-कुछ हो जाता है। कभी चक्कर का क्रम चला, कभी यूरिन ट्रबल का। कभी स्पांडीलाइटिस पीड़ित कर रहा है, कभी एसिडिटी। कभी जुकाम जोर-आजमाइश कर रहा है, कभी आथराइटिस। और

सिर-दर्द तो सारे रोगों का साथी है। यह भगवान् की दया है कि मुझे कोई अति चिंताजनक बीमारी नहीं है, किंतु ये छोटे-छोटे रोग भी कम उत्पाती नहीं हैं, बच्चों की तरह ढेले फेंकते रहते हैं और अपनी शरारतों से बेचैन किए रहते हैं।

ठंडा पड़ने का दूसरा कारण यह है कि मैं सोचता हूँ—काफी कुछ लिख लिया और बहुत लोगों की तरह यह भ्रम नहीं बनाए बैठा हूँ कि अभी मेरा श्रेष्ठ आना बाकी है। जो आ चुका है, वह मेरे संतोष के लिए काफी है—उन औरों की चिंता मैं क्यों करूँ जो मेरे लिखे गए साहित्य से परिचित नहीं हैं और राय देते फिरते हैं कि अब मैं कुछ बहुत ऊँची रचना दे मारूँ। मेरी इस सोच से जुड़ी यह सोच भी है कि इन फुरसत के दिनों को कुछ फुरसत से जिया जाए। यानी जब जो मन करे, किया जाए। अब नियमित रूप से पढ़ना-लिखना अनिवार्य क्यों बनाया जाए? कभी घर के काम में हाथ बँटाया जाए, कभी बच्चों से खेला जाए, परिवार के लोगों के साथ गपशप की जाए और घर आने वाले दोस्तों के साथ महफिल जमाई जाए। कभी अकेले बैठकर कुछ अनाप-शनाप विचारों से खेला जाए। कभी रेडियो पर पुराने फिल्मी गीत सुने जाएँ।

रोज—जैसा आज भी एक दिन था—"दादाजी!"

मिट्ठू सीढ़ियों से नीचे उतर आई थी। मैंने व्यायाम छोड़कर उसे गोद में उठा लिया और एक विशेष मुद्रा से मैंने उसे देखा और सिर हिला दिया। वह खिलखिल-खिलखिल हँसने लगी। हँसना मिट्ठू की आदत है। जबसे उसने होश सँभाला, हँस रही है। पहले तो सहज ढंग से हँसती है, फिर बनावटी हँसी हँसती है। मैंने फिर उसी मुद्रा में देखा और सिर हिला दिया और वह फिर हँसने लगी। यह क्रम कुछ देर तक चलता रहा।

फिर उसकी माँ आ गई। माँ को सुबह-सुबह स्कूल जाना होता है न, इसलिए उसे खिला-पिलाकर जाती है।

माँ ले गई तो मैं फिर व्यायाम करने लगा। थोड़ी देर में मिट्ठू के रोने की आवाज आई। रोना भी मिट्ठू का अद्भुत होता है। उसमें एक मीठा दर्द भरा होता है। मैं समझ गया कि मिट्ठू को दूध पिलाया जा रहा है। यानी गोदी में लिटाकर जबरदस्ती चम्मच से दूध। न जाने वह क्यों नहीं सहज भाव से दूध पी पाती। चम्मच और मिट्ठू का संघर्ष चलता रहा। मिट्ठू का रोना किसी कष्टवश नहीं है, यह जानते हुए भी मैं उद्विग्न हो उठा। उसका रुदन मेरे व्यायाम को आहत करता रहा और व्यायाम छोड़कर उसकी ओर लपका और गोद में आने के लिए उसे पुकारा! वह

दूध पी चुकी थी। स्कूल के लिए माँ तैयार होने चली गई थी। वह सिर नीचे झुकाकर अहक-अहककर रो रही थी। उसका पूरा शरीर लहर की तरह उठ-गिर रहा था।

"आओ मिट्ठू, घूमने चलें।"

उसने मुझे कनखियों से देखा और फिर सिर झुकाकर रोने लगी।

"टाटा मिट्ठू!"

उसने फिर कनखियों से देखा और फिर रोने लगी।

ओहो, अब मुझे ज्ञात हुआ कि वह मेरे नंग-धड़ग बदन को देखकर मुँह फेर ले रही है।

मैंने अंदर जाकर झट से कुरता पहन लिया और फिर लौटकर पुकारा—"मिट्ठू, टाटा!" उसने फिर देखा। उसकी दृष्टि में थोड़ा विश्वास का ठहराव दिखाई पड़ा, फिर भी वह आई नहीं।

"अच्छा मिट्ठू, टाटा! मैं घूमने चला।"

मैं वहाँ से चलकर थोड़ा छिप गया। वह धरती पर सिर पटककर रोने लगी। मैं उसके पास फिर गया और कहा—"आओ मिट्ठू, घूम आएँ टाटा।" मैंने बाँहें फैला दीं तो वह झट-से मेरी गोदी में आ गई। टाटा-टाटा के अंदाज में हाथ हिलाने लगी।

उसे गोद में लिये आया तो अपने पेड़ों को देखकर बोली, ''चीया।''

मैंने देखा, गौरैया के कई जोड़े डालों पर फुदक रहे थे।

"हाँ बेटी, चिड़िया।"

गेट के बाहर निकला तो कुत्ते को देखकर बोली, "भौं भौं…"

फिर बोली, "गइया…"

उसे गोद में लेकर सड़क पर निकल आया। सड़क पर नाना वाहनों की आवाजें-ही-आवाजें। मिट्ठू जल्दी-जल्दी हर आवाज से चौंकती है, उसका पीछा करती है और अपनी शक्तिभर उसकी नकल करती है।

उसे पार्क में ले गया। वह वहाँ इस बेंच से उस बेंच तक फुदकती फिरी। एक बड़े फूल की तरह वह फूलों के बीच खेलती रही।

"आओ चलें।"

उसका मन तो नहीं भरा था, लेकिन फिर भी चल पड़ी। मैंने उसकी उँगली पकड़ ली और वह पैदल-पैदल घर की ओर चल पड़ी।

उसकी माँ आठ बजे स्कूल चली जाती है। बेटा पौने दस बजे बैंक जाता है। पत्नी भी बीस-पचीस दिनों से बाहर गई हुई हैं। पत्नी होती हैं तो सब सँभाल लेती

हैं। इधर मुझे ही कुछ करना होता है—साढ़े बारह बजे तक यानी बहू के स्कूल से लौटने तक। कई दिनों तक बेटा छुट्टी लेकर रहा, किंतु मुझे लगा कि इसकी कोई आवश्यकता नहीं है, कुछ ही घंटों की तो बात है, सँभाल लूँगा।

मिट्टू घूमकर आई तो प्रसन्न थी। मैंने उसके पिता शेखर को पुकारकर कहा, "इसे सँभालो।"

शेखर नहा रहा था। बोला—"अभी आता हूँ।"

मैं अपने कमरे में आ गया। सोचा, घंटाभर कुछ लिख लूँ।

कागज-कलम लेकर बैठा ही था कि फोन आ गया। फोन मेरे एक स्नेही मित्र का था, जो बिलावजह फोन किया करते हैं और जल्दी छोड़ते नहीं। फोन सुनते कुछ देर हो गई तो याद आया पता नहीं मिट्टू कहाँ है? और मैं फोन रखकर उसे देखने निकला तो पाया कि वह एक किवाड़ की आड़ में चुपचाप बैठकर मिट्टी खा रही है।

"अरे, क्या कर रही है, मिट्टू?"

वह कुछ बोले बिना मेरी ओर विचित्र दृष्टि से देख रही थी।

मैंने उसके बंद मुँह को जबरदस्ती खोला और उसमें से कंकड़ निकाला। 'यह कंकड़ कहीं गले में अटक जाए तो?' मैं सोचने लगा। रोज ही सोचता हूँ। सभी सोचते हैं। किंतु सबके सोचने से क्या होता है। मिट्टू सोचे तब न। और वह यह सब सोचने लायक हुई कहाँ है? अत: हम सबको यह चिंता बनी रहती है। यह लड़की न मन से दूध पिएगी, न मन से खाना खाएगी और मिट्टी के पीछे पागल रहती है। उसे पता है, पक्के फर्शवाले पूरे घर में कहाँ-कहाँ मिट्टी या उस जैसी चीजें मिल सकती हैं। यदि मिट्टू कहीं दिखाई न पड़ती हो तो हम जान लेते हैं कि वह कहाँ-कहाँ हो सकती है।

मिट्टू का मुँह खोलकर कंकड़ निकाला तो वह रो पड़ी।

"क्या हुआ?" बाथरूम के भीतर से शेखर ने पूछा।

"कुछ खास नहीं, वही मिट्टी-प्रसंग।"

लेकिन मिट्टू को हलका-हलका बोध तो है ही कि उसने कोई गलत काम किया है, इसलिए अपने रुदन-कार्य को लंबा नहीं खींचा, बहलाने से थोड़ी देर में चुप हो गई।

वह कई बार हमें दिखाकर झूठे कोई चीज मुँह में डाल लेती है और हमारी ओर देखती है। हम उसका मुँह खोलना चाहते हैं तो खुद ही खोल देती है और

जब हमारे हाथ कुछ नहीं लगता तो हँस देती है और फिर उसी तरह की क्रियाएँ करती है।

शेखर के बैंक जाने का समय हो रहा था। उससे पहले मिट्‌ठू को सो जाना चाहिए। मैंने उसे बाहर बरामदे में पड़े झूले में डाल दिया और झूले के आगे कुछ दूरी पर कुरसी पर बैठकर उसे झुलाने लगा और कहा, "मिट्‌ठू, सो जाओ।"

मिट्‌ठू ने तुरंत अपना सिर झूले के एक ओर टिकाकर स्वयं ही ऊँ-ऊँ-ऊँ-ऊँ लोरी गाना शुरू कर दिया। मैं झुलाता रहा और वह लोरी गाती-गाती सो गई।

शेखर अपने कमरे में उसे सुलाकर नौकरी पर चला गया। अब घर में मैं था और मिट्‌ठू थी। पौने दस बजे हैं, मिट्‌ठू साढ़े ग्यारह-बारह बजे तक सोएगी। फिर साढ़े बारह बजे उसकी माँ आ जाएगी। सोचा—इस बीच कुछ लिखूँ। कई चीजें शुरू कर-करके छोड़ रखी हैं। मैं सुबह ही लिखता हूँ और निश्चिंतता में लिखता हूँ, किंतु वह निश्चिंतता अब कहाँ मिल पाती है। छोटे-छोटे क्रिया-व्यापार बीच-बीच में आते रहते हैं और सबसे बड़ा क्रिया-व्यापार तो मिट्‌ठू के साथ हो लेना होता है न। और यह हो लेना मजबूरी नहीं है, जीवंत आह्लाद भी है, जो आमंत्रित करता है।

लिखने बैठा तो सोचता रहा, किस अधूरे लेखन को उठाऊँ। मन थोड़ी देर उसी में भटकता रहा। कुछ शुरू करता कि फोन की घंटी बजी। अब घंटी बज रही है तो उठाना ही पड़ेगा। फोन चाहे किसी के लिए हो, जूझना तो मुझी को पड़ेगा न। फोन प्रायः छोटे बेटे अनंत का होता है। वह अभिनेता है न। सारा कार्य-व्यापार फोन से ही चलता रहता है। वह है नहीं। कहीं शूटिंग पर गया है।

"हलो"

"हलो"

"हलो"

"हलो"

"अरे भाई, हलो, हलो ही करते रहेंगे कि कुछ बोलेंगे भी।"

"हलो अनंत भाई!"

"जी, मैं अनंत नहीं, उनका फादर बोल रहा हूँ।"

"अनंत भाई को जरा बुला दीजिए।"

"वे हैं नहीं।"

"कहाँ गए हैं?"

"शूटिंग पर गए हैं।"

"कहाँ, किस जगह गए हैं।"

"यह तो मुझे नहीं मालूम।"

"कब आएँगे ?"

"नहीं मालूम।"

"बड़ा जरूरी काम था जी!"

"तो मैं क्या कर सकता हूँ? आप संदेश दे दें।"

"देखिए, रात को जब भी आएँ, मुझे फोन कर लें।"

"वे काफी देर से आते हैं।"

"कोई बात नहीं, मैं बहुत देर तक जागता हूँ। वैसे भी यह फोन मेरे कमरे में है। मैं जग जाऊँगा।"

"लेकिन हमारे यहाँ का फोन उनके कमरे में नहीं, मेरे कमरे में है और वे ऊपर की मंजिल में रहते हैं। आते हैं तो चुपचाप अपने कमरे में चले जाते हैं। उन्हें संदेश देने के लिए मैं रात भर जागने से रहा।"

मैंने फोन रख दिया और फिर अपनी सीट पर आ गया। सोचा, अब फिर कुछ शुरू करूँ कि फिर फोन की घंटी बजी।

"हल्लो।" एक मोटी भद्दी-सी आवाज थी।

"हलो।"

"आप कहाँ से बोल रहे हो ?"

"जी, मैं अपने घर से बोल रहा हूँ।"

"आप कौन बोल रहे हो ?"

"आपको किससे बात करनी है, यह तो बताइए।"

"चड्ढा है ?"

"होगा।"

"कहाँ होगा ?"

"अपने घर होगा।"

"तो उसे बुला दो जी।"

"उसका घर मैंने नहीं देखा है। यह फोन मेरा है, उसके घर फोन कीजिए।"

मैंने फोन रख दिया! रोज ऐसे बेतुके फोन आते रहते हैं।

लिखने ही बैठा था कि गेट खट-खट-खट बजने लगा। दो-दो सेकंड के बाद कई बार बजा।

"अरे, आता हूँ भाई, इतनी जल्दी क्या है?" गया तो देखा, कुछ युवक खड़े हैं। एक के हाथ में रसीद बही है।

"कहिए?"

"अंकलजी, हमारे मोहल्ले में भगवती जागरण है। चंदा लेने आए हैं।"

"तुम लोग युवक हो, कुछ अच्छे सामाजिक काम करो। उसके लिए चंदा माँगने आओगे तो मैं दिल खोलकर दूँगा, लोगों की नींद हराम करने के लिए चंदा नहीं देता।"

उनका मुँह तीता हो गया। लगा कि वे मन-ही-मन मुझे गालियाँ दे रहे हैं।

उनमें से एक ने कहा, "चलो भाई फौरन यहाँ से।"

अब सोचा कि लिखना नहीं हो पाएगा। कोई पुस्तक पढ़ूँ।

ढेर सारी पुस्तकें पढ़ने के लिए निकाल रखी हैं। कुछ वे हैं जिन्हें पढ़ना चाहता हूँ, कुछ वे हैं जिन्हें पढ़ना पड़ता है। प्रायः नए लेखकों की पुस्तकें आती रहती हैं। कुछ पर लिखा होता है समीक्षार्थ, कुछ पर केवल भेंट लिखी होती है। लिखा कुछ भी हो, किंतु पंद्रह-बीस दिन के बाद तकाजे शुरू हो जाते हैं मेरी समीक्षात्मक प्रतिक्रिया के लिए। वैसे पुस्तकें मिलते ही मैं एक नजर देख लेता हूँ और जो अच्छी लगती हैं, उन्हें अलग रखता जाता हूँ, इत्मीनान से पढ़ने के लिए। और जो यों ही होती हैं, उन्हें एक ओर डाल देता हूँ। किंतु जिन पुस्तकों के बारे में लिखने लायक नहीं होता, चुप रहता हूँ, तकाजों के बावजूद चुप रहता हूँ। उनकी व्यर्थता के बारे में लिखकर लेखक को क्यों दुःखी करूँ और मिथ्या प्रशंसा होती नहीं।

चुनी हुई पुस्तकों में से एक पुस्तक उठा ली। लेखक अनजाना था, लेकिन उसकी उम्र कम नहीं थी, लगभग पैंतालीस की थी और यह दूसरा संग्रह था। कविताएँ पढ़नी शुरू कीं तो कविताओं ने पकड़ लिया। उनमें अद्‌भुत संवेदनशीलता और ताजगी थी। ये किसी कटघरे की कविताएँ नहीं थीं, बल्कि खुली हुई सहज कविताएँ थीं। इनमें मनुष्य और परिवेश का बड़ा सहज और मार्मिक संवाद था। देखा, पुस्तक को छपे सालभर से ऊपर हो गया था, लेकिन कहीं भी इसकी चर्चा नहीं हुई। मैं इस पर लिखूँगा। लेकिन इससे क्या हो जाएगा? हाँ, सही है, मेरे लिखने से कुछ नहीं होगा। फिर कवि को पत्र लिखकर सलाह दूँगा—'बंधु, तुम कवि तो बहुत अच्छे हो, लेकिन इतना ही काफी नहीं है। तुम मुझसे जुड़कर या मेरी राय पाकर कुछ नहीं पाओगे। तुम दिल्ली आओ, चाहे वहीं से पत्र द्वारा यह काम करो। हाँ, यहाँ कुछ लोग हैं, जो साहित्य का वारा-न्यारा करते हैं। कुछ कवि हैं, कुछ

कहानीकार हैं, कुछ आलोचक हैं, कुछ संपादक हैं और कुल मिलाकर इनका एक गिरोह है, जो शिक्षा संस्थाओं, सरकारी विभागों, अकादमियों, अखबारों, पत्रिकाओं, पुरस्कार समितियों में छाया हुआ है। उनसे जुड़ो। यह अहसास दिलाओ कि तुम उनके पट्ठे हो। फिर देखो, तुम्हारी चर्चा कैसी होती जाएगी। यानी तुम साहित्य के पंक्ति-पावन बन जाओगे।'

'खट-खट-खट-खट' मैं चौंक गया। कोई गेट खड़का रहा था।

मैंने बाहर निकलकर पूछा—"कहिए, आप कौन हैं? कैसे आए हैं?"

"साहब, जरा यह पता बता दीजिए।" उसने एक कागज मेरे हाथ में थमा दिया।

"तो पता पूछने के लिए सड़क पर आपको कोई नहीं मिला। इस तरह गेट खड़काकर, किसी को बुलाकर पता पूछा जाता है? और गेट खड़काया तो खड़काते ही चले गए।" मैं काफी उद्विग्न हो उठा था।

"सॉरी साहब, दरअसल किसी ने कहा कि चूँकि यह पता किसी दुबेजी का है, हो सकता है डॉ. दुबे को मालूम हो। और आपका पता बताकर यहाँ भेज दिया।"

"यानी दिल्ली में जितने दुबे हैं, उन्हें जानने का ठेका मैंने ले लिया है, इसलिए कि मैं दुबे हूँ। अजीब जातिवादी सोच है लोगों की।"

मैंने पुरजा देखा। उसमें अनिल दुबे 1/161 वाणी विहार लिखा हुआ था। मैंने पुरजा थमाते हुए कहा, "नहीं भाई, मैं इन्हें नहीं जानता। मुझे नहीं लगता कि इस नाम का कोई दुबे वाणी विहार में रहता है। यह नंबर भी वाणी विहार का नहीं है। हुआ यह है मित्र कि वाणी विहार थोड़ा ठीक-ठाक मोहल्ला है तो आसपास के मोहल्लेवाले भी अपने को वाणी विहार का ही कहते हैं।"

वह चला गया तो मुझे अपने पर गुस्सा आ गया। कोई भूला-भटका आदमी पता पूछ रहा है तो इसमें उद्विग्न होने की क्या बात थी? तुम तो पता पूछते हुए अनेक लोगों को उनकी मंजिल तक पहुँचा आते हो, फिर यह तो तुम्हारे दरवाजे पर आकर पूछ रहा था।

सचमुच मैं हैरान था कि इतना उद्विग्न क्यों हो गया? शायद इसलिए कि मैं एक अच्छी किताब पढ़ रहा था और उसने भद्दे ढंग से गेट खड़का-खड़काकर मुझे बुलाया। मुझे भद्दे और फूहड़ व्यवहार बहुत बुरे लगते हैं। फिर मिट्ठू सो रही है। इतने जोर से गेट खड़केगा तो जग जाएगी और अभी उसकी माँ के आने में डेढ़ घंटा बाकी है।

मैं फिर आकर बैठ गया और फिर पुस्तक हाथ में उठा ली। आगे की कविताओं पर नजर गड़ाई, पढ़ भी गया, लेकिन क्या पढ़ गया, पता ही नहीं चला। वास्तव में मेरे मन में उस पता खोजते आदमी की तसवीर उतर आई थी। एक आदमी एक गलत या अधूरा पता लेकर दर-दर भटक रहा है, किस-किससे पूछ रहा है। हर आदमी बड़ी आसानी से कह दे रहा है, 'मुझे नहीं मालूम' और आगे बढ़ा जा रहा है और वह आदमी थोड़ी देर बाद वहाँ खड़ा रहकर सोचता है, किधर जाऊँ, किससे पूछूँ? लगा जैसे मैं ही भटक रहा हूँ। लगा जैसे अभी-अभी मैंने अपने को ही डाँटा था।

पुस्तक में मन नहीं लगा। अनमने भाव से उसे बगल में पटक दिया।

टिक-टिक-टिक-टिक घड़ी बोल रही थी। देखा, अभी उसमें बारह बजे हैं। बारह बजे देखते ही मिट्ठू का ध्यान आया। अरे, वह तो उठ गई होगी। मैं इन उलझनों में उसे भूल गया। भागता हुआ उसके कमरे में गया। वह उठकर रो रही थी। बिस्तर भी गीला कर दिया था। मुझे देखते ही उसने सिर झुकाकर बिस्तर में गड़ा लिया। नाराज थी। मैंने जबरदस्ती उसे बाँहों में उठा लिया और बोला, "टाटा मिक! चलो घूमने चलते हैं।" उसने थोड़ा-सा मेरी ओर देखा। शायद पहचानना चाहती रही हो कि क्या सचमुच घूमने चल रहे हैं।

उसे लेकर गैलरी में गया। गेट पर गया। थोड़ा बाहर गया और वह धीरे-धीरे प्रकृतिस्थ हो गई। उसे केला खिला ही रहा था कि गेट खड़का। मैंने कमरे के अंदर से ही देखा—दो गेरुआ वस्त्रधारी साधु महाराज खड़े हैं और आशीर्वाद बरसाए जा रहे हैं।

मरने दो अभागों को। हट्टे-कट्टे जवान लोग चले जाते हैं बिना माँगे आशीर्वाद बरसाने। जब नहीं सहा गया तो मैंने भीतर से ही चिल्लाकर कहा, "जाओ महाराज, आगे बढ़ो।"

"अरे सुनो तो बच्चा! जरा सामने आओ। बाबा का आशीर्वाद तो ले लो।"

"मैं बच्चा नहीं हूँ साधु महाराज, उम्र में आपका चचा हूँ और फिलहाल मैं अपने रूठे बच्चे को मना रहा हूँ, उसे खिला-पिला रहा हूँ। फालतू काम के लिए मेरे पास फुरसत नहीं।"

वे चले गए, शायद मन में मुझे कोसते हुए। एक केला खाकर मिट्ठू जब प्रकृतिस्थ हुई तो मैंने उसे खेलने के लिए नीचे उतार दिया।

फोन की घंटी बजी—"हलो।"

"क्या डॉ. दुबे से बात हो सकती है?"

"बोल रहा हूँ।"

"पहचाना आपने?"

"नहीं भाई, आवाज कुछ पहचानी-सी लग रही है, किंतु ठीक पकड़ नहीं आ रही है।' सचमुच ठेठ पुरबिया टोन की एक यह बेहूदा आवाज कुछ परिचित-सी लग रही थी, लेकिन किसकी है, इसी सोच में मैं था।

"अरे, कोशिश कीजिए। कीजिए कोशिश।"

"हाँ, कोशिश कर रहा हूँ लेकिन…।"

"अरे भाई, आप लोग बड़े हो गए हैं, अपने पुराने मित्रों को कैसे पहचानेंगे?"

क्रोध जब्त नहीं हो पा रहा था। जी में आया, कह दूँ, तुम्हें फोन पर कोई बात करनी है कि घंटाभर आवाज ही पहचानवाते रहोगे। फिर भी नहीं बोला। पता नहीं कौन हो। इसलिए चुप रह गया।

"हलो-हलो।" मेरी चुप्पी अनुभव कर उधर से आवाज आई।

"हलो।" मैंने धीरे से कहा। फिर कहा, "देखिए मेरे आगे ढेर सारे काम पड़े हैं। आप कृपया, अपना परिचय दीजिए और सेवा बताइए।"

"हो हो हो हो।" वे हँसे और बोले, "अरे, मैं आपके शहर का गणेश हूँ। काफी पहले आपके यहाँ आया था बल्कि कई बार आया था।"

अब एकाएक इस व्यक्ति का हुलिया मेरी स्मृति में कौंध गया। मन वितृष्णा से भर गया। "हाँ, हाँ, गणेशजी, पहचान लिया। दिल्ली कब आए?"

"बस, कल आया। फिर किसी काम-काज के जुगाड़ में आया हूँ। आपके दर्शन करना चाहता हूँ। आज आ जाऊँ?"

मेरा जी भन्ना गया। उसका सारा अतीत-व्यवहार दुर्गंध मारने लगा। सारी मुरौवत छोड़कर बोला, "नहीं आज नहीं, मैं अभी थोड़ी देर में निकल जाऊँगा और रात तक आऊँगा। कई दिन तक दिनचर्या बहुत व्यस्त है। घर से लेकर बाहर तक। जब भी आना होगा पूछकर आइएगा।"

"अरे, आप लोग अपने हैं। बड़ा भरोसा करके आया हूँ। अपने ही लोग साथ नहीं देंगे तो कहाँ जाऊँगा?"

मैंने झटके-से फोन रख दिया। अपने? पता नहीं यह आदमी अपना कब से हो गया। न मेरा सहपाठी, न रिश्तेदार, न मित्र, न पड़ोसी। खाली इसलिए अपना हो गया कि वह भी मेरे शहर का है। ढोंगी कहीं का। जितनी बार आया, उतनी बार

चार–पाँच घंटे से पहले नहीं उठा और अपनी बेहूदा टोन में कहाँ–कहाँ की अनर्गल बातें करता रहा और जब भी गया मेरी कोई–न–कोई पुस्तक लेकर गया। एकाध बार तो किराए के लिए पैसे भी ले गया। इतना वक्त खा गया।

'अरे, मिट्ठू कहाँ गई?' इधर–उधर देखा, फिर सोचा, ड्राइंगरूम में चली गई होगी और अपना प्रिय कार्य कर रही होगी।

'मिट्ठू–मिट्ठू' पुकारता हुआ ड्राइंगरूम में गया तो देखा, मिट्ठू मेज के ऊपर–नीचे रखी हुई तमाम पत्रिकाएँ निकाल–निकालकर फेंक रही है। पूरा कमरा फेंकी गई पत्रिकाओं से अस्त–व्यस्त है।

मुझे प्यास लग आई थी। गिलास में पानी लाकर पीने लगा कि मिट्ठू मेरे गिलास की ओर झपटी "मम मम"। ओह! मैं तो भूल ही गया था कि पानी पहले मिट्ठू को देना चाहिए। उसे प्यास बहुत लगती है। न भी लगी हो तो किसी को पानी पीते देख लग जाती है और उसके गिलास पर झपट पड़ती है। कभी–कभी तो किसी छोटे बच्चे के हाथ में पानी का गिलास देखकर लपकी हुई जाती है और उसका गिलास जबरदस्ती अपनी ओर खींचकर गटर–गटर पी जाती है और बच्चा या तो स्तब्ध देखता रह जाता है या रोने लगता है। सो पानी लाकर मिट्ठू को दिया। वह पीने लगी कि गेट खड़का।

"मम्मी" मिट्ठू बोली। मैंने घड़ी देखी, बारह बज रहे थे। कमरा खोल दिया। उसकी मम्मी ने कमरे में प्रवेश किया और मिट्ठू उसे देखकर मुसकराई। मम्मी कपड़े बदलने के लिए आगे बढ़ी कि मिट्ठू बकैंया लेट गई और जमीन में सिर धँसाकर रोने लगी।

"अच्छा, आओ बाबा आओ, कपड़े बाद में बदलूँगी।"

लेकिन मिट्ठू ने उठने का नाम नहीं लिया। मम्मी ने उठाया तो भी उसकी गोद में हाथ–पाँव मारती रोती रही।

"तुलसी सही न जात है थरिया पर की भूख, इतने घंटे उसने तुम्हें नहीं पूछा, लेकिन सामने देखकर एक पल भी वियोग का नहीं सह सकती।"

"साड़ी खराब हो जाती है न।"

"साड़ी मिट्ठू से ज्यादा कीमती है क्या?"

बहू मुसकराई।

अब थोड़ा निश्चिंत हुआ। लेकिन कहाँ हुआ? अभी तो मिट्ठू की माँ उसे नहलाएगी, फिर जबरदस्ती दूध पिलाएगी, साथ ही–साथ किचन भी देखेगी, मिट्ठू

को खाना खिलाने का संघर्ष छिड़ेगा यानी कि जब तक मिट्टू सो नहीं जाती, तब तक उसकी माँ तो निश्चिंत नहीं ही होगी, मैं भी नहीं होऊँगा।

"चलूँ, नहा लूँ।" बाथरूम में घुसा।

"दादाजी!" मिट्टू बाथरूम के दरवाजे पर थाप दे रही थी।

"अरे, मिट्टू! दादाजी को नहाने दो।" उसकी माँ आई और झपटकर पकड़ ले गई। मिट्टू रोने लगी। दादा···दादा···।"

"आओ भाई मिट्टू, आ जाओ, आज मैं ही तुम्हें नहला दूँ।"

उसकी माँ मेरे कहने पर उसे दे गई। मिट्टू खुश और बालटी में मग डुबो-डुबोकर पानी फेंकने लगी।

मैंने कहा, "अरे भाई, नहाओगी भी या पानी ही फेंकती रहोगी। नहाओ, नहाओ।" लेकिन मिट्टू का खेल जारी रहा। मैं भी सोचता रहा, खेलने दो कुछ देर तक। तब तक इसकी माँ को काम करने की फुरसत मिल जाएगी।

दरअसल अभी मार्च का अंत था। ठंडे पानी से नहाना शुरू कर दिया था। लेकिन पानी में अभी ठंडक थी। इसलिए मिट्टू नहाने के स्थान पर नहाने का खेल कर रही थी। वैसे तो इस साल मिट्टू ने जमकर होली खेली थी, घंटों खेलती रही, लेकिन वह भी देखा-देखी एक खेल ही था न। खेल कोई हो, बच्चों को अच्छा लगता है। जब मैं नहा चुका तो यह खेल खत्म होना ही था। मैंने मिट्टू के ऊपर पानी डालना शुरू किया। पहले तो थोड़ी उफनाई, फिर पानी के ठंडे स्पर्श का आनंद लेने लगी।

"आओ, चलें मिज!"

'नईं' कहकर वह फिर पानी की ओर झपटी, लेकिन मैं उसे खींचकर बाहर ले आया तो रोने लगी। फिर धीरे-धीरे चुप हो गई।

दो बजे खाना खाने बैठा तो मिट्टू आ गई और पंजे पर उचक-उचककर देखने लगी कि मेरी थाली में क्या है? वह कुरसी पर चढ़कर मेज पर आने का प्रयत्न करने लगी। "लो खाओ।"

"नईं।"

"अच्छा यह खाओ।"

"नईं।"

कभी मुँह खोल भी दिया तो कौर मुँह में जाते ही उगल दिया।

"अच्छा, प्याज खाओ।"

उसने हाथ फैला दिया।

"आलू खाओ।"

उसने मुँह खोल दिया।

फिर उसकी माँ आ गई उसके लिए खाना लेकर और तब खाने और खाने से भागने का खेल शुरू हो गया।

मिट्ठू अपनी माँ के साथ ऊपर की मंजिल पर चली गई तो नीचे की मंजिल एकदम सूनी हो गई। यानी केवल मैं।

चलो भाई थोड़ा सो लिया जाए।

ढाई बजे थे। अभी क्या सोया जाए। डाकिया आता है तीन बजे के आसपास। कोई रजिस्ट्री भी होती है (और प्रायः होती ही है) तो वह गेट खटकाकर या बेल बजाकर बुलाता है। एकदम कच्ची नींद से उठ जाने पर बेचैनी अनुभव होने लगती है। इसलिए मैं प्रायः उसके आने के बाद ही सोता हूँ। सो लेने से दिन की यात्रा में कुछ देर के लिए ठहराव आ जाता है और उसके बाद फिर कुछ काम करने का उत्साह जागता है। लेकिन जब से अकेला पड़ गया हूँ, सब गड्ड-मड्ड हो गया है। इसलिए प्रायः सोना नहीं हो पाता।

हाथ में एक उपन्यास लेकर कुरसी पर बैठ गया। इसे हाल ही में एक सम्मानित पुरस्कार मिला था। इसे मैं कई बार शुरू करके छोड़ चुका हूँ। लेकिन जब उसे पुरस्कार मिला तो सोचा कि इससे युद्ध करके पढ़ ही डालूँ। साहित्य के एक पाठक के नाते फर्ज बनता है कि इसे पढ़ जाऊँ। यानी मैं आनंद पाने के लिए नहीं, फर्ज निभाने के लिए इसे पढ़ रहा हूँ। लेकिन चाहे किसी उद्देश्य से पढ़ूँ, पुस्तक वही है, पढ़नेवाला मैं ही हूँ। नहीं चलती है तो नहीं चलती है। उपन्यास की पुस्तक भी यदि न चले तो उसे क्या कहा जाए?

लेकिन मैं चाहे जो कहूँ, क्या फर्क पड़ता है। इसे पुरस्कार तो मिल ही गया है। पुरस्कार पुस्तक को नहीं, लेखक को मिला है। वह कुछ भी लिखेगा, उसकी प्रशंसा करनेवाले लोग तैयार बैठे हैं। अब स्वतंत्र लेखन या स्वतंत्र चिंतन का कोई मतलब नहीं रह गया है। किसी-न-किसी राजनीतिक दल से जुड़ना ही होगा। देश का प्रशासन बँट रहा है तमाम दलों में। कहीं साम्यवाद है, कहीं लोहियावाद है, कहीं भाजपा का वर्चस्व है। आप इनमें से हैं तो कहीं-न-कहीं आप पुरस्कृत होंगे, अन्य सुविधाएँ भी मिलेंगी। उनके साहित्यिक मंचों से आपके साहित्य की बहस होगी—डंका बजेगा। स्वतंत्र लेखक हैं, तो आप न तीन में हैं न तेरह में। गए गियाँ रहमाँ, न एहमाँ न वोहमाँ।

पुरस्कार ससुरा जाए जहन्नुम में। पुस्तक नहीं पढ़ी जाती तो नहीं पढ़ूँगा और मैंने पुस्तक जोर से नीचे फेंक दी। उसके कुछ पन्ने फट गए। वह परकटे पंछी की तरह नीचे पंखे की हवा में फड़फड़ाती रही। ससुरे जोगाड़ करके लेखक बने हुए हैं।

कॉलबेल बजी। शायद डाकिया है।

हाँ, डाकिया ही था। कुछ पत्रिकाएँ। कुछ चिट्ठियाँ। दो रजिस्टर्ड चिट्ठियाँ। दो शोध-प्रबंध। दो पुस्तकें। डाक जैसे रोजमर्रा की जिंदगी का एक हिस्सा बन गई है। बैठे-बैठे हम कहाँ-से-कहाँ जुड़ जाते हैं। जिस दिन डाक नहीं आती (यानी छुट्टियों के दिन) वह दिन बड़ा बंद-सा लगता है। रजिस्टर्ड लिफाफे में दो चेक पाकर बड़ी प्रसन्नता हुई। दो साल पहले जाँचे गए शोध-प्रबंधों के चेक हैं ये। प्रसन्नता इसलिए कि ये नहीं भी आते तो क्या कर लेता? ये आ जाते हैं तो लगता है कि पारिश्रमिक नहीं, पुरस्कार है। फिर दो शोध-प्रबंध, यानी फिर दो साल बाद दो चेक आएँगे, आना होगा तो। चिट्ठियाँ खोलीं। कुछ मित्रों की थीं, कुछ पाठकों की, कुछ संपादकों की। किसी संपादक ने कहानी माँगी थी, किसी ने लेख। एक प्रकाशक ने उपन्यास माँगा था, कविता किसी ने नहीं माँगी। यहाँ तो वही हाल है, पहले तो छपने में आठ-दस महीने लग जाएँगे, उसके बाद कई महीने लग जाएँगे पारिश्रमिक आने में, यदि आने होंगे तो। सोचता हूँ, हम लेखकों और प्राध्यापकों का पारिश्रमिक भी कितना अजीब है। सब उधार खाता। मिला तो लंबे समय बाद और नहीं मिला तो नहीं मिला। और सारे कामों की मजदूरी तुरंत मिल जाती है, लेकिन हमारी?

घड़ी देखी—साढ़े तीन बज रहे थे। सोचा, अब थोड़ा सो ही लूँ।

लेटकर एक पत्रिका पढ़ने लगा। पता नहीं कब नींद आ गई। फोन की घनघनाहट से चौंककर जाग गया।

"हलो।"

"हाँ, मैं कपूर बोल रहा हूँ।"

"कौन कपूर? दिल्ली में कपूर एक दो थोड़े हैं।"

"वेदप्रकाश कपूर।"

"हाँ, कहिए।"

"मैंने आपको अपनी कहानी-पुस्तक भेजी थी। उस पर आपकी सम्मति चाहता था।"

"क्या नाम था पुस्तक का?"

"आपको याद नहीं। दस दिन पहले ही तो भेजी थी।"

"भेजी होगी। मगर मेरी स्मृति बहुत कमजोर है।"

"उसका नाम था 'मौत का कुआँ'।"

"भाई कपूरजी, पहली बात तो यह है कि यह मेरे सोने का समय होता है। आगे से फोन करें तो ध्यान रखें और मैं अभी मौत के कुएँ में उतरा नहीं हूँ। यदि उतरूँगा तो आपको सूचित कर दूँगा।

"साहब, जल्दी उतरिए। फ्रेम छपना है। उस पर आपकी सम्मति जाएगी।"

"कपूर साहब। मुझे अभी जीना है। इतनी जल्दी हो तो किसी और को उसमें उतारिए।"

कहकर मैंने फोन रख दिया। अजीब अहमक लोग हैं। सम्मतियों और आशीर्वादों से लेखक बनना चाहते हैं।

अब क्या करूँ? सो भी नहीं पा रहा हूँ। पढ़ भी नहीं पा रहा हूँ। अब तो चार बज रहे हैं, क्या करूँ? फिर सोने की कोशिश की। नींद में फिर लगा, कोई दरवाजा थपथपा रहा है। अनमने भाव से पड़ा रहा। फिर थपथपाहट हुई।

"कौन है भाई?" कहकर मैं उठा।

"कपड़े हैं?" धोबी की लड़की खड़ी थी।

"अरे, मैं सो रहा था। तुम लोग बेवक्त आते हो। थोड़ा आराम भी नहीं करने देते।"

"बेवक्त? कैसा बाबूजी। साढ़े पाँच बज रहे हैं।"

"ओह, साढ़े पाँच बज गए।"

"हाँ। कपड़े हैं?"

"पता नहीं, शायद नहीं हैं, कल आना।" कहकर मैंने पिंड छुड़ाया। कौन इंटरकॉम बजाकर बहू को जगाए। मिट्टू सो रही होगी तो जग जाएगी।

मैं उठ तो गया था लेकिन अनमन था। न सोते में था, न जागते में।

जाकर हाथ-मुँह धो आया, थोड़ा टहला, फिर चाय बनाई।

चाय पीते हुए कुछ पढ़ने लगा कि पीछे से कुरसी पर किसी ने हाथ मारा। देखा, मिट्टू थी। मुसकरा रही थी।

"दादाजी!" उसने पुकारा।

"हाँ बेटा!"

मुझे प्रसन्न देख टेबल की ओर बढ़ गई और टेबल पर दोनों हाथों से थपथप मारा। मैं मुसकराया तो उसने एक किताब उठा ली।

"लाओ, दो।"

उसने लाकर दे दी। फिर वापस ले ली। फिर माँगा, उसने दे दी और इस बार मैंने पुस्तक अपने पास रख ली तो झपटकर उसने दूसरी पुस्तक उठा ली। उसे भी माँगा तो उसने दे दिया। फिर वह टेबल पर की तथा अन्यत्र रखी पुस्तकें ला-लाकर मुझे देने लगी और मैं उन्हें दीवान पर रखता चला गया, लेकिन कब तक रखता? उसे एक रंगीन (मगर बेकार की) पत्रिका दे दी और कहा, पढ़ो। फिर वह उसे खोलकर पढ़ने लगी यानी उसके पन्ने फाड़ने-फूड़ने लगी। इस खेल से जब मन भर गया तब टेबल के नीचे रखी पत्रिकाएँ निकाल-निकालकर फेंकने लगी।

मैंने कहा, "वाह मिट्ठू वाह, क्या पढ़ाई हो रही है।"

वह सुनकर मुसकरायी। पुस्तकों से उसका ध्यान हटाने के लिए मैंने कहा, "मिट्ठू, पेट बजाओ।" फिर तो वह प्रसन्न होकर अपने पेट पर दोनों हाथ मारने लगी। तड़-तड़-तड़-तड़। मारने की अदा ऐसी थी कि बस पूछिए मत। यह अदा मिट्ठू की ही अदा थी। मैं हँसते-हँसते लोट-पोट हो रहा था और वह मेरी प्रसन्नता देखकर और तेजी के साथ पेट पर हाथ मार रही थी और हँस भी रही थी।

स्कूटर की घरराहट हुई तो मिट्ठू चौंकी। फिर 'पापाजी, पापाजी' कहती हुई कमरे के बाहर भागी।

फुरसत मिली तो सोचा, कहीं घूम आना चाहिए। वैसे आज इंडिया इंटरनेशनल में एक साहित्यिक समारोह था। जाने को जाया जा सकता था, लेकिन दिल्ली में समारोहों की क्या कमी? आज यहाँ, कल वहाँ, परसों वहाँ, नरसों वहाँ। बोलनेवाले वही दो-चार नटवरलाल लोग जिनके भाषणों की कलाबाजियाँ देखते-देखते हिंदी-साहित्य ऊब गया है। समय खर्च करो, पैसे खर्च करो, किसलिए भाई? अच्छा है अपने घर रहो, लिखो-पढ़ो। घर के लोगों और दोस्तों से गपशप करो। जिन्हें साहित्य लूटना है, उन्हें लूटने दो। और लूटनेवालों की अदा पर जिन्हें तालियाँ बजानी हैं, बजाने दो; ये लोग बालिग न होने की ठाने हुए हों तो हम क्यों नाबालिग बनें इतनी उम्र में।

जाना कहाँ था। बस ऐसे ही घर से निकल पड़ा। लोग रास्ते में मिलते गए, दुआ-सलाम होता गया। बाजार और माहल्ले में दो-एक घर ऐसे हैं, जहाँ मैं प्रायः जाता हूँ और जहाँ साहित्य से लेकर घर-परिवार, दीन-दुनिया, अतीत-वर्तमान तक सबकी बातें होती हैं। कोई वर्जना नहीं, कोई संकोच नहीं, बस प्रवाह चलता रहता है। आजकल साहित्यकारों की ऐसी पौध आई है जिनके बीच बैठकर आप हँसना ही

भूल जाएँगे और सोचेंगे कि क्या बात की जाए। ससुरे बात करेंगे विश्व और ब्रह्मांड की, लेकिन भीतर एक आदमी की भी जगह नहीं।

बैठा ही था कि घर से फोन आ गया। कोई मिलने आए हैं।

"कौन हैं?"

"पता नहीं, आप आ जाइए।"

पहुँचा तो देखा—चालीस के आसपास का एक अपरिचित युवक बैठा हुआ है।

"नमस्कार जी!"

"नमस्कार, मैंने आपको पहचाना नहीं।"

"जी, बाजार में मेरी कपड़े की दुकान है। मैं कुछ लिखता भी हूँ। मुझे अपनी पुस्तक छपानी है, इसलिए आपसे सहायता लेने आया हूँ।"

"मुझसे क्या सहायता चाहिए?"

"यही कि किसी प्रकाशक से कह दें कि वह मेरी किताब छाप दे। और आप मेरी रचनाएँ सुधार भी दें।"

"क्या लिखते हैं?"

"कविताएँ भी, कहानियाँ भी।"

"कैसी कविताएँ लिखते हैं?"

आठ-दस पंक्तियाँ सुनने के बाद मैंने कहा, "बस कीजिए। समझ गया आप क्या लिखते हैं।"

"कैसी लगीं ये कविताएँ?"

"कविताएँ हों तब तो कुछ लगें। आप कविता के नाम पर टूटे-फूटे फिल्मी गीत लिखते हैं। इसे मैं क्या सुधारूँगा और कोई प्रकाशक क्या छापेगा।"

"सर, पैसे मैं लगा दूँगा, किसी प्रकाशक से बात करा दीजिए।"

"पैसे तो आप लगा देंगे, लेकिन प्रकाशक पैसा नहीं छापेगा, वह रचना छापेगा न।"

"सर, लेकिन मेरी कहानियाँ अच्छी होती हैं, कविताएँ तो मुझे भी कोई खास नहीं लगतीं।"

"कुछ कहानीकारों की कहानियाँ पढ़ी हैं? कुछ पत्रिकाएँ पढ़ते हैं?"

"हाँ, सरिता, गृहशोभा, आदि पढ़ लेता हूँ। सर, उनमें जो कहानियाँ छपती हैं, उनसे मैं बुरा नहीं लिखता। मेरी कहानियों में प्रेम का बड़ा धाँसू बयान मिलता है।"

कहकर उसने एक कहानी मेरे आगे सरका दी। न चाहते हुए भी मैंने कहानी

पर नजर गड़ा दी। आठ-दस पंक्तियाँ पढ़ीं और कहानी उसकी ओर सरका दी।

"क्यों, क्या हुआ सर?"

"कुछ नहीं, कुछ अच्छे कहानीकारों को पहले पढ़िए, फिर लिखिए।"

"सर, आप चाहेंगे तो मैं भी लेखक बन जाऊँगा। मेरी रचनाओं पर आपकी कलम चल जाएगी न तो वे चमक उठेंगी।"

"देखिए, आप अपने व्यापार में मन लगाइए, पैसे कमाइए। साहित्य की दुनिया बहुत समय और समर्पण माँगती है। ऐसा नहीं होता कि चलो व्यापार करते-करते देखा-देखी कविता और कहानी भी लिख लो। इसकी अपनी दुनिया है, इसके लिए बहुत-कुछ खोना पड़ता है।'

बहुत समझाया किंतु वह व्यापारी आदमी व्यापारी अंदाज में चिपका रहा, वह लेखक बनने के लिए अड़ा रहा और हुज्जत करता रहा। घंटा बीता, डेढ़ घंटा बीता, मैं कैसे कहूँ कि भाग जाओ। तब तक मिट्‌ठू के रोने की आवाज आयी। माँ रसोई के साथ व्यस्त थी और पिता बाजार से कुछ लेने गए थे।

"अच्छा भाई, बच्ची रो रही है। इसके घूमने का समय हो गया है।" कहकर मैं उठ गया। यह व्यक्ति अब भी नहीं उठना चाहता था, किंतु मैंने मिट्‌ठू को गोदी में लेकर उसकी माँ को पुकारा—"बहू, मैं मिट्‌ठू को घुमाने ले जा रहा हूँ, कमरा बंद कर देना।"

मैं कमरे से बाहर निकलने लगा तो फिर उसे निकलना ही था।

"अच्छा जी, फिर आऊँगा।" कहकर वह भारी मन से चला गया।

थोड़ी देर घूम-घाम लेने से मिट्‌ठू प्रसन्न हो गई थी। लौटा तो भोजन का समय हो गया था।

खाना खाते समय हमने टी.वी. खोल दिया। कुछ फिल्मी गीत आ रहे थे। मिट्‌ठू उनकी धुन पर नाचने लगी।

"वाह मिट्‌ठू, वाह-वाह।" वह 'वाह-वाह' पाकर और जोश में आ जाती थी और हमें दिखा-दिखाकर और मटक-मटककर नाचने लगती थी।

देखा—दस बज रहे थे। यानी एक दिन और बीत गया।

मिट्‌ठू अपने माँ-बाप के साथ ऊपरी मंजिल के अपने कमरे में सोने चली गई तो मैं नीचे की मंजिल में फिर निपट अकेला रह गया।

खाट पर पसरा तो सोचने, लगा कितने दिन से कुछ ठीक से लिखा-पढ़ा नहीं। आज का दिन भी वैसे ही बीत गया।

'वैसे ही? वैसे ही क्या?'

मैंने अपने से पूछा। माना कि तुम लिख-पढ़ नहीं पाए, लेकिन लिखना-पढ़ना ही सब कुछ होता है क्या? मिट्टू के साथ बिताए गए हँसते, खिलखिलाते समय का इतना जीवंत और सघन सुख कभी पाया है क्या अपने लिखने-पढ़ने में? यह जीवंत सुख क्या कुछ भी नहीं है?

और लगा, मेरे सामने घिरी हुई रात के अकेलेपन में मिट्टू झाँक रही है और पूछ रही है—दादाजी, आऊँ?

□

एहसान

नागपंचमी का दिन था। उस दिन हम बच्चे खेत में चिक्का कबड्डी खेलते थे, कुश्ती लड़ते-लड़ते खेलकूद का कार्यक्रम तब तक चलता था, जब तक गाँव की लड़कियाँ पानी में पुतरी बहाने और घुघुरी बाँटने के लिए नाले के किनारे नहीं आ जाती थीं। उनके आते ही हम अपने-अपने रँगे हुए डंडे लिये हुए नाले के किनारे पहुँच जाते थे और पुतरी पीटने लगते थे।

हाँ, तो हम चिक्का खेल रहे थे। हमारे साथ हरिजन युवक संतू भी था। वह हमसे कुछ बड़ा था और ताकतवर भी। वह हमारे पट्टीदार का हलवाहा था; वह जिस टीम में था, वह जीत रही थी। हम हार रहे थे। हमारी खीज बढ़ती जा रही थी। फिर संतू ने मुझे आउट करने के लिए पाँव फेंका और पाँव मेरे पेट पर लगा। मैं खेलना छोड़कर गाली बकता हुआ उसे पीटने लगा। वह समर्थ होकर भी पिटता रहा।

"अरे क्या हुआ, क्या हुआ ?" कहते हुए लोग एकत्र हो गए।

"हार रहे हो तो इसे मारना शुरू कर दिया।" दो-एक ने कहा।

"मारूँ नहीं तो क्या करूँ! इस चमार को आप लोगों ने शामिल कर लिया है, अब मैं इसका पाँव पकड़ने से तो रहा। मैं इससे बचकर भागता फिरता रहा कि इसका पाँव मेरे ऊपर न लग जाए, लेकिन पेट में ही लग गया। पाँव पर लगता रहा तो सहता रहा; अब सिर, पेट, पीठ पर चमार-सियार की लात तो खाने से रहा।"

संतू कुछ बोला नहीं, उदास होकर खेल से अलग हो गया और धीरे-धीरे वहाँ से चला गया। लेकिन विरोधी पक्ष के कुछ लोग कहते रहे, "यह तो खेल खेलना नहीं हुआ। खेल में जात-पात कहाँ देखते हैं। हारने लगे तो जाति याद आने लगी। हुँह !"

मेरा भी मन उखड़ गया था। संतू तो चला गया, किंतु मैं वहाँ होकर भी वहाँ

नहीं था। लड़कियाँ आईं, पुतरी पीटी गई, घुघुरी बँटी और लोग खाने-पीने के लिए घरों को लौटने लगे। मैं भी धीरे-धीरे घर की ओर चल पड़ा; किंतु अकेला।

गाँव के पास पहुँचा तो उससे सटे हुए उस छोटे नाले को देखा, जिससे हहराता हुआ बाढ़ का पानी गुजरता था और बड़ी पोखरी में मिल जाता था। फिर चारों ओर के खेत-खलिहान, बाग-बगीचे जल में डूब जाते थे। इस साल बाढ़ नहीं आई थी, इसलिए यह नाला उफना नहीं था। उसमें थोड़ा सा पानी था। हलकर पार तो हो गया, लेकिन उसे पार करते हुए मेरे अतीत का एक टुकड़ा तेजी से कौंध उठा।

'हाय, मैंने यह क्या किया!'

हाँ, उस साल मैंने तैरना सीखा था। तैरना आते ही उत्साह मन में भर गया था और इच्छा होती थी कि तैरता ही रहूँ, तैरता ही रहूँ। उस दिन इस छोटे से नाले में तैर रहा था। इस पार से उस पार और उस पार से इस पार हो रहा था। बहुत उल्लास था। तैरते-तैरते मैं प्रवाह के साथ गहरी पोखरी के जल में जा पड़ा। अब तो मेरे होश उड़ गए। यहाँ तो प्रवाह चौड़ा व तेज हो गया था और चारों ओर जल-ही-जल था। यदि मैं बह गया तो न जाने कहाँ जाकर समाप्त होऊँगा। मैं प्रवाह के विपरीत तैरने लगा और ज्यों-ज्यों तैरता था, लहरों द्वारा पीछे ठेल दिया जाता था। उस हड़बड़ाहट में यह बात अकल में नहीं आई कि प्रवाह से छिटककर शांत पानी में आ जाऊँ और फिर तैरकर किनारे लग लूँ।

संतू अपने गोसयाँ के दरवाजे पर रस्सी बट रहा था। उसने मुझे इस हालत में देख लिया और आव देखा न ताव, छपाक से पोखरी में कूद पड़ा। तेजी से तैरता हुआ मेरे पास आया और मुझे पकड़कर प्रवाह से छुड़ाया; फिर मुझे ठेलता हुआ किनारे तक ले आया।

और सबसे बड़ी बात यह थी कि यह बात वहीं दब गई। उसने किसी से इसका जिक्र नहीं किया और मैं भी डाँट खाने से बच गया। आज इस घटना के याद आते ही मुझे अपने पर धिक्कार होने लगा। उसकी जिस ताकत से मुझे उस दिन जिंदगी मिली थी, उसी से आज मैं अपमानित हो गया! चाहा, संतू को खोजकर उससे माफी माँग लूँ। लेकिन वह इस समय कहाँ होगा?

तब तक देखा कि संतू लोटा, थाली लिये अपने गोसयाँ के यहाँ खाना लेने जा रहा था। उसे देखकर मैं ठमक गया।

"संतू!" मैंने पुकारा

"क्या है महराज?" उसने ठंडे स्वर में कहा।

"अरे यार, बुरा मान गए क्या ? मैं अपनी गलती महसूस कर रहा हूँ। मुझे ऐसा नहीं करना चाहिए था। माफ करना यार!'

संतू थोड़ा चौंका। फिर बोला, "आप यह कैसी नई बात कह रहे हैं, महराज! अरे, इस गाँव में बाबा लोग हम लोगों की क्या-क्या दुर्गति नहीं करते, लेकिन आज तक मैंने किसी के मुँह से यह बोली नहीं सुनी।"

"अरे, एक बार मैं पोखरी में गिर गया था!"

"मुझे याद नहीं।"

"और तुमने उस पोखरी में कूदकर मुझे डूबने से बचाया था?"

"नहीं, मुझे कुछ याद नहीं। अरे बाबा, हम लोग तो जिस दिन जीते हैं, उसी को याद रखते हैं, कहाँ काम करना है, कहाँ से मजूरी मिलनी है, कहाँ से खाना मिलना है; कल क्या हुआ, यह याद नहीं रखते। उसमें याद रखने लायक कोई चीज होती ही नहीं। सब जहर-ही-जहर तो है, फिर क्यों जहर को याद में ढोया जाए!"

"अरे भाई…"

"छोड़िए महराज, मुझे भूख लगी है।" कहकर वह गोसयाँ के दरवाजे की ओर सरक गया और मैं अवाक्-सा जहाँ-का-तहाँ खड़ा रहा—कमाल है, मुझ पर इतना बड़ा अहसान करके भी वह भूल चुका है। बड़े लोग तो ऐसी घटनाओं को तमगे की तरह अपने माथे पर लटकाकर घूमते हैं और उसे भुनाते रहते हैं।

□

लड़की

उसने एक बार देखा, फिर सिर झुकाकर पढ़ने लगी। उसका बड़ा भाई सुड़क-सुड़क दूध पीता रहा।

मैंने पूछा, "क्यों सावित्री, तुम दूध पी चुकी?"

उसने मेरी ओर देखा, कुछ बोली नहीं, पढ़ने लगी।

जाड़े की सुबह थी। घर के सामने धूप निकल आई थी। मैं चारपाई पर बैठा हुआ एक किताब पढ़ रहा था और सामने चटाई पर धूप में मेरे भतीजे के दोनों बच्चे अपना-अपना काम कर रहे थे। लड़का स्वेटर पहने था, पाँव में जूता था। लड़की, के पैर नंगे थे और वह केवल सूती फ्रॉक पहने थी।

"ए कोंचता क्यों है, पढ़ने दे।" लड़की चिल्लाई।

मैंने देखा—लड़का उसे कोंच रहा था, उसकी कलम छीन रहा था।

"खुद तो पढ़ता नहीं, मुझे भी नहीं पढ़ने देता। दिन-रात शैतानी करता है।"

लड़की ने लड़के को थोड़ा परे ढकेल दिया। वह थोड़ा लुढ़क गया। वह उठा और बहन के बाल पकड़कर खींचने लगा। लड़की जोर-जोर से चीखने लगी।

मुझे गुस्सा आ रहा था। इच्छा हुई कि उठकर तीन-चार झापड़ इस बदतमीज लौंडे को रसीद कर दूँ, लेकिन अपनी हैसियत समझकर चुप रह गया। दो दिन के लिए मेहमान की तरह शहर से यहाँ आया हूँ, मारने पर पता नहीं क्या प्रतिक्रिया हो माँ-बाप की। इसलिए केवल डाँटा—"छोड़-छोड़, क्यों उसे मार रहा है?"

वह मेरी परवाह किए बिना अपना काम करता रहा। बच्चों की माँ किसी काम से बाहर निकली, दृश्य देखा और चुपचाप फिर अंदर चली गई। मैंने सोचा—शायद माँ को किसी बात की चिंता नहीं है। मैं ही कुछ करूँ।

तब तक लड़की ने आजिज आकर लड़के की बाँह पर दाँत गड़ा दिए।

"अरे बाप रे, मार डाला।" वह चिल्लाने लगा।

माँ जाते-जाते मुड़ पड़ी। झपटकर आई और बच्चे को गोद में उठा लिया।

"क्या हुआ, रे?"

"इसने काट लिया, अरे बाप रे!" वह और भी जोर से चिल्लाने लगा।

माँ ने लड़की की पीठ पर तीन-चार लात जमाते हुए पूछा—"क्यों री चुड़ैल, इसे काट क्यों लिया?"

लड़की सुबकती हुई बोली—"मैंने काटा नहीं। यह मेरी कलम छीन रहा था। बाल खींच रहा था, छोड़ ही नहीं रहा था। छुड़ाने के लिए मैंने हलके से दाँत गड़ा दिए।"

"नहीं माँ, इसने जोर से काटा है।"

"चुड़ैल कहीं की! कलम छीन रहा था तो दे दिया होता। पढ़-लिखकर लाट-गवन्नर बनेगी क्या?"

माँ ने कलम छीनकर लड़के को दे दिया। उसे पुचकारते हुए बोली—"लो, लिखो मेरे लाल!"

"हाँ, लिखो मेरे लाल!" लड़की ने मुँह चिढ़ाते हुए कहा, "इसे लिखना भी आता है? रोज क्लास में पिटता है।"

"चुप कर और चल काम कर। बैठ गई सवेरे-सवेरे पोथी-पत्रा लेकर। राख पड़ी है, खेत में फेंक आ।"

लड़की उठी। थोड़ी देर बाद वह सिर पर राख की खाँची उठाए हुए खेत की ओर जा रही थी और साहबजादे कलम-वलम फेंककर खेलने चले गए।

दोपहर तक लड़की माँ के इशारों पर भाग-भागकर घर का काम करती रही।

मैं अपने भतीजे के साथ खाना खाने बैठा तो देखा—सामने लड़की चुपचाप बैठी है। मैंने पूछा—"सावित्री, तुमने अब तक खाना नहीं खाया क्या? चेहरा उतरा-उतरा सा है। आओ, तुम भी बैठ जाओ।"

"अरे, वह बाद में खा लेगी। खाइए आप लोग।"

मैंने भतीजे की ओर देखा, उसके चेहरे पर कोई प्रतिक्रिया नहीं थी। तब तक लड़का कहीं से आ गया—धूल-धूसरित-सा। चिल्लाने लगा—"अरे, बड़े जोर की भूख लगी है। माँ, खाने को दो।"

"आओ-आओ मेरे लाल! जल्दी से मुँह-हाथ धो लो, तब तक खाना परोस रही हूँ।"

उसने सामने पड़े कटोरे को पाँव से मारा—झन्नअ···और पाँव पटकता हुआ बोला—"नहीं, पहले खाने को दो, भूख लगी है।"

"अच्छा भाई, गुस्सा मत करो। लो, खा लो।" माँ ने झट से उसके सामने थाली रख दी। मैंने भतीजे की ओर फिर देखा। वह निर्विकार भाव से खाए जा रहा था। लड़की चुपचाप मार खाई-सी अपनी जगह सिमटी-सिकुड़ी बैठी थी। मुझे यह सब बहुत अजीब लग रहा था। लड़की को उदास देखकर खाने की इच्छा नहीं हो रही थी, बस किसी तरह कौर निगल रहा था।

खा-पीकर बरामदे में लेटा था। लड़का वहीं खेल रहा था। एकाएक चिल्लाने लगा—"अरे माई रे, पेट में दरद हो रहा है।"

"टट्टी जाओगे?"

"नहीं, दरद हो रहा है।"

मैंने कहा—"लगता है कुछ गड़बड़-सड़बड़ खा लिया है।"

"गड़बड़-सड़बड़ तो कुछ नहीं खाया होगा। हम लोग जो खा रहे हैं, वही यह भी खा रहा है।" बाप ने बयान दिया।

"तो ज्यादा खा लिया होगा!"

"अरे कहाँ? यह कमबख्त तो खाता ही नहीं है, बस ठूँगता है।"

"हूँ।" मैंने कहा। कल से ही इसे ठूँगते हुए देख रहा हूँ।

"अरे, बहुत तेज दरद हो रहा है।" वह चिल्लाया।

"सावित्री!"

"हाँ, बाबूजी!" कहती हुई वह भागी-भागी बाहर आई। उसके हाथ में दाल-भात से भरा कटोरा था। शायद वह खा रही थी, खाते-खाते भाग आई थी।

"देख, खाना-वाना बाद में कर लेना, जरा भागकर वैद्यजी को बुला तो ला। तब तक मैं बनिया के यहाँ जा रहा हूँ सोडा लेने।" फिर वहीं से चिल्लाकर अपनी पत्नी से कहा—"अरे मुन्ने को सँभालना और थोड़ा पानी गरम करके रखना, इसके पेट में दरद हो रहा है।"

मैंने कटोरे को देखा—दाल और मोटा भात। लेकिन हम लोगों को तो बढ़िया चावल का भात मिला था और इस लड़की के लिए सब्जी-वब्जी कुछ नहीं।

भतीजा बनिए के यहाँ से झल्लाया हुआ लौटा—"साला कुछ नहीं रखता। दुकान खोल रखी है और जो चीज माँगो, वही नदारद।"

तब तक सावित्री आ गई।

"बाबूजी, वैद्यजी तो कहीं गए हुए हैं।"

"अरे यह कुलच्छिनी जहाँ जाएगी वहीं काम नहीं होगा।" माँ ने टिप्पणी जड़ी। लड़का चिल्लाए जा रहा था।

"रुको-रुको तुम लोग, परेशान न हो। शायद मेरे पास पेट-दरद की कुछ गोलियाँ हों।"

गोलियाँ मिल गईं। खिलाया। लड़का राहत अनुभव करने लगा। उसे नींद आने लगी। माँ उसे लेकर अंदर चली गई और सावित्री से कहती गई—"खाकर जूठे बरतन हैं, इन्हें माँज डालना।"

मैंने सावित्री को गोद में उठा लिया। इस लड़की के लिए मैं भीतर तक आर्द्र हो आया था। उसे प्यार किया; फिर कहा—"तुम्हारा खाना पड़ा है, खा लो, बेटे!"

गोद से उतरकर उसने कटोरा उठा लिया। धीरे-धीरे खाना खाने लगी। एक निरुद्वेग उदासी उसके चेहरे से चिपकी हुई थी।

मैंने कहा—"सावित्री बेटे!"

उसने खाते-खाते चेहरा ऊपर उठाया। जैसे कह रही हो—"हाँ, कहिए।"

"तुम्हें बुरा नहीं लगता?"

"क्या, दादाजी?"

"अरे यही, जो तुम्हारे साथ होता है।"

उसने इनकार में सिर हिलाया।

"क्यों?"

"लड़की हूँ न।"

मैं भीतर तक चरमरा गया। लडकी उसी निरुद्वेग भाव से खाती रही।

□

माँ

पड़ोस में हाहाकार मचा था। दो छोटे बच्चों को छोड़कर माँ चली गई। लोग आपस में दुःखी-से चर्चा कर रहे थे—"हाय, क्या होगा अब इन बच्चों का? कौन सँभालेगा?"

दोनों बच्चे बाप के पास निस्तब्ध-से खड़े थे। एकाएक—"माई रे, तू मुझे छोड़कर कहाँ चली गई?" कहती हुई दस वर्षीय बेटी माँ के शव पर भहरा पड़ी।

अजब दर्दनाक माहौल था। पिता ने बेटी को उठाते हुए सीने से लगा लिया और सिसकते हुए कहा—"न रो बेटी, अभी तो तेरा बाप जिंदा है। आज से मैं ही तुम लोगों का बाप हूँ, मैं ही माँ हूँ। अपने को अनाथ मत समझो, मेरे बच्चो!"

शवयात्रा के बाद घर लौटा तो मन बड़ा खिन्न था। दोनों बच्चों की असहायता का चित्र मेरी आँखों में उतरा रहा था। लोगों की टिप्पणियाँ मेरे कानों में गूँज रही थीं—'कुछ भी हो, माँ माँ होती है। बाप कितना भी करे, उसका स्थान कहाँ ले सकता है? वह ममता इन बच्चों को कहाँ मिलेगी, जो माँ के हदय से फूटती है और बच्चों को अपनी ऊष्मा में समेट लेती है, जो जीवन को भराव देती है। और यदि बाप ने दूसरी शादी कर ली तो एक दूसरी मुसीबत खड़ी हो जाती है।'

मुझे याद आई अपनी माँ। जब मैं चालीस साल का था तो मेरी माँ का स्वर्गवास हो गया था। पिताजी जीवित थे। माँ के क्रियाकर्म के बाद मैं अपने दोनों बड़े भाइयों के साथ गाँव से बाहर निकल रहा था। कि एक औरत की आवाज हमारे कानों से टकराई—'बेचारे टूअर (अनाथ) हो गए।' हम भाइयों ने आपस में देखा और सचमुच लगा कि इतने वयस्क तथा अच्छे-अच्छे पदों पर आसीन होने के बावजूद हम बहुत खाली हो गए हैं। पिताजी अभी जीवित हैं, तो भी लगता है, हम टूअर हो गए।

पिता पिता होता है, माँ माँ होती है। मुझे याद आया अपने बचपन का एक

संदर्भ। तब मैं दस-बारह साल का रहा होऊँगा। माँ कुछ दिनों के लिए अपने मायके जा रही थी। माँ से पहला बिछोह और वह भी महीने भर का। उसके जाने से पहले कई रातों में मैं छिप-छिपकर रोया। एक अहक, एक हूल मेरी छाती में भर गई और जिस सुबह उसे जाना था, उस रात को तो मैं माँ के आँचल में मुँह छिपाकर इतना रोया कि माँ का भाँचल भीग उठा। उसने रोते हुए मुझे समझाया—"मत रोओ बेटे, मैं जल्दी ही आ जाऊँगी। वहाँ जरूरी काम से जाना पड़ रहा है। इधर तुम्हारी पढ़ाई-लिखाई का हर्ज होगा, नहीं तो तुम्हें भी साथ ले चलती।"

माँ चली गई। मैं कई दिन तक रोता रहा, छिप-छिपकर अहकता रहा। बड़े भाई साहब पढ़ने के लिए शहर चले गए थे। घर पर मैं था, मेरे मझले भाई थे और पिताजी थे। पिताजी के मन में हमारे लिए बड़ा मोह रहा है। वे स्वभाव से ही भावुक थे। उन्होंने कभी भी हमारे ऊपर किसी प्रकार का प्रतिबंध नहीं लगाया था, लेकिन थे वे विचित्र स्वभाव के। वे उदार होते हुए भी अजीब ढंग से कंजूस थे। वे हमें मेले-हटिए में बड़े उत्साह से ले जाते थे और मेले के लिए कुछ पैसे देते थे, किंतु जब भी हम कहते कि इन पैसों का कुछ ले दीजिए तो कहते—"अभी नहीं, थोड़ी देर बाद।" हम समझ नहीं पाते कि वे क्यों, 'अभी नहीं, अभी नहीं' कहते रहते हैं। कई बार हम बिना कुछ खरीदे ही पैसे लिये वापस आ जाते। सो माँ की अनुपस्थिति में उनकी इस विचित्र कंजूसी का निर्बाध व्यापार चलता रहा। खाना शाम को हीं बनाते, वह भी इतना कि कभी पेट नहीं भरता। दोपहर को प्रायः उबली हुई शकरकंदी से ही काम चलता। शकरकंदी अपने खेत की थी। वे मोटी-मोटी शकरकंदियाँ बचाकर रखते थे और पतली उबालते थे। माँ के अभाव के दर्द को पिताजी द्वारा पैदा किया गया अभाव और भी गहरा बना रहा था। बाहर-भीतर एक सीलन-भरा सन्नाटा छाया हुआ था। माँ को याद कर-करके मैं रोता रहता था। रात में जब नींद टूटती थी तो हबसने लगता था। मझले भाई मुझे गोदी में चिपका लेते थे।

महीने भर बाद, जिस दिन माँ को लौटना था, मेरी प्रसन्नता की सीमा नहीं थी। माँ शाम को घर पहुँची। मझले भाई ने लपककर माँ को पकड़ लिया। मैं उसके पास नहीं गया। कोने में छिपकर रो रहा था। माँ ने पूछा—"कहाँ है मेरा केसू?"

"अरे कहाँ गया? अभी तो था।"

तब तक मेरे हबसने की आवाज सुनाई पड़ी। माँ लपकी हुई आई और मैं चिल्लाकर रो पड़ा। उसने जोर से छाती में भींच लिया।

जब भावों का तूफान थमा तो माँ ने अपनी गोद से अलग किया और एक बार

फिर मुझे देखा, एक बार मोहन भाई को।

"अरे, यह क्या हो गया मेरे बेटों को? हड्डियाँ निकल आई हैं, गाल पिचक गए हैं, आँखें धँस गई हैं, देह पीली पड़ गई है।"

यह सुनकर मोहन भैया तो शांत रहे, मैं फफकने लगा।

माँ अपने साथ राब सना सत्तू लाई थी, निकालकर दिया और मैं खाने लगा; लेकिन माँ ने पिताजी को ललकारा—"क्यों, क्या तुम इन बच्चों को खाने को नहीं देते थे? क्या इसीलिए इन्हें छोड़ गई थी?"

"यह कैसी बात करती हो, इन्हें खाने को क्यों नहीं देता था!"

"खाने को देते तो इनका यह हाल होता? क्यों बेटे, तुम लोग भरपेट खाना पाते थे?" मोहन भैया फिर चुप रहे, लेकिन मैं फिर हबसने लगा।

माँ तेजी से उठी। उसने अपने द्वारा रखा गया चावल देखा, आटा देखा, दाल देखी और गुस्से तथा अमर्ष से चीखती हुई बोली—"जाते समय महीने भर का सामान रख गई थी, ताकि मेरे बच्चों और आपको कोई तकलीफ न हो, लेकिन दस-बारह दिन का ही सामान खर्च हुआ है। आपने तो मेरे बच्चों को भूखा ही मार दिया। आप बाप हैं कि कसाई!" माँ रोने लगी।

"हाँ-हाँ, कसाई हूँ। बच्चे तुम्हारे ही हैं न, मेरे थोड़े हैं! आते-ही-आते लड़ाई शुरू कर दी।" वे झल्लाकर बाहर चले गए और माँ अपने साथ लाई हुई चीजें हमें खाने को देकर बार-बार गोद में भींच ले रही थी और रो-रोकर कह रही थी—"अब तुम्हें छोड़कर कभी नहीं जाऊँगी मेरे बच्चो!"

फिर पड़ोसी के अनाथ बच्चे मेरी आँखों में भर आए थे, जिनकी माँ उन्हें हमेशा के लिए छोड़कर चली गई।

□

पटाखे

सुरेंद्र बहुत शरारती लड़का था। पढ़ाई-लिखाई में भी सामान्य था। बाप व्यापारी था, जो सही-गलत तरीके से खूब पैसे कमाता था। बाप से अनाप-शनाप पैसे पाकर सुरेंद्र की शरारत और भी बढ़ गई थी। अपने पैसे के बल पर वह अपने स्कूल के सहपाठियों को भी भला-बुरा कहता रहता था। उस पर न शिक्षकों की शिक्षाओं का असर होता था, न पुस्तकों के ज्ञान का।

कल मास्टरजी ने बच्चों को समझाया था—"बच्चो, कल दीवाली है, असत्य पर सत्य की विजय का त्योहार, अंधकार पर प्रकाश की विजय का त्योहार। कल अमावस्या है। तुम लोग जानते हो, अमावस्या की रात घोर काली होती है, लेकिन लोग सत्य की विजय की खुशी में रोशनी जलाकर अँधेरे को चीरते हैं और अँधेरे की छाती चीरकर छोटे-छोटे दीप और बल्ब जगमगा उठते हैं। लोग दीप जलाकर आपस में मिलते-जुलते हैं, प्रणाम करते हैं और भाईचारे को मजबूत करते हैं। तो बच्चो, कल खूब प्रेम से दीपक जलाना, रोशनी करना और बड़ों का आशीर्वाद लेना।"

"लेकिन मास्टर साहब, दीवाली का असली मजा तो पटाखे छोड़ने में है।" सुरेंद्र ने कहा।

"नहीं बेटे, पटाखे का मजा बहुत क्रूर मजा है। एक तो इससे पैसा बरबाद होता है; दूसरे, पर्यावरण दूषित होता है और तीसरे, इसकी भयानक आवाज आसपास के लोगों की नींद हराम कर देती है। इन लोगों में कितने तो बुजुर्ग होते हैं, जो नींद के लिए तड़पते रहते हैं। कई बार घरों और दुकानों में भयंकर आग लग जाती है।"

सुरेंद्र मन-ही-मन मुसकराता रहा और कहता रहा—'मास्टर साहब, आप बकवास करते रहिए। मैं तो वही करूँगा, जो मुझे अच्छा लगेगा।'

दीवाली की रात को सुरेंद्र का पटाखा कांड शुरू हो गया। बिजली की लड़ियाँ

खूब जगमगा रही थीं। व्यापारी बाप दुकान पर पूजा करके लौट आया था और अपनी पत्नी तथा दो-एक पड़ोसियों के साथ दरवाजे पर कुरसी लगाकर बैठा था। सुरेंद्र अपने छोटे भाइयों और पड़ोस के दो-तीन बच्चों के साथ अपने शोर से कान फाड़नेवाले पटाखे फोड़ रहा था।

पड़ोस में एक वृद्ध दंपती रहते थे। वृद्धों को तो यों भी नींद नहीं आती। दूसरे, पत्नी को बुखार था। पटाखे फूट रहे थे। शोर आ-आकर वृद्ध दंपती के घर में गिरता था, जिस कारण बीमार पत्नी और भी तड़पने लगती थी।

"इसे बंद कराइए न!" पत्नी कराहती हुई बोलती थी।

"देखो भागवान, थोड़ा और धीरज धरो। इस बार सरकारी आदेश निकला है कि दस बजे के बाद पटाखे न छोड़े जाएँ। दस बजनेवाले हैं, अब शायद बंद हो जाएँ।"

दस बजे, साढ़े दस बजे, ग्यारह बजे—सुरेंद्र के पटाखे चलते रहे। आखिर में वृद्ध महोदय निकले और सुरेंद्र से नम्र स्वर में पटाखे बंद करने के लिए कहा।

"पटाखे मैं चला रहा हूँ। अपने घर के सामने चला रहा हूँ। जब तक चाहूँ चलाऊँ, आपको क्यों तकलीफ हो रही है?" सुरेंद्र ने रूखे स्वर में जवाब दिया।

"बेटे, पटाखे तुम अपने घर के आगे चला रहे हो, लेकिन उनका शोर और धुआँ तो मेरे घर भी पहुँच रहा है न! तुम्हारी बूढ़ी आंटी बीमार हैं। शोर से और भी तड़प रही हैं। अच्छा हो, तुम अब पटाखे चलाना बंद कर दो। वैसे भी कानूनन दस बजे के बाद पटाखे चलाना मना है।" बुजुर्ग ने कहा।

कुरसी पर बैठे हुए सुरेंद्र के पिताजी मुसकराने लगे। वृद्ध महोदय ने उन्हें मुसकराते हुए देखा तो उन्हें गुस्सा आ गया और बोले—"बेटे को मना करने के स्थान पर पड़ोसी के दुःख पर मुसकरा रहे हो! याद रखो, ईश्वर किसी का गुरूर सहन नहीं करता।"

सुरेंद्र के पिता कुछ कहते, इससे पहले ही उनका मोबाइल बज उठा। मोबाइल सुनते ही वे चौंक उठे—"क्या कहा, दुकान में आग लग गई है?…पटाखों से…?" इसके बाद वे चिल्लाए—"सुरेंद्र, बंद कर पटाखे…। पटाखों के कारण दुकान में आग लग गई है।"

इसके बाद उनकी कार दुकान की ओर भाग चली। अब सुरेंद्र और वृद्ध आमने-सामने खड़े थे। सुरेंद्र की आँखें नीची थीं, जैसे कह रही हों—सॉरी अंकलजी! और वृद्ध जैसे कह रहे थे—कोई बात नहीं बेटे, देर आए दुरुस्त आए।

□

चोरी

श्याम आठवीं कक्षा का छात्र था। पढ़ने में तेज था। पाठ्यपुस्तकों के साथ-साथ वह साहित्य की पुस्तकें भी पढ़ता था। वह स्वभाव से ही भला लड़का था। दूसरे, साहित्य की अच्छी-अच्छी पुस्तकें पढ़ने के कारण वह और भी नेक हो गया था। नेकी, सच्चाई और अच्छाई में उसका विश्वास था।

एक बार मरम्मत के लिए उसके बूट बाटा में दिए गए। जिस दिन उसे बूट लाने थे, उसके पिताजी ने उसे दस रुपए का नोट देकर कहा—"स्कूल से लौटते समय बूट लेते आना।"

श्याम रुपए लेकर स्कूल पहुँचा। समीर स्कूल का तेज किंतु शरारती छात्र था। वह प्राय: स्कूल से भागकर सिनेमा देखता था। उस दिन श्याम के हाथ में पैसे देखे तो वह सिनेमा देखने की जिद करने लगा और श्याम के सामने एक नई पिक्चर की लुभावनी तसवीर खींचने लगा।

श्याम ने मना किया। उसने कहा—"यार, हमें महापुरुषों की कथा याद रखनी चाहिए और हमेशा सही रास्ते पर चलना चाहिए।"

समीर ने श्याम के उपदेश का मजाक उड़ाते हुए कहा—"यार, छोड़ ये सब उपदेश की बातें। यह सब बेवकूफी है। दुनिया मौज-मस्ती के लिए है। मेरी तरफ देख। मैं कई बार छुट्टी मारकर सिनेमा देखने या घूमने-फिरने चला जाता हूँ। पिताजी समझते हैं, स्कूल में हूँ और मास्टरजी समझते हैं, घर पर हूँ। पढ़ने-लिखने में होशियार हूँ, इसलिए कोई कुछ कहता नहीं। तू भी तो यार, पढ़ने में तेज है। थोड़ी मौज-मस्ती कर लेगा तो क्या चला जाएगा?"

श्याम ने फिर कहा—"न भाई, न, मुझसे यह नहीं होगा। मैं पिताजी से पूछे बिना सिनेमा नहीं जा सकता।"

लेकिन आखिरकार वह समीर की रसमय बातों की लपेट में आ ही गया और

जूतों के लिए जो रुपए उसके पास थे, वे सब सिनेमा-प्रसंग में खत्म हो गए।

श्याम अब चिंता में पड़ गया—'अब जूते कैसे आएँगे? पिताजी पूछेंगे तो क्या जवाब दूँगा?'

□

श्याम खाना खा रहा था, लेकिन उसका हाथ नहीं, चल रहा था।

माँ ने डाँटकर कहा—"अरे, तू खाता क्यों नहीं? स्कूल का टाइम हो गया है।"

श्याम जल्दी-जल्दी खाने लगा, लेकिन उसे चिंता सताए जा रही थी कि जूते कैसे आएँगे? खाना खाकर एक निश्चय के साथ वह ड्राइंगरूम में आया। अलमारी खोली, इधर-उधर देखा और पिताजी की जेब में हाथ डाल दिया। दस रुपए का एक नोट हाथ में आया। उसे अपनी जेब में रखकर वह जल्दी-जल्दी स्कूल चला गया। वह भीतर-भीतर बहुत उदास था और अपने को धिक्कार रहा था कि वह समीर के साथ सिनेमा देखने क्यों गया?

शाम को घर आया तो माँ का चेहरा उदास देखा। पूछने की हिम्मत नहीं हुई। रोज स्कूल से आकर खेलने निकल जाता था, आज नहीं गया। उसकी जेब में बाबूजी के सात रुपए पड़े थे। सोच रहा था कि वापस कर दूँ, लेकिन पकड़े जाने के भय से वापस नहीं कर रहा था। और वापस न करे तो क्या करे? इसी सोच में डूबा हुआ माँ का उदास चेहरा देख लिया करता था। आखिर पूछ ही बैठा—"माँ, आज तुम उदास क्यों हो?"

पहले तो माँ ने टाला, लेकिन श्याम के आग्रह पर बताया—"बेटे, मकान का किराया देने के लिए तुम्हारे पिताजी ने अपनी जेब में पैसे रखे थे। जब मकान मालिक किराया लेने आया, तब उन्होंने देखा कि दस रुपए कम हैं। वे परेशान हो गए। मकान मालिक भला-बुरा कहता हुआ चला गया। तुम्हारे पिताजी बहुत अपमानित हुए। उन्होंने शक में तुम्हारे छोटे भाई निजय को पीट दिया। वह रोता-कलपता हुआ स्कूल गया।"

श्याम दुःखी हो गया। उसकी एक गलती के कारण पिताजी अपमानित हुए, छोटा भाई चोर बनाया गया और पीटा गया। उसे अपने पर धिक्कार छूटने लगा।

थोड़ी देर बाद पिताजी आए। श्याम ने उनका उदास चेहरा देखा तो दूसरी ओर चला गया।

जाड़े की रात थी। श्याम रजाई में पड़ा-पड़ा तड़प रहा था। नींद नहीं आ रही

थी और उसकी जेब में पड़े सात रुपए बिच्छू के डंक की तरह चुभ रहे थे। उससे नहीं रहा गया। उसने सात रुपए निकालकर हाथ में ले लिये और पिताजी की खाट के पास आकर हबसने लगा। पिताजी भी जगे ही हुए थे। उन्होंने बिजली का स्विच दबा दिया और देखा कि हाथ में रुपए लिये हुए श्याम खड़ा है।

"तो तूने चोरी की है?" पिताजी अविश्वास से बोले।

"हाँ पिताजी!" और श्याम ने सारी कहानी सुना दी। फिर पिताजी की ही कसम खाकर कहा—"अब ऐसी गलती कभी नहीं करूँगा पिताजी! इस बार मुझे माफ कर दीजिए।"

माँ भी उठकर आ गई थी।

पिताजी देर तक उसे एकटक देखते रहे और वह डर से काँपता रहा। तभी पिताजी झटके से उठे और श्याम को छाती से चिपका लिया, फिर उसे अपने पास लिटाकर रजाई ओढ़ ली। रजाई में दोनों के आँसू दोनों में समाने लगे थे।

□

परोपकार की आदत

अखिल उस दिन नारायणा विहार से आ रहा था तो उसने एक गली में भीड़ देखी। वह भी उधर को ही चला गया। उसने देखा कि एक औरत जमीन पर बहोश पड़ी है। तभी दो-तीन औरतों ने मिलकर उसे उठाया और उसके मुँह पर पानी के छींटे मारे। वह औरत बदहवास-सी चारों ओर देखने लगी। फिर पूछा—"मैं कहाँ हूँ?"

"तुम नारायणा में हो। तुम गिरकर बेहोश हो गई थीं। कहाँ, की हो? कहाँ जाओगी?" औरतों ने पूछा।

"मैं पटेल नगर में रहती हूँ।" वह बोली।

"तो यहाँ कैसे आ गईं?"

वह कहने लगी—"मैं दीनदयाल अस्पताल में गई थी। वहाँ मेरा बेटा बीमार पड़ा है। उसे खून देकर लौट रही थी। पास में पैसा नहीं था। बस में चढ़ गई। कंडक्टर ने जब देखा कि मेरे पास टिकट नहीं है, तब यहीं उतार दिया। सोचा, गली में थोड़ा सुस्ता लूँ, तब आगे बढ़ूँगी। बस, कमजोरी से बेहोश हो गई।"

लोगों को दया आ गई और उनकी जेबों से रुपए निकलने लगे।

अखिल ने उससे कहा—"चलो, मैं तुम्हें अपनी मोटरसाइकिल पर बैठाकर पटेल नगर छोड़ आता हूँ।"

"अरे नहीं बाबूजी, आप क्यों तकलीफ करेंगे! मैं किसी तरह चली जाऊँगी।" औरत बोली।

"नहीं-नहीं, चलो बैठो मेरी मोटरसाइकिल पर।" अखिल ने जिद की।

लोगों ने भी कहा—"हाँ-हाँ, बैठ जाओ, नहीं तो फिर कहीं रास्ते में गिर जाओगी।"

वह अखिल की मोटरसाइकिल पर बैठ गई। जब अखिल पटेल नगर पहुँचा

तब उस औरत ने एक गली में ले जाकर कहा—"बस, यहीं छोड़ दो। मेरा घर पास में ही है। लोग तुम्हारे साथ मोटरसाइकिल पर देख लेंगे तो सौ बातें बनाएँगे।"

अखिल ने उसे उतार दिया तो वह मोटरसाइकिल का हैंडिल पकड़कर कड़कती आवाज में बोली—"ऐ लड़के, तेरे पास जो कुछ है, दे दे, नहीं तो मैं शोर मचाऊँगी कि तू मेरी इज्जत लूट रहा था।"

अखिल उस औरत के बदले हुए रूप पर सन्न रह गया। बोला—"अरे, तुम मेरी माँ जैसी हो, ऐसी गंदी बात मुँह से क्यों निकाल रही हो?"

वह औरत कहे जा रही थी कि रुपए निकालते हो कि चिल्लाऊँ?

संयोग से वहाँ दो सिपाही आ गए। उन्होंने अखिल से पूछा—"क्या बात है?"

अखिल ने सब कुछ बता दिया तो वे हँसे और बोले—"तुम जाओ बेटे, हम इसे समझते हैं।" फिर उस औरत से बोले—"अरी ठगिनी, तू यहाँ तक गिर गई कि अपने बेटे जैसे लड़के पर बुरा इलजाम लगा रही है! चल, तुझे थाने में ठीक करते हैं।"

उस दिन अखिल को घर पहुँचने में काफी रात हो गई। उसके माँ-बाप बहुत चिंतित थे। सोच रहे थे कि क्या हो गया अखिल को? वह तो समय का बड़ा पाबंद है। वह घर पहुँचा तो उन्हें चैन पड़ा, लेकिन उन्हें लगा कि अखिल कुछ परेशान-सा है।

उन्होंने पूछा—"आज कुछ हुआ है क्या बेटे? कुछ परेशान-से लग रहे हो!"

पहले तो अखिल ने बात टालनी चाही, बाद में पूरी घटना बता दी।

बाप ने पूछा कि वह औरत इस रंग-रूप की थी?

अखिल ने कहा—"हाँ, मगर आपको कैसे मालूम?"

"बेटे, एक दिन वह राजौरी गार्डन में यही नाटक कर रही थी। बेटे, अब ठान लो कि इस तरह अनजान लोगों के चक्कर में नहीं पड़ोगे। बेटे, परोपकार करना अच्छी बात है, इनसानियत की निशानी है, लेकिन समय बहुत खराब आ गया है। लोग लोगों को ठगने के लिए तकलीफ का नाटक करने लगे हैं।"

"जी पिताजी! मैं खयाल रखूँगा।" अखिल ने कहा।

□

आज माँ-बाप ज्यादा परेशान हो रहे थे। अखिल अपने मित्र के जन्मदिन के उत्सव में गया हुआ था। उसने कहा था कि नौ बजे तक आ जाऊँगा। अब ग्यारह बज रहे हैं। मित्र के यहाँ फोन किया तो मालूम पड़ा कि वह तो वहाँ से आठ बजे ही निकल गया है।

“हे भगवान्, क्या हो गया हमारे बेटे को ? कहीं पूछताछ की जाए ?” माँ-बाप चिंता में पड़े हुए कह रहे थे।

एकाएक मोटरसाइकिल की आवाज सुनाई पड़ी। माँ ने झपटकर दरवाजा खोला। अखिल थका-थका-सा अंदर आया तो पिता ने पूछा—“बड़ी देर लगा दी बेटे! हम यहाँ कितने परेशान थे।”

“क्या बताऊँ पिताजी, मैं तो नौ बजे ही आ गया होता, लेकिन आते समय तिलक नगर में देखा कि एक आदमी सड़क पर गिरा हुआ है। शायद कोई बस या कार टक्कर मारकर चली गई थी। मेरे साथ मेरा एक दोस्त भी था। हम दोनों उसे अस्पताल छोड़ने गए। पुलिस ने पूछताछ की, इसी में काफी देर हो गई।”

माँ-बाप उससे और कुछ पूछते, वह चुपचाप अपने कमरे में चला गया।

बाप सोचने लगा—‘आदत कहाँ जाती है ? इसे परोपकार की आदत लग गई है, तो धोखा खाने पर भी छूटनेवाली नहीं है।’

और वे गर्व से हँस पड़े।

□

कुछ यादें बचपन की

बच्चो, मेरे बचपन का समय तुम्हारे समय से बहुत अलग था। समय बहुत धीरे-धीरे चल रहा था और उस चाल के आगे असुविधाओं की तमाम खाइयाँ मुँह फाड़े बिखरी हुई थीं। मैं दो नदियों से घिरे कछार के एक गरीब गाँव में पैदा हुआ। हर साल बाढ़ आती थी और फसल निगल जाती थी। मेरा गाँव और पूरा इलाका गरीबी का जीवन बिता रहा था। मेरा घर भी गरीबी में ही जी रहा था। मैं अपने तीन भाइयों में सबसे छोटा था। यद्यपि गाँव गरीब था, लेकिन लोगों का मन पढ़ाई-लिखाई में लगता था। कई लोग मिडिल तक की पढ़ाई कर चुके थे। गाँव के पास के एक गाँव बिशुनपुरा में प्राइमरी और मिडिल स्कूल थे, इसलिए मिडिल तक की पढ़ाई आसानी से हो जाती थी। इसके बाद की पढ़ाई के लिए गोरखपुर जाना पड़ता था, जो गाँव से बीस मील की दूरी पर था। अत: आगे की पढ़ाई नहीं हो पाती थी।

तो बच्चो, मैं भी पढ़ रहा था। मैं अपनी कक्षा का सबसे तेज छात्र था, लेकिन तनिक चूक हो गई होती तो तेज छात्र क्या, छात्र ही नहीं बना होता और तुम लोगों से जो लेखक आज बात कर रहा है, वह खेतों में घास छील रहा होता। हाँ, तो बात यह हुई बच्चो कि जब मुझे अक्षर-ज्ञान कराया जा रहा था, तब मेरी अक्ल में कुछ घुसता नहीं था। कई लोगों ने अक्षर-ज्ञान कराने की कोशिश की और अंत में झल्लाकर ऐलान कर दिया कि यह नहीं पढ़ सकता। सबने मान लिया कि पढ़ना-लिखना मेरे वश की बात नहीं।

मैं भी निश्चित हो गया। सोचा होगा—जान बची, लाखों पाए।

लेकिन माँ तो माँ होती है न! वह तो अपने बेटे के भीतर वह देख लेती है, जिसे दूसरे नहीं देख पाते। मेरी माँ भी मेरे भीतर कुछ देख रही थी। उसे औरों का

निर्णय स्वीकार नहीं था। वह साक्षर थी।

जाड़े की एक सुबह थी। हम लोग अलाव ताप रहे थे। माँ ने बहुत सहज भाव से अलाव की राख मेरे आगे फैला दी, फिर मेरी उँगली पकड़ी और कहा—"लिखो बेटा 'क'।" उसने लिखवा दिया। फिर बोली—"फिर इसी तरह अपने आप लिखो।" थोड़ी सी दिक्कत के बाद मैंने 'क' लिख दिया। वह बोली—"शाबाश बेटे, ऐसे ही 'ख' लिखो?" मुझे लगा कि माँ की उँगलियों से झर-झर कर अक्षर मेरी उँगलियों में समा रहे हैं और वहाँ से राख पर उतर रहे हैं। फिर तो क्रम चल पड़ा। विश्वास जाग गया कि मैं लिख-पढ़ सकता हूँ। और तब मैं कक्षा का अच्छा छात्र भी बना और वह लेखक भी, जो आज तुमसे बात कर रहा है।

मैं धीरे-धीरे चलनेवाला आदमी हूँ। मुझे जब धीरे-धीरे कोई बात समझाई जाती है, तब वह मेरे भीतर बैठ जाती है। हड़बड़ी में मैं कुछ ग्रहण नहीं कर पाता। स्कूलों के कुछ शिक्षक ऐसे होते हैं, जो डंडे के बल पर शिक्षा देना चाहते हैं। बच्चे उनसे डरते हैं और उनका समझाया हुआ समझ नहीं पाते। पूछने पर वे डर के मारे कह देते हैं—"हाँ, समझ गए।" ऐसे ही मास्टरजी से एक बार हमारा पाला पड़ा था। मैं दर्जा एक में था। मास्टरजी गुस्से से भरकर हम लोगों को हिसाब समझा रहे थे। हम कुछ समझ नहीं पा रहे थे, लेकिन उनके पूछने पर कहते थे—"हाँ, समझ गए।" वे उसी तरह का कोई सवाल देते थे, हम लोग गलत कर देते थे और फिर हमारी पिटाई शुरू हो जाती थी।

मैं इस पिटाई से इतना डर गया कि दूसरे दिन से स्कूल जाना बंद कर दिया। उस समय यह भी रिवाज था कि यदि कोई छात्र कई दिन तक स्कूल नहीं जाता था तो मास्टरजी उसे पकड़ लाने के लिए छात्रों की एक टुकड़ी भेज देते थे। मेरे घर भी कई छात्र आ धमके। मैंने विद्रोह कर दिया कि मैं स्कूल नहीं जाऊँगा। मुझे डर था कि खूब पिटाई होगी। छात्रों ने मुझे जबरदस्ती टाँग लिया। मैंने गुस्से में किसी को नाखून मारा, किसी को दाँत से काटा, किसी की टोपी फाड़ दी, किसी का कुरता चीर दिया, लेकिन उनकी पकड़ से छूट नहीं पाया और स्कूल ले जाया गया। फिर तो जो होना था, हुआ। वे ही सवाल जब घर पर भैया के सहयोग से हल किए तो एकदम पकड़ में आ गए। लगा, जैसे ज्ञान का दरवाजा खुल गया। फिर तो हिसाब में मेरी बहुत अच्छी पैठ हो गई। बच्चो, यह डंडे के जोरवाली शिक्षा इतनी खराब थी कि तमाम बच्चे बीच में ही पढ़ाई छोड़ देते थे। कुछ अपने पुश्तैनी पेशे से लग जाते थे और कुछ घर छोड़कर भाग जाते थे। स्कूल में पिटाई के कारण छात्रों के

रोने-चिल्लाने की आवाजें उठती रहती थीं। आज भी जब पिटाईवाली पढ़ाई याद आती है, तब बेचैन हो उठता हूँ और सोचता हूँ कि उसने न जाने कितने छात्रों का भविष्य खराब किया होगा।

उस मरकहे मास्टर के कारण शुरू में मैं भी दो-चार बार पढ़ाई से बिदका, लेकिन उसका साथ नहीं छूटा। बाद में तो मुझे स्कूल से खूब गहरा प्यार हो गया। अच्छा छात्र तो था ही, अच्छे प्यारे मास्टर भी मिलते गए। फिर तो स्कूल जाने का ऐसा नशा चढ़ा कि बाढ़ के दिनों में भी स्कूल जाया करता था। गाँव और स्कूल के बीच की मील-भर की दूरी में बाढ़ का छाती-भर पानी दहाड़ता रहता था और मैं अपने दो-एक साथियों के साथ पानी को चीरता हुआ स्कूल पहुँच जाता था। लँगोट पहन लेता था और कमीज, धोती तथा बस्ता सिर पर उठा लेता था। तब एक बात बड़ी मूल्यवान थी—वह यह कि मास्टर लोग कक्षा में मन से पढ़ाते थे। तब ट्यूशन का रिवाज नहीं था। जो मास्टर लोग बाहर से आए होते थे और स्कूल में ही रहते थे, वे रात को भी छात्रों को पढ़ने के लिए बुलाते थे और दस बजे रात तक उन्हें पढ़ाते थे। मैं भी अपने गाँव के कई साथियों के साथ रात को पढ़ने जाया करता था। बच्चे सचेत होते ही अपने गाँव के बड़े-बूढ़ों द्वारा सुनने लगते हैं कि यहाँ भूत है, वहाँ चुड़ैल है। उस ताल में बुड़वा है, वहाँ नट है। हमारे गाँव और स्कूल के बीच की दूरी में कहाँ-कहाँ भूत-प्रेत हैं, इसकी कथा हम सब सुनते थे, इसलिए रात को स्कूल जाने में बड़ा डर लगता था। बारी-बारी से हममें से कोई हनुमान चालीसा पढ़ता था, कोई गायत्री मंत्र। एक दिन तो हम बहुत ही डर गए जब स्कूल पहुँचने पर ज्ञात हुआ कि हनुमान नामक एक लड़के को भूत पकड़े हुए है। हनुमान को भूत? बाप-रे-बाप!

बच्चो, इस तरह हमारे मन में भूतों का भय तो था, लेकिन स्कूल के लिए मन में जो प्यार बन गया था, वह भय से बड़ा था। भय तो काल्पनिक था, किंतु प्यार वास्तविक। प्यार उस स्कूल से था, जहाँ मिलनेवाला ज्ञान भूत-प्रेत के झूठे भय को काटता है और सत्य की प्रतीति कराता है। यह ज्ञान हमें प्रेम के द्वारा दुनिया से जोड़ता है और सिखाता है कि उन सबके प्रति एहसानमंद बनो, जो तुम्हारे जीवन को कुछ देते हैं। तुम्हारा जीवन अपने आप नहीं बनता, उसे बनाने में घर से लेकर बाहर तक के न जाने कितने लोगों का हाथ होता है। मैं अनुभव करता रहता हूँ कि मुझे अनंत लोगों ने जीवन दिया है, सहारा दिया है, भटका हूँ तो दिशा दिखाई है। एक घटना का जिक्र करना चाहूँगा। घटना मेरे जन्म की है। सुना था कि जब मैं पैदा

हुआ, तब प्रसूति घर में तमाम जमुए उतरा गए थे। देहात में विश्वास है कि ये बच्चे का प्राण हरण करने के लिए यमराज द्वारा भेजे गए कीड़े हैं। जो हो, ये नवजात बच्चे को तो चट कर ही गए होते। माँ बेसुध थी। उसी समय संयोग सें पड़ोस की एक बुआ आ गई। माँ को जब चेत हुआ, तब उन्हें स्थिति का पता चला। वे बुआ को असीसने लगीं और मुझे तो जीवन-भर यह महसूस होता रहा है कि यह जीवन बुआ का दिया हुआ है।

□

शिक्षक दिवस

आज शिक्षक दिवस है। मेरे लिए तो इसका दुहरा अर्थ है—यानी मेरे तो शिक्षक थे ही, मैं भी 34 वर्ष तक शिक्षक रहा है। दोनों के अनुभवों की जुगलबंदी से गुजर रहा हूँ। याद आ रहे हैं गाँव के पास के प्राइमरी और मिडिल स्कूल। उनकी याद आती है तो एक खुशबू से भर जाता हूँ। यों उस समय की पढ़ाई के साथ दंड जुड़ा हुआ था। मैं पढ़ने में अच्छा रहा, फिर भी कभी-कभी अकारण या सकारण रूप से दंडित होता रहा। सकारण दंडित होने पर दुःख नहीं होता था, किंतु अकारण पिट जाने पर दुःख के साथ क्रोध भी आता था। पंडित रामचंद्र त्रिपाठी तो छात्रों को पीटने के लिए विख्यात थे, बल्कि कुख्यात थे। वे समझते थे कि मारने-पीटने से ही छात्रों को विद्या आएगी, किंतु होता उसका उलटा था। जिस बात के लिए वे पीटते थे, कक्षा में वह बात बनती तो क्या और बिगड़ जाती थी। हाँ, जब घर आकर इत्मीनान से स्वयं या भैया के सहयोग से उस पर विचार करता था, तब बात बन जाती थी। इसी प्रक्रिया से मैं पढ़ाई में आगे निकलता गया। अपनी कक्षा में अच्छा छात्र माना जाता रहा।

याद आता है एक प्रसंग। मैं दर्जा एक में था। संभवतः सात साल का रहा होऊँगा। पाठ्यक्रम में मन्नन द्विवेदी की 'बाल कवितावली' लगी थी। उस मरकहे शिक्षक ने बच्चों से कहा कि 'बाल कवितावली' की कविताएँ जबानी सुनाओ। कोई भी याद करके नहीं आया था। भला यह भी कोई बात थी कि बच्चे कवितावली की कविताएँ याद करके आए हों। फिर क्या था, उस निर्दय शिक्षक ने बच्चों को धूप में लिटा दिया और कहा कि आँखें फाड़-फाड़कर सूरज की ओर देखो। फिर उसने बच्चों के तलवों पर डंडे से प्रहार करना शुरू कर दिया। बच्चे चिल्लाने लगे। दर्जा दो की कक्षा ले रहे गुंजेश्वरी पंडित चिल्लाकर बोले—"अरे जल्लाद, बच्चों की जान ले लेगा क्या?"

उसी पंडित रामचंद्र ने कई वर्ष पूर्व भैया की बाँह पर डंडा मारा था। बाँह कट गई थी, खून बह रहा था। भैया घर आए तो खाना खाते हुए रोए जा रहे थे। बात खुली तो पिताजी कई मित्रों के साथ लाठी लेकर स्कूल पहुँच गए। पंडित रामचंद्र तो छिप गए। प्रधानाचार्य (जो कि बहुत सम्मानित शिक्षक थे और जिन्हें बड़का पंडित भी कहा जाता था) ने क्षमायाचना की।

पाठशालाओं में पढ़ाने के क्रम में बच्चों की पिटाई करने की प्रथा इतनी अनुचित थी कि कई छात्र तो पाठशाला-तो-पाठशाला घर छोड़कर भाग जाते थे। पिटाई अकारण भी हो जाती थी। दो प्रसंग मुझे याद आ रहे हैं। तब मैं दर्जा चार में था। गंगा पंडित पढ़ाते थे। उस कक्षा में मेरे गाँव का संत प्रसाद भी पढ़ता था। वह खाते-पीते घर का बिगड़ैल लड़का था। पढ़ाई-लिखाई में शून्यवत था। उनके पास पैसे तो होते ही थे; और भी चीजें होती थीं। एक दिन उसने गंगा पंडित से शिकायत की कि किसी लड़के ने उसका चाकू चुरा लिया है। गंगा पंडित ने कहा—"जिसने चाकू लिया हो, वह दे दे, नहीं तो पूरी कक्षा की पिटाई होगी। चाकू किसी ने लिया ही नहीं था तो दे कहाँ से। बस फिर क्या था पूरी कक्षा की पिटाई शुरू हो गई। मैंने सोचा—यह कोई न्याय है। यह तो शिक्षक की गुंडागर्दी है। दरअसल चाकू की चोरी हुई ही नहीं थी, यह तो संत प्रसाद यानी संत की बदमाशी थी।

दूसरा प्रसंग याद आ रहा है। हम लोग जिस कमरे में पढ़ते थे, उसकी छत पर मधुमक्खियों का छत्ता लगा हुआ था। एक दिन क्लास छूटने के समय कोई लड़का छत्ते को छेड़ गया। मैं पीछे था। मधुमक्खियों ने समझ लिया कि मैंने ही छेड़ा है। वे मुझे काटने लगीं। उन्होंने तो काटा ही, गंगा पंडित भी काटने लगे, यह समझकर कि छत्ते को मैंने छेड़ा है।

जो भी हो, वे मेरे शिक्षक रहे हैं और कक्षाओं में मुझे जो ज्ञान प्राप्त हुआ, उन्हीं की वजह से हुआ। उन्हीं के प्रयत्नों से सीढ़ी-दर-सीढ़ी चढ़ता गया। बाद में (यानी जब मैं कुछ बन गया) जब वे लोग मिलते थे तो मैं साभार उनके सामने झुक जाता था और वे लोग भी गौरव अनुभव करते थे कि मैं उनका शिष्य रहा हूँ और वे मुझे खुले मन से आशीष देते थे।

मेरी समूची पढ़ाई यात्रा में बहुत से गुरु मिले और सबने मुझे कुछ-न-कुछ दिया ही, किंतु कुछ गुरु ऐसे मिले जिन्होंने अपने गहरे ज्ञान और मानवीय व्यवहार से मुझे गहरे प्रभावित किया। उन्हें मैं सदा बहुत शिद्दत से याद करता हूँ। याद कर-करके भाव-विभोर हो जाता हूँ। उन पर मैंने संस्मरण भी लिखे हैं। वे हैं

मिडिल स्कूल के बिकाऊ पंडित, विशेष योग्यता के शिक्षक पं. रामगोपाल शुक्ल और उच्चतम शिक्षा के गुरु आचार्य हजारी प्रसाद द्विवेदी। मैंने इनसे शिक्षा ही नहीं पाई, जीवन-ज्योति भी पाई। इनका व्यक्तित्व बहुविध छवियों से दीप्त था। आज भी लगता है कि इनके ज्ञान और छात्र-स्नेह की ज्योति मेरे भीतर जगमगा रही है।

और मैं अपनी गुरुमाता को कैसे भूल सकता हूँ। वह माता तो थी ही, अक्षर ज्ञान करानेवाली मेरी गुरु भी थी। उसी ने मेरी जड़ता को तोड़कर अक्षर-ज्ञान कराया था। उसने मुझे अक्षरों के साथ न लगाया होता तो मैं क्या बना होता। तब मुझे बादवाले गुरु कहाँ मिलते? वह माँ के रूप में तो मुझमें छाई ही रहती है, सारस्वत ज्ञान के रूप में भी दीप्त रहती है। वह मेरी सारस्वत-यात्रा की प्रवर्तक गुरु माँ रही है।

अनेक गुरुओं का ज्ञान ग्रहण करते-करते एक दिन मैं स्वयं शिक्षक बन गया। मैंने शिक्षण कार्य बी.एच.यू. से शुरू किया और एम.एस यूनिवर्सिटी बड़ौदा तथा गुजरात विश्वविद्यालय से होता हुआ दिल्ली विश्वविद्यालय पहुँचा। मैं नहीं जानता कि मैंने छात्रों को क्या दिया, किंतु मैं अपनी शक्तिभर देने का प्रयास करता रहा तथा अपने और उनके बीच की दूरी कम करने का प्रयास करता रहा। कौन मुझे कितना याद करता है, मुझे ज्ञात नहीं।

लेकिन कुछ संदर्भों को याद कर बहुत सुकून अनुभव करता हूँ। याद है, अहमदाबाद में जब बी.ए. ऑनर्स की कक्षा लेनी शुरू की, तब एक छात्र उद्दंड-सा लगा। लगा कि वह कक्षा में पढ़ने नहीं, मौज-मस्ती करने आया है। कुछ दिनों बाद वह मेरे घर आया और पाँव छूकर बैठ गया। मैंने पूछा—"कहिए, कुछ काम है?" उसने कहा—"नहीं गुरुजी, कृतज्ञता ज्ञापित करने आया हूँ।"

"किस बात की भई?"

"गुरुजी, मैं पहले कक्षा में यों ही आकर बैठता था। छात्रों और गुरुओं से चुहल करता था। शुरू में मैंने आपको भी गंभीरता से नहीं लिया, किंतु आपकी कक्षा में बैठते-बैठते पढ़ने में जी लगने लगा है। लगा कि अब मुझे कुछ बनना है।"

"खुश रहो बेटे, देर से ही सही, तुम सही रास्ते पर आ गए।"

वह लड़का पढ़-लिखकर एक कॉलेज में प्राचार्य बन गया।

दूसरे छात्र थे विनीत गोस्वामी। उनके बड़े भाई नवनीत गोस्वामी बी.ए., एम.ए. में मेरे छात्र रहे। वे अत्यंत शालीन और अध्ययनशील छात्र थे। वे मुझसे कहते थे, "सर, विनीत तो अत्यंत लापरवाह है। घूमता-घामता रहता है, पढ़ने में

उसका जी नहीं लगता।" लेकिन जब वह मेरा छात्र बना तो मेरे व्यक्तिगत संपर्क में भी आता गया और उसका मन अध्ययन में रमता गया। अच्छे अंकों से एम.ए. करके पिलवई के कॉलेज में प्रवक्ता बन गया और पी-एच.डी के लिए अच्छा शोध-प्रबंध लिखा। वह मेरे उन थोड़े से छात्रों में रहा जो सदा मेरे साथ गहरा लगाव अनुभव करते रहे हैं। विनीत एक दिन अनंत यात्रा पर चला गया। उसकी बहुत याद आती है। मैंने 'शिष्य चरित' नामक एक संस्मरण उस पर लिखा है।

दिल्ली के शिष्य तो दिल्ली में ही हैं और कभी-कभी मिलते-जुलते रहते हैं। हाँ, ज्ञानचंद गुप्त मेरे शिष्य ही नहीं रहे, मेरे सुख-दुःख में शरीक होनेवाले पारिवारिक सदस्य भी बन गए थे। दुःख है कि वे वर्षों से बीमार होकर अपने घर में कैद-से हो गए हैं। दिल्ली तो पास होकर भी उतनी पास नहीं लगती, किंतु गुजरात दूर होकर भी बहुत पास लगता है। लगता है, स्व. भोलाभाई पटेल, रघुवीर चौधरी, स्व. अवधनारायण त्रिपाठी, स्व. महावीर सिंह चौहान, स्व. करुणेश शुक्ल, स्व. नवनीत, विनीत गोस्वामी, भँवर लाल गुर्जर आदि मेरे पास ही बैठे हैं और हमारे सुख-दुःख परस्पर संवाद कर रहे हैं।

अंत में ही सही किंतु सर्वाधिक प्रमुखता से अपने बी.एच.यू के शिक्षक काल को याद कर रहा हूँ। एम.ए. करके निकला था तो चार महीने के लिए बी.एच.यू. के कमच्छा स्थित सेंट्रल हिंदू कॉलेज में अध्यापन का अवसर मिल गया था। तब मैं था ही क्या ? नया-नया शिक्षक हुआ था, लेकिन उन चार महीनों में मुझे बहुत प्यारे शिष्य मिल गए। उन्होंने मुझे बहुत मान दिया। कौशल किशोर और वंशबहादुर आगे चलकर उच्च पदस्थ हुए, किंतु वे मुझे सदा गुरु मानते और सम्मान देते रहे। आज के यशस्वी कवि विजेंद्र भी मेरी कक्षा में थे और वे आज तक मुझे गुरु के रूप में देखते रहे हैं और याद करते रहते हैं। कथाकार काशीनाथ भी उस कक्षा में थे और उनका भी सम्मान-भाव मुझे मिलता रहा।

कमच्छा से छूटा तो शोध छात्र के रूप में बी.एच.यू. में बी.ए. की कक्षाएँ लेने लगा। मैंने अपने को कभी प्रभावशाली शिक्षक नहीं माना—न तब, न बाद में। लेकिन कुछ प्रतिभाशाली छात्र मेरे निकट आते गए। पहले ही वर्ष में शुकदेव सिंह तथा राजेंद्र कृष्ण जैसे मेधावी छात्र मिल गए, जिनके लिए मैं सदा अति सम्मानित गुरु बना रहा। वे सदा मेरे निकट बने रहे। अब दोनों नहीं रहे, किंतु लगता है कि आकाश में बैठे-बैठे वे पूछ रहे हैं—'कैसे हैं गुरुजी ?'

□

थकी हुई सुबह

ब्राह्मणों का गाँव माधोपुर। और जैसा हर गाँव में होता है, दो-चार घर नाइयों के, धोबियों के, अहीरों के, चालीस-पचास घर हरिजनों के। वित्त के हिसाब से सामान्य गाँव। एक ब्राह्मण को छोड़कर सभी ब्राह्मण घर अभावग्रस्त। गाँव से दो किलोमीटर दूर गौरी नदी बहती थी। गौरी नदी और उसके गाँव के बीच एक लंबी तलहटी पड़ती थी, जो बरसात में ताल बन जाती थी और अन्य महीनों में भी थोड़ा-बहुत पानी उसमें होता था। जाड़ों में पानी के आसपास मटर-तीसी आदि के रंग-बिरंगे फूल खिले होते थे और वह तलहटी फूलों की घाटी लगती थी। उसमें वह अपनी छोटी-छोटी सहेलियों के साथ परी की तरह प्राय: विहार करती थी—हाँ, परी की तरह। अभाव से लदी-फदी होने पर भी उस वय में मन में एक उमंग थी। वे हँसती चहचहाती थीं, सखी प्रकृति से बतियाती थीं, लड़ती-झगड़ती थीं और न जाने क्या-क्या सपने देखती थीं।

उसके पिता थे, माँ थी, एक बड़ा भाई था। चार बीघे खेत थे। अब वह सोचती है, इतने खेत कम नहीं होते कि उसमें चार आदमियों का ठीक से गुजर-बसर न हो सके। लेकिन तब, जब समय से उनकी बोआई हो, सिंचाई हो और उनकी हिफाजत हो। तब उसके गाँव में यह कुछ भी तो संभव नहीं था। बरसात में बाढ़ आती थी। सारे खेत डूब जाते थे, समय पर पानी हटता नहीं था कि रबी की बोआई भी समय से हो सके और जिनके खेत इस लंबे ताल में पड़ते, वे तो गेहूँ बो ही नहीं पाते थे, पानी के आसपास तीसी-मटर आदि की मूठ फेंक आते थे। सिंचाई की कोई खास व्यवस्था नहीं थी। ताल के पानी का सहारा था या उस वर्षा का, जिसका कोई निश्चय नहीं होता। समय से बारिश हुई तो ठीक, नहीं तो फसल चौपट। कभी पाला मार गया, कभी ओला। और यदि फसल बची भी तो न जाने कौन कब काट ले जाए या मवेशी छोड़ दे चरने के लिए। सब कुछ ठीक-ठाक तो खलिहान में आग

लगाने या लगने की आशंका बनी रहती थी। लोग अपनी दुश्मनी न जाने कितनी तरह से निकालते थे। जब से वह इधर आई है, देख रही है कि चार-चार, पाँच-पाँच बीघे वाले भी खुशहाल हैं, क्योंकि खेती की अनेक सुविधाएँ यहाँ उपलब्ध हैं और कोई अपनी दुश्मनी फसलों पर नहीं उतारता।

सारा गाँव प्रकृति के प्यार और क्रोध पर निर्भर रहकर सुख-दु:ख जीता रहता था। गाँव में एक ही व्यक्ति थे—सुंदर। जिनके पास पचास बीघे की खेती थी और कई लोगों के खेत उनके यहाँ रेहन रखे हुए थे। प्रकृति का प्रकोप बिगाड़ता तो उनका भी था, लेकिन उस सीमा तक नहीं कि उनके घर उपवास होने लगे। उनके बखार अनाज से भरे होते थे, कभी कम, कभी ज्यादा। और वे छोटे जमींदार के साथ बनिया भी थे, सूद पर कर्ज देते थे और वसूलते थे। उसके घर पर भी उनका कर्ज चढ़ा था।

पास के गाँव में मिडिल स्कूल तक की पढ़ाई होती थी। उसमें उसके गाँव के लड़के भी पढ़ने जाया करते थे। उन्हें स्कूल जाते देखती तो उसका मन ललकता कि काश, वह भी पढ़ने जाती। एक दिन उसने अपने पिताजी से कहा—"भैया के साथ मैं भी पढ़ने जाऊँगी।" पहले तो पिता ने मजाक में लिया, किंतु जब वह जिद करने लगी तो वे गंभीर हो गए और बोले—"नहीं बेटी, लड़कियाँ कहाँ पढती हैं? लड़कियों का पढ़ाई-लिखाई से क्या वास्ता? उन्हें अपना घर बसाना होता है।" फिर भी वह जिद पर अड़ी रही। बोली—"मेरा बहुत मन करता है। पढ़ाई लड़कियों के लिए बहुत खराब है क्या बाबूजी?" "खराब हो या अच्छी, लेकिन लड़कियों के पढ़ने का चलन नहीं है। देखो, सुंदर तो इस गाँव में सबसे रईस आदमी हैं, उनकी बेटी कहाँ पढ़ने जाती है?"

"उसका पढ़ने का मन नहीं होता। उसके बाप उसे पढ़ाएँ तो भी नहीं पढ़ेगी। उसे तो अपने साज-सिंगार और घमंड से फुरसत नहीं मिलती, लेकिन मेरा तो मन होता है पढ़ने का। मुझे पढ़ाइए तो मैं पढ़ूँगी।" लेकिन उसकी बात को उसके पिताजी गंभीरता से लेते ही नहीं थे। वैसे वे थे बहुत सदाशयी और उसे बहुत प्यार करते थे, किंतु उसे स्कूल भेजकर सबकी नजरों में चढ़ना नहीं चाहते थे और लड़की को दूसरे गाँव के स्कूल में भेजना भी तो अच्छा नहीं था। वह गाँव था, जहाँ इस गाँव की बेटियाँ ब्याही गई हैं। वहाँ के लौंडे यहाँ की लड़कियों से छेड़खानी करना अपना अधिकार समझते हैं और छेड़खानी करते-करते कोई बदतमीजी कर बैठे तो? आखिर वह दस साल की हो रही है।

इसलिए वह स्कूल नहीं जा सकी, लेकिन वह अपने भाई से वर्णमाला सीख

गई और उसकी पुस्तकों के सहारे थोड़ा पढ़ना सीख गई। शायद थोड़ा और कुछ सीख जाती, लेकिन उसका भाई शिवनाथ पढ़ने में बोंदा निकला और मास्टरों की पिटाई से तंग आकर दर्जा चार तक जाते-जाते पढ़ाई छोड़ बैठा। पिताजी ने बहुत समझाया—"बेटा, पढ़ाई मत छोड़ो, थोड़ी मेहनत करो, मास्टरों की छड़ी से विद्या बरसती है, उसका बुरा नहीं मानना चाहिए। पढ़-लिख लोगे तो कुछ बन जाओगे, इस घर की हालत सुधर जाएगी।" लेकिन भाई पढ़ाई के लिए तैयार नहीं हुआ। बोला—"बाबू, अरे मास्टर की छड़ी देखते ही मेरा तो रहा-सहा ज्ञान भी हवा हो जाता है और आप कहते हैं कि उससे विद्या बरसती है। अरे, मेरा वश चले तो उस मास्टर के बच्चे को पचास जूते लगाऊँ, वह आदमी नहीं जल्लाद है।"

पिताजी मनाते रहे और भाई ने पढ़ना छोड़ा तो छोड़ ही दिया। उसे बड़ा अजीब लगा—कैसे हैं लोग कि वह पढ़ने को कह रही है तो उसे मना किया जा रहा है और भाई पढ़ने से भाग रहा है, तो उसे पढ़ने के लिए मनाया जा रहा है। ऐसा क्यों हो रहा है? लोगों के पास एक ही उत्तर है कि वह लड़की है। लड़की होना कोई पाप है क्या?··· कोई पाप है क्या?

लड़की, स्त्री··उसके भीतर बचपन से ही ये 'शब्द' कुछ बहुत डरावने रूप में साकार होते रहे हैं और एक सवाल पैदा करते रहे हैं कि यह सब क्या है? उसने देखा है—बार-बार देखा है कि उसके पड़ोस में नई बहू की पिटाई हो रही है, एक साथ सास, ननद, पति सभी पिले हुए हैं। गालियों की बौछार हो रही है, धम्म-धम्म की आवाजें आ रही हैं और बहू की कुरूप चीख आसमान फाड़ती हुई उठ रही है।

वह अपनी माँ से पूछती है—"ये लोग क्यों मारते हैं माँ?"

"अरे बेटी, ये लोग कहते हैं कि उसे कोई गुन-ढंग नहीं आता, फूहड़ है।"

"मुझ तो नहीं लगता माँ! मुझे तो वह बहुत प्यारी लगती है। कैसे प्यार से बातें करती है हम लोगों से।"

"हाँ, वैसे प्यारी तो मुझे भी लगती है। लेकिन अंदरूनी बात कौन जाने।"

"लेकिन माँ, वे अपनी बेटी को कुछ क्यों नहीं कहते, जो नंबरी फूहड़ है—एकदम निकम्मी और बेसऊर।"

"ठीक कहती हो बेटी, लेकिन उसे क्यों मारेंगे? वह अपनी बेटी है न?"

"तो वह बहू किसी की बेटी नहीं है क्या माँ?"

"है क्यों नहीं? लेकिन लोग इसे समझते कहाँ हैं? बेटी-बहू में फर्क बना ही रहता है।"

"तुम भी यह फर्क बनाए रखोगी माँ, जब भैया भाभी लाएगा?"

माँ ने उसकी ओर आहत नजरों से देखा और चुप रही।

"बोलो न माँ, तुम चुप क्यों हो?"

"बेटी, फर्क है तो सही। वह आती है घर सँभालने के लिए और बेटी को दूसरे घर जाना होता है। अपने बाप के घर में जितना खा-पहन सकती है, खेल-कूद सकती है, उसकी छूट तो देनी ही चाहिए।"

"और वही बेटी जब दूसरे घर जाकर पिटती है, तब हर माँ को बेटी-बहू का भेद भूल जाता है। हर माँ यही चाहती है कि उसकी बेटी तो दूसरों के घर में सुख से रहे, लेकिन दूसरे की बेटी उसके घर में नरक भी भोगे तो कोई हर्ज नहीं। यही न माँ! पड़ोसी की फूहड़ बेटी ससुराल जाएगी तो उसका क्या हाल होगा, यह चिंता इन लोगों को नहीं है, चिंता खाली बहू में दोष निकालने और पीटने की है।"

"बेटी, तू तो न जाने कैसे-कैसे सवाल पूछती है। तुझे कौन सिखाता है? अरे जो हो रहा है और होता आया है, वह चलेगा ही बेटी, उसके लिए इतना माथा मारने की क्या जरूरत?"

"... मुझे काई नहीं सिखाता माँ! यों ही मेरे भीतर ये बातें उठती रहती हैं और माँ, मुझे लगता है कि जो लड़कियाँ मायके से काफी कुछ लेकर आती हैं और हमेशा कुछ-न-कुछ वहाँ से आता रहता है, वे सताई नहीं जातीं, यानी कम सताई जाती हैं। इसका मतलब तो यही हुआ न माँ कि गरीबों की लड़कियों की ससुराल में कोई इज्जत नहीं है और वे पिटती रहती हैं।"

"ठीक कहती है बेटी! वैसे वे भी पिटती हैं लेकिन कम।"

"तो माँ, क्या मैं भी पिटूँगी? मैं भी गरीब घर की ही बेटी हूँ।"

"नहीं बेटी, ऐसा अशुभ मुँह से न निकाल।"

"और भाभी आएगी तो उसे तुम लोग पीटोगे?"

"अरे, आज तुझे क्या हो गया है रे? जा खेल, मुझे रुला मत।"

उसने देखा, माँ की आँखों में आँसू आ गए हैं।

"अरे, मैंने तुझे रुला दिया न माँ! देख माँ, कान पकड़ती हूँ, तुझे नहीं रुलाऊँगी।" और अपने कान पकड़कर उठक-बैठक करने लगी।

माँ खिलखिलाकर हँस पड़ी।

☐

लड़कियाँ कभी-कभी उसे छेड़ती थीं—"तुझे क्या हो जाता है रे लक्ष्मी! हँसती-खेलती गाती-बजाती एकाएक उदास हो जाती है।"

"अरे नहीं, कुछ नहीं, उदास कहाँ होती हूँ?"

वह कह तो जाती, लेकिन वह सोचती—सच तो है, वह हँसती-खेलती किसी बात पर एकाएक उदास हो जाती है। लेकिन वैसे वह खूब खेलती थी, गाती-बजाती थी, अपनी सखियों में वह सर्वाधिक उत्साह से ये सब काम करती थी, इसलिए उनके बीच बहुत प्रिय थी, बल्कि उनकी नेता थी। वह पारिवारिक अभाव में भी मस्त थी, उसकी सखियाँ भी मस्त थीं। क्या दिन थे वे? वह अतीत में डूब गई—

ऋतुएँ आती थीं और हम सभी उनके साथ हो लेती थीं। सावन आता था। आम की डाली पर झूला डालकर हम घंटों झूलती थीं। कजली गाती थीं। आसपास धान के खेत लहराते थे। पुरवाई पौधों को, हमारे बालों और आँचल को लहराती हुई उड़ाती रहती थी। हमारे रोम-रोम में एक सिहरन भर जाती थी। रिमझिम-रिमझिम··· भीगती थीं और बारिश तेज होते ही भाग चलती थीं। पाँवों में मेहँदी लगाती थीं। नागपंचमी के दिन तो हमारे उल्लास की सीमा नहीं रहती थी। अपने फटे-पुराने कपड़े ही धानी रंग में रँगकर हम नई हो उठती थीं, फिर आता था—राखी का त्योहार, फिर तीज, जिउतिया छट्ठ। पता नहीं कितने तो त्योहार थे बरसात की ऋतु में। हम स्वयं त्योहार बन जाती थीं।

एक थीं शोभा बुआ। पद में बुआ थीं और उम्र में हम लोगों से सात साल बड़ी होंगी, यानी सत्रह की रही होंगी। कितनी गुनी थीं। खूब गाती-बजाती थीं, सीना-पिरोना भी उन्हें खूब आता था, खाना भी खूब अच्छा बनाती थीं। उनके होने से त्योहार-पर्व में एक गहमागहमी आ जाती थी। अत्यंत गरीब घर की इस बुआ ने पता नहीं कहाँ से इतना उत्साह पाया था। शोभा बुआ की अपनी सखी-मंडली थी, किंतु हम लोग भी उस मंडली में शरीक होते रहते थे और वे बड़े प्यार से हमें अपने दायरे में समेट लेती थीं।

इस साल उनकी शादी हो गई। हम लोग बहुत उत्साह में थे कि शोभा बुआ की शादी हो रही है। उनके दूल्हे को देखने की बड़ी ललक भर आई थी। इस सुंदर-सी, उत्साह की तरंग-सी बुआ का दूल्हा कैसा होगा? मन में कुछ वैसी ही दूल्हे की तसवीर उभर रही थी। द्वारपूजा के समय हम लोग बहुत उमंग से दूल्हा देखने पहुँचे और देखकर दंग रह गए कि दूल्हे की जगह पचास साल का एक मरद बैठा हुआ है। मैं बार-बार उसके चेहरे को देखती रही। वह चेहरा मेरे भीतर अँट नहीं पा रहा था—सख्त तिकोना-सा चेहरा, पतला-सा ललाट, मिच-मिची आँखें, आगे की ओर खूब फैली हुई नाक। 'शोभा बुआ का पति यही है?' बार-बार मेरे मन में सवाल उठता। देखा, सखियाँ भी परेशान हैं। कुछ लड़कियाँ मिस्की मार-मारकर

हँस रही थीं, कुछ औरतें बातें कर रही थीं, लड़की को बोर दिया रघुनाथ बाबा ने।

कैसा लगेगा शोभा बुआ को? क्या किसी ने बताया नहीं होगा? बताया भी हो तो क्या कर लेंगी? औरत तो गाय है न, जहाँ बाँधो, बँध जाएगी। मैं वहाँ ठहर नहीं सकी। घर आ गई। माँ से बताया तो माँ कुछ चुप रही। लगा, जैसे भीतर-भीतर किसी जाल में फँस गई हो।

"रघुनाथ बाबा बहुत गंदे आदमी हैं, उन्होंने शोभा बुआ जैसी सुंदर लड़की को एक खूँसट बूढ़े के साथ ब्याह दिया। उनकी शक्ल देखने की इच्छा नहीं होती।" मैं बड़बड़ा रही थी और बड़बड़ाते बड़बड़ाते रोने लगी।

"बेटी, रघुनाथ बाबा गंदे नहीं हैं। कोई नहीं चाहता अपनी बेटी को कुएँ में डालना, लेकिन…।"

"लेकिन क्या माँ?"

"बेटी, गरीबी सबसे गंदी चीज है। वही आदमी से बहुत से गंदे काम कराती है। तुम्हें क्या पता कि रघुनाथ बाबा कितने दिनों से शोभा के लिए वर खोज रहे थे। दरिद्र-दरिद्र लड़कों के घरवालों के भी मिजाज चढ़े हुए थे। इतना माँगते थे कि रघुनाथ बाबा दे न पाए। उनके पास है क्या? दो बीघा जमीन है। एक बीघा बेच दें या रेहन रख दें तो दहेज के पैसे मिल सकते हैं, फिर पूरा घर खाएगा क्या? उन पर तो यों ही कर्जा चढ़ा हुआ है।"

"तो?" भाव से मैं माँ को देखती रही।

"इसलिए उन्होंने बूढ़े वर को चुना है। इसके यहाँ अच्छी खेती-बारी है। शोभा के खाने-पीने की चिंता नहीं रहेगी। ढंग से खाएगी-पहनेगी। बाप को बेटी का यह सुख भी तो देखना पड़ता है।"

मैं क्या कहती? माँ का कथन मेरे भीतर अँटा नहीं और माँ ही कौन अपने कथन से संतुष्ट नजर आ रही थीं। मैं उदास-उदास घूमती रही। शोभा बुआ कई दिन से जोर-जोर से रो रही थीं। मालूम हुआ कि शादी में ही उनकी विदाई हो जाएगी। मुझे लगा कि बारात आने के बाद से उनकी रुलाई का दर्द बढ़ गया है। मरजाद के दिन हम लोग उन्हें घेरकर बैठी थीं। बुआ रह-रहकर द्रवित हो उठती थीं। मैंने कहा—"बुआ, सावन में आइएगा न?" उन्होंने एक अबूझ आँखों से मुझे देखा। शायद कह रही थीं—'क्या कह सकती हूँ।' "बुआ, आएँगी न? आपके बिना सावन का मजा नहीं आएगा।" वे थोड़ा मुसकराई और बोलीं—"आऊँगी रे।" हम सभी सखियाँ खुश हो गईं।

दूसरे दिन बुआ चली गईं। उनके रोने से रन-वन खहरा रहा था। चिल्लाहट का एक हाहाकार वातावरण में व्याप्त हो गया था। हाहाकार लिये वे चली गईं, किंतु वातावरण रह-रहकर सुबकता रहा।

एक थीं मैना दीदी। उनके पिता हरिहर काका ने खेत रेहन रखकर उनकी शादी बड़े धूमधाम से की थी। मैना दीदी भी बड़ी गुनी थीं और उम्र में बड़ी होने पर भी हम लोगों से खूब हिली-मिली थीं। हम लोग बात करते थे कि मैना दीदी अपनी ससुराल में जाकर इतनी रम गई हैं कि हम लोगों की सुध ही नहीं ली। बहुत सुखी होंगी। उनका दूल्हा भी तो कितना सुंदर था। दोनों एक-दूसरे से खूब प्यार करते होंगे। हम लोगों को उनकी बहुत याद आती थी। एक दिन सुना कि वे आई हैं। हम लोग बड़े हुलास से उन्हें देखने गए। देखते ही सन्न रह गए। यह कौन है ? क्या मैना दीदी हैं ? चारपाई पर लेटी हुई एक लाश।

"दीदी !" मैंने धीरे से पुकारा।

उन्होंने अपनी आँखें खोलीं। 'हे प्रभु, क्या हो गया दीदी की प्यारी-प्यारी जगमगाती आँखों को। ये किसकी आँखें हैं, जिनमें रोशनी नहीं है और डर का एक भयानक जंगल लहरा रहा है।'

वे कुछ देर तक हमें देखती रहीं, फिर पलकें अपने आप बंद हो गईं, लंबी-लंबी साँस चल रही थी। वे रह-रहकर कराह रही थीं। मैंने धीरे से उनका हाथ छुआ, जल रहा था जैसे आग। काकी आईं। "दीदी को क्या हो गया काकी ?" मैंने पूछा।

"ससुराल के राक्षसों की देन है बेटी !" और वे झर-झर-झर रोने लगीं।

दीदी की आँखों से भी आँसू झर रहे थे। उनकी आँखें फिर खुलीं। बोलीं—"अब मैं जा रही हूँ लक्ष्मी !"

"ऐसा मत बोलो दीदी !" मैं बिलख उठी।

हम लोग चलने लगे तो दीदी ने कराहते हुए कहा—"लक्ष्मी, एक बात मानोगी ?"

"कहो तो दीदी !"

"बहना, ससुराल मत जाना।"

हम स्तब्ध रह गए। और समझ गए कि ससुराल में दीदी के ऊपर क्या बीती है।

दो दिन बाद काकी के घर रोने का कुहराम मचा तो मालूम हुआ कि दीदी नहीं रहीं। हम सबके भीतर ससुराल के नाम पर एक भय समा गया।

एक थीं सुहागी बुआ। उनके पिता ने भी बड़े धूमधाम से उनकी शादी की थी। तब मैं चार साल की रही होऊँगी। बुआ की ससुराल पास में ही थी, वे अकसर आती-जाती थीं। हम लोग उनसे बार-बार मिलकर बहुत प्रसन्न रहते थे। वे बहुत अच्छी थीं। वे सामाजिक थीं। गाती-बजाती तो थीं ही, मेले-हटिए में भी हमें साथ ले जाती थीं। सगुन उचारती थीं, किस्से-कहानियाँ सुनाती थीं और किसी का सिर दुखता था, तो मंत्र पढ़-पढ़कर देर तक दबाती थीं। पाँच साल बाद वे एक बार आईं तो ससुराल जा ही नहीं रही थीं। मैंने माँ से पूछा तो माँ टाल गई। लेकिन धीरे-धीरे मालूम हो गया कि बुआ ससुराल छोड़ आई हैं। इन्हें छह साल तक कोई बच्चा नहीं हुआ तो इनकी सास ने इनके पति की दूसरी शादी कर दी और बुआ सौत के साथ रहने के स्थान पर अपने मायके चली आईं—अपनी माँ के पास। अब दोनों औरतें जीवन जीने के लिए खेतों में संघर्ष कर रही हैं।

शोभा बुआ, मैना दीदी, सुहागी बुआ और न जाने कितनी बुआएँ और दीदियाँ उसके भीतर उतरती गईं और औरत उसके लिए एक करुण कथा बनती चली गई। जब और लड़कियाँ इसे एक नियति मानकर सवालों से मुक्त होकर हँसती-गाती थीं और शादी-ब्याह के साथ हो लेती थीं, तो वह इन सब बातों से परेशान हो जाती थी और अपने आप से पूछती थी कि क्या कोई रास्ता नहीं है इनसे निकलने का? क्या स्त्रियों को दूसरा ईश्वर पैदा करता है या उसके यहाँ नारी-पुरुष के लिए दो नियम हैं? उस किशोरावस्था में उसमें न तो सवालों को ठीक से समझने की शक्ति थी, न उसका चिंतन इतना विकसित था कि वह इनका हल ढूँढ़ती, बस इस विषमता के अनुभव का बोझ महसूस करती थी और अपने भीतर ही तड़प-तड़पकर चीखती थी—ऐसा क्यों है? और कहीं उसे लगता था कि औरतों को भी पढ़ना चाहिए। उसका स्वयं का मन तो पढ़ने को आतुर था ही, वह औरतों की पढ़ाई को कहीं उनकी बेहतरी से भी जोड़ देती थी। वह अक्षर ज्ञान प्राप्त कर विद्या की प्यास लिये भटकती फिरती।

माँ-बाप से वह बार-बार कहती कि वह पढ़ना चाहती है, लेकिन वे हँसकर टाल जाते। भाई ने तो पढ़ना छोड़ दिया था, लेकिन वह भाई की पुस्तकों का बस्ता बनाकर अपने पास रखती थी और उसकी ऊष्मा महसूस करती थी। कभी-कभी वह कोई किताब खोलकर पढ़ती थी। अक्षरों को जोड़-जोड़कर धीरे-धीरे पढ़ना उसे आ गया था। एक दिन एक पाठ उसके सामने खुल गया। उस पर गांधीजी, दयानंद सरस्वती और कई महापुरुषों के चित्र बने थे। उसे लगा कि यह जरूर कोई

अच्छी चीज होगी। शीर्षक था 'नारी शिक्षा'। लिखा था—'हमारे देश की स्त्रियों को भी जागना चाहिए। उन्हें पुरुषों के कंधे-से-कंधा मिलाकर चलने की जरूरत है। लेकिन यह तभी होगा, जब उनकी शिक्षा-दीक्षा हो। शिक्षित होकर ही वे वीर माता, वीर पत्नी, वीर पुत्री और देश की सेविका बन सकती हैं। शिक्षा ज्ञान देती है, वह अपने पाँव पर खड़ा होने की ताकत देती है। जब तक हमारे देश की स्त्रियाँ शिक्षित नहीं होतीं, उनमें जागृति उत्पन्न नहीं होगी, वे दुर्दशा भोगती रहेंगी। इसलिए स्वामी दयानंद सरस्वती, राजा राममोहन राय और गांधीजी आदि महान् नेता नारी-शिक्षा पर इतना बल दे रहे हैं।'

यह पाठ बार-बार पढ़कर वह उल्लसित हो गई। बड़े हुलास के साथ पिताजी के पास गई। वे माँ से कुछ खुसुर-फुसुर बतिया रहे थे। मुझे उल्लसित देखकर बोले—"क्या बात है बेटी, आज बहुत खुश दिखाई दे रही है।"

"आपकी बेटी नाखुश कब रहती है पिताजी? लेकिन आज एक विशेष बात है।"

"कहो, क्या विशेष बात है?"

"आप गांधीजी को मानते हैं न पिताजी?"

"अरे बेटी, वे तो महात्मा हैं—उन्हें तो पूरा देश मानता है। वे अपना सब कुछ छोड-छाड़कर देश की आजादी की लड़ाई लड़ रहे हैं। ऐसे महापुरुष को पूरा देश मानता है, मैं तो उनकी पूजा करता हूँ।"

"तब आप उनकी बात क्यों नहीं मानते?"

"कौन-सी बात बेटी?"

"देखिए, इस किताब में क्या लिखा है? लिखा है कि देश की, समाज की उन्नति चाहते हो तो स्त्रियों को शिक्षित करो। शिक्षा प्राप्त करके स्त्रियों की उन्नति जब तक नहीं होगी तब तक देश और समाज की उन्नति नहीं होगी।"

"तो क्या तू पढ़ लेती है बेटी?"

"हाँ, भैया की किताब से मैंने पढ़ना सीख लिया।"

"अरे, एक तू है कि अपने आप इतना कुछ सीख गई और एक नालायक यह है कि इतना ठेलने के बाद भी एक कदम आगे नहीं बढ़ा। परुवा बैल की तरह एक स्थान पर गिरा और वहीं थथमथाकर बैठा रह गया।"

"लेकिन इससे क्या हुआ पिताजी! मैं भी तो आपकी संतान हूँ। भैया नहीं पढ़ सके तो क्या हो गया, मैं तो पढ़ना चाहती हूँ, मुझे क्यों नहीं पढ़ाते?"

"लेकिन बेटी, हमारे समाज में बेटियों को..."

"न, न पिताजी... गांधीजी ने कहा है...।"

पिताजी हँसने लगे—"शैतान कहीं की।"

"अरे स्कूल भेज दीजिए न, जब बेटी इतना कहती है।" माँ ने कहा।

"हाँ, जब गांधीजी ने कहा है तो भेजना ही पड़ेगा। गांधीजी गलत बात थोड़े ही कहेंगे।" और वह ग्यारह साल की लड़की स्कूल जाने लगी।

****

स्कूल पास के गाँव टाड़ा में ही था। लक्ष्मी के घर के आसपास के लड़के भी वहाँ पड़ते थे। जब उसने उनसे कहा—"मैं भी कल से तुम्हारे साथ पढ़ने चलूँगी," तब सभी हँसने लगे थे।

"अरे, तुम लोग मजाक समझते हो, मैं सच्ची कह रही हूँ।"

"अच्छा भाई चलना।" टालने की गरज से सबने कहा।

जब दूसरे दिन वे चलने लगे तो देखा कि लक्ष्मी सचमुच बस्ता लटकाए अपने पिताजी के साथ स्कूल जा रही है। अब तो सभी उसके साथ हो लिये।

हैडमास्टर साहब पहले तो थोड़ा बिदके और बोले—"देखिए दुबेजी, इस स्कूल में कोई लड़की पढ़ती नहीं है।"

"तो क्या हो गया मास्टरजी, यह तो पढ़ने आई है।"

"हाँ, पढ़ने तो आई है लेकिन।"

"लेकिन क्या मास्टरजी, गांधीजी ने कहा है, लड़कियों को शिक्षा देनी चाहिए। बिना उनकी शिक्षा के समाज उन्नति नहीं कर सकता।" कहते हुए लक्ष्मी ने वह लैसन खोलकर दिखा दिया।

"अच्छा, तो तू पढ़ना जानती है?"

"हाँ मास्टरजी, घर पर ही थोड़ा सा लिखना-पढ़ना सीख लिया है।"

"कैसे?"

"भैया की किताब से।"

"यह तो बहुत अच्छी बात है। मैं तुम्हें जरूर दाखिला दूँगा, लेकिन मैं जो 'लेकिन' कह रहा था, वह यह कि तुम अकेली पढ़ पाओगी, यहाँ तुम्हारी कोई सखी-सहेली नहीं है।"

"कोई बात नहीं मास्टरजी, मैं लड़कों से डरती थोड़े न हूँ। उनके साथ खेल-कूद लूँगी।"

मास्टर साहब ने उसकी थोड़ी परीक्षा लेकर पहली कक्षा में नाम लिख लिया।

वह पढ़ने में तेज थी। मास्टरजी कोई सवाल पूछते तो वह फट से हाथ उठाती। जब किसी लड़के को उत्तर नहीं आता तो उससे पूछा जाता और वह बता देती। मास्टर साहब कहते—"देखो लड़की होकर इसने बता दिया और तुम लोग लड़के होकर भी बुद्धू हो।"

लड़के वहाँ तो कुछ नहीं बोलते, लेकिन रास्ते में आपस में बातें करते—"अरे, यह उत्तर बता देती है तो कौन सा तीर मारती है? हम लोगों से कितनी बड़ी है। इतनी बड़ी होकर एक में पढ़ रही है तो बताएगी नहीं।"

वह उनसे प्रतिवाद करती—"बड़ी होने से क्या होता है, पढ़ाई तो मैंने तुम लोगों से बाद में शुरू की है।"

और उसे लग रहा था कि मास्टरजी उसकी बड़ाई करके ठीक नहीं कर रहे हैं। एक तो लड़के उससे अपमानित अनुभव कर उससे जलने लगे हैं, दूसरे पंडितजी की बात में यह बात छिपी लगती है कि लड़कियाँ लड़कों से स्वभावत: कमजोर होती हैं और यहाँ उलटा ही रहा है। उसके बालमन में भी यह बात अँट नहीं पाती थी, लेकिन फिर भी अपनी बड़ाई हर बच्चे को अच्छी लगती है, उसे भी अच्छी लगती थी। माँ ने समझाया था—"बेटी, स्कूलवाले गाँव में हमारे गाँव की कुछ लड़कियाँ ब्याही गई हैं। इसलिए सँभलकर रहना।"

"सँभलकर रहने का क्या मतलब माई?"

"बेटी, कुछ खास नहीं। अरे, रिश्तेदारी का गाँव है। बच्चे हँसी-मजाक कर सकते हैं।"

"सिर नहीं तोड़ दूँगी, जो मुझसे बदतमीजी करेगा उसका।"

"अरे नहीं बेटी, ऐसा मत करना। बदनामी होगी।"

उसकी क्लास के बच्चे तो छोटे थे। वे कुछ समझते नहीं थे, किंतु बड़ी क्लास के कुछ बच्चे उस पर कभी-कभी कुछ शब्द फेंकते रहते थे। एक दिन आधी छुट्टी में वह अकेली बैठी कुछ खा रही थी। दर्जा चार के एक लड़के ने कहा—"अरे, अकेले-अकेले खाओगी।" उसने उस लड़के को घूरकर देखा। वह मुसकराने लगा। फिर बोला—"सुना है तुम बहुत तेज हो।"

"तो?" उसने जोर से कहा था।

"तो क्या, देखो मैं भी बहुत तेज हूँ। मेरी-तुम्हारी जोड़ी बहुत अच्छी रहेगी।"

उस लड़के के पास दो-चार और लड़के आ गए और भद्दे ढंग से मुसकराने लगे।

उसे बहुत बुरा लगा। वह खाना छोड़कर उस लड़के को घूरकर देखने लगी।

"नाराज हो गई क्या ?"

वह उठकर चलने लगी तो वह लड़का बोला—"तो जोड़ीवाली बात का क्या हुआ ?"

वह रुक गई और घूमकर उस लड़के की ओर मुँह करके खड़ी हो गई, झटके से एक थप्पड़ खींचकर मारा और उसकी टाँग में ऐसा धक्का दिया कि वह गिर पड़ा। देखते-देखते अच्छा-खासा तमाशा बन गया। लड़के जुट आए और वह सीधे क्लास में चली गई। हेडमास्टर ने बच्चों में हलचल देखी तो वहाँ पहुँच गए। फिर उसे बुलाया। पूछा—"क्यों लक्ष्मी, बच्चे कह रहे हैं कि तुमने त्रिलोकी को मारा है ?"

"हेडमास्टर साहब, बच्चे यह नहीं बता रहे हैं कि वह मुझे गाली दे रहा था।"

"क्यों बे, तुमने इसे गाली दी है ?" और सबसे अधिक शिकायत करनेवाले लड़के को दो झापड़ रसीद करते हुए कहा—"नालायक, अधूरी रिपोर्ट करता है।" फिर उस लड़के से पूछा—"तुमने इसे गाली दी है ?"

"नहीं हेडमास्टरजी, मैंने गाली नहीं दी। इसने यों ही मुझे थप्पड़ मार दिया और ढकेल दिया।"

"अच्छा तो यह लड़की पागल हो गई है कि चलते-चलते तुझे थप्पड़ मार देगी।" फिर वे उसकी ओर मुड़े और बोले—"इसने क्या गाली दी बेटी ?"

उसने सारा वाकया बता दिया तो हेडमास्टरजी गुस्से में आ गए—"क्यों बे, यह गलत कह रही है ?"

"मास्टरजी, हमारे-इनके गाँव में नाता ही ऐसा है कि हमें इतना कहने का हक बनता है।"

"अच्छा, तो स्कूल को तुमने नाता-रिश्ता निभाने का स्थान समझ लिया है। अभागे, यह विद्या का पवित्र मंदिर है, यहाँ सब लोग विद्यार्थी हैं, कोई किसी का साला-बहनोई, साली-सलहज नहीं लगता। समझे ?" फिर उन्होंने उस लड़के को दो झापड़ मारकर कहा—"जा भाग, क्लास शुरू हो रही है।" पूरे स्कूल में अकेली लड़की होने की वजह से तो वह विशिष्ट थी ही, उस दिन से और भी विशिष्ट हो गई।

गाँव के लड़कों ने घर आकर सारा किस्सा बताया तो माँ ने समझाया—"नहीं बेटी, इस तरह मारपीट नहीं करते।" भाई तो बौखला गया। बोला—"बता तो बहना,

वह कौन है, उसे ठीक करता हूँ।" पिताजी ने उसे शांत किया और बोले—"तुम क्यों परेशान होते हो बेटे, उसे तो मेरी बेटी ने ही ठीक कर दिया है।" और हँसने लगे।

"चढ़ा लो, चढ़ा लो, बेटी को सिर पर। हाथ में तलवार थमा दो। जब दूसरे के घर जाएगी, तब मालूम पड़ेगा।"

"अरे, तुम काहे परेशान होती हो। बेटी दूसरे के घर जाएगी तो क्या उसे ऐसा कायर बना दिया जाए कि वह जिस-तिस से अपमानित होती रहे। मार खाती रहे।"

उस दिन से स्कूल में लड़के उससे सावधान रहने लगे। लेकिन स्कूल आते-जाते उस गाँव के दूसरे लड़के कुछ-न-कुछ रिमार्क कस दिया करते थे। वह अपने गाँव के लड़कों के झुंड के साथ होती, इसलिए कोई लड़का बदतमीजी करने की हिम्मत तो नहीं करता, लेकिन बोली-ठोली भी उसे बहुत बुरी लगती। फिर भी वह कुछ कहती नहीं। कहना होता तो लड़के ही जवाब दे लेते।

वह कल्पना करती है कि उस छोटी सी उम्र में उसने यह सब कुछ कितना बरदाश्त किया, लेकिन फिर सोचती है कि छोटी उम्र में ही बरदाश्त हो सकता था, क्योंकि उस उम्र में बच्चा होने के सिवा और कोई बोध ही नहीं होता। लड़की होने की सारी स्थिति तो उसे सिखाई जाती है। लड़की के साथ सारी शारीरिक-मानसिक विवशताओं का बोध तब उसे कहाँ होता है? यदि बोध होता तो ग्यारह वर्ष की लक्ष्मी इतने निर्भीक रूप से बेटहा रिश्तेदारों के गाँव में पढ़ने क्यों जाती? इतने अकुंठ भाव से वह इतने लड़कों के बीच में कैसे पढ़ती-लिखती, खेलती-कूदती, लड़ती-झगड़ती? गाँववाले लौंडों की बोली-ठोली सुनकर भी कैसे उसे रौंदती चली जाती? ज्यों-ज्यों जवानी पास आती है, विवशताओं का बाँध बढ़ता जाता है और संकोच अपने वांछित कार्य के रास्ते में भी आ जाता है।

अच्छे-बुरे रूप में गाँव-जवार के लोगों में उसकी पढ़ाई की चर्चा होने लगी थी। वह अनपढ़ों का गाँव था। मिडिल स्कूल से आगे कोई नहीं जा सका था। कई लोग मिडिल पास करने के बाद नॉर्मल की ट्रेनिंग लेकर प्राइमरी मिडिल स्कूल में शिक्षक थे। स्त्रियों की पढ़ाई-लिखाई के समर्थन में वे ही कुछ बोलते थे, बाकी लोगों को तो यह अजूबा ही लगता था। लोग व्यंग्य में कहते—"कलपू भाई की बेटी कलट्टर बनेगी।"

"हाँ भाई, लड़के लोग तो मिडिल स्कूल से आगे नहीं बढ़ सके, अब तो लक्ष्मी से ही आशा है कि वह गाँव का नाम उजागर करेगी।"

लेकिन उसकी सखियाँ उसे बहुत सम्मान देतीं। वे उसे अपने बीच कोई विशिष्ट व्यक्ति मानतीं। वे उसे किताब पढ़ते देखतीं तो हसरत से देखती रह जातीं। "इन काले-काले अक्षरों में कितना कुछ भरा है। लछिमी इन अक्षरों में से इतना कुछ निकाल लेती है। वाह!"

"कैसा लगता है रे लछिमी किताब पढ़ना।"

"बहुत अच्छा लगता है। मन होता है, एक के बाद एक बहुत-सी किताबें पढ़ जाऊँ।"

"तुझे देखकर मन तो मेरा भी हो रहा है।"

"तो पढ़ न।"

"कैसे पढ़ूँ, मुझे कौन पढ़ाएगा? मेरे माँ-बाप तो नहीं भेजेंगे स्कूल।"

"अरे तो मेरे ही माँ-बाप ने कौन खुशी से भेजा है। तू भी जिद कर ना।"

"मैं जिद करूँगी तो पिटाई हो जाएगी। अभी तो सारा गाँव तुम्हारी ही पढ़ाई को सह नहीं पा रहा है।"

"मत सहे, मुझे कौन किसी के सहने, न सहन की परवाह है।"

स्कूल से जुड़ने के बाद उसे अपना गाँव, घर और भी अच्छा लगने लगा था। स्कूल से लौटकर माँ के काम में हाथ बँटाती थी। अपना पाठ तैयार करती थी। छुट्टियों में सखियों के साथ खेतों में निकल जाती थी। जाड़े के दिन थे। रबी की फसल गाँव के चारों ओर उमड़ी हुई थी। गाँव के पास तो दूर-दूर तक कोई गाँव नहीं था। दूर नदी बहती थी। नदी और गाँव के बीच में पड़नेवाली लंबी तलहटी में फसलों का ज्वार उमड़ा हुआ था। पीली-पीली सरसों, नीली-नीली तीसी, सफेद-लाल मटर फूली हुई थी। वैसे तो जाड़े में ताल सूख जाता था, लेकिन कहीं-कहीं थोड़ा जल पड़ा होता था। उसे सारे खेत अच्छे लगते थे, किंतु तलहटी तो जैसे फसलों की घाटी लगती थी। वह सखियों के साथ इन्हीं खेतों की ओर भागती थी। साग खोंटने के बहाने घंटों यहाँ घूमती थी और रह-रहकर नदी की ओर खुलनेवाले विस्तार की ओर टकटकी लगाकर देखने लगती। ताल पर बहुत से पंछी उड़ते होते। वे ताल पर उड़ते-उड़ते नदी की ओर निकल जाते, नदी से ताल की ओर लौट आते। उनकी परछाइयाँ नीचे झरती और तैरती रहतीं। वह उन्हें देखती रहती और उसकी इच्छा होती—काश, वह भी पंछी होती तो उड़ जाती, न जाने कहाँ-कहाँ तक।

वह सोचती—क्या है नदी के पार? और उसके बाद और उसके बाद और उसके बाद और-और-और···। कभी उधर जा सकूँगी क्या?

ये चीजें तो उसे पहले भी अच्छी लगती थीं, लेकिन किताबें पढ़ने के बाद तो उसे और भी अच्छी लगने लगी हैं। वह कविताएँ पढ़ने लगी है। इन फसलों के रंग में कविताओं का रंग मिल जाता है और यह दुनिया और भी प्यारी लगने लगती है। उसने उस दिन एक कविता पढ़ी थी—

जाड़े का मौसम है आया
फसलों का सागर लहराया
सरसों फूली पीली-पीली
तीसी हँसती नीली-नीली
मटर खिलखिलाती है खिल-खिल
सखियाँ घूम रही हैं हिल-मिल
नदियों का पानी निथराया
जाड़ा आया, जाड़ा आया
धूप सुनहली झरती झर-झर
काँप रही है आभा थर-थर
छोटे-छोटे, प्यारे-प्यारे
पंछी उड़ते पंख पसारे
तैर रही खेतों पर छाया
जाड़ा आया, जाड़ा आया

"बहुत अच्छा गाना है रे सखी! कहाँ से सीखा?"

"गाना नहीं है। यह कविता है। यह कविता मेरी किताब में है।"

"यह तो लगता है कि जो हम लोग देख रहे हैं, वही इस कविता में ढल गया है।"

"नदियों का पानी निथराया" वह गुनगुनाने लगी। फिर सखियों से बोली— "चलो एक दिन नदी के पास चलते हैं।"

"न बाबा न, नदी तो कोस भर दूर है, वहाँ कौन जाएगा। घरवाले सुनेंगे तो जान ही ले लेंगे।"

"अरे, जान क्यों ले लेंगे? नदी देखना कोई पाप है क्या कि जान ले लेंगे।"

"लेकिन पाप नहीं है तो पुन्य ही कौन सा है कि हम लोग वहाँ जाएँ। घरवाले पूछेंगे कि नदी के पास क्यों गए थे तो क्या कहेंगे? कहेंगे कि नदी देखने गए थे। नदी देखना कोई मेला देखना है क्या?"

"हाँ, यह तो ठीक कहती हो। नदी देखना मेला देखना नहीं है, लेकिन कुछ तो है कि उसे देखने को मेरा मन करता है।" वे सब हँसने लगीं। "पागल हो गई है लक्ष्मी। न जाने इसका मन कैसा है कि उसे यह, और वह, और वह देखने को करता ही रहता है।"

"देखो, सखियो, मेरा मजाक मत उड़ाओ। कविता में भी तो लिखा है कि 'नदियों का पानी निथराया।' और कई लेखों और कविताओं में नदी का जिक्र आया है। इतने बड़े-बड़े लेखक और कवि जब नदी की बात करते हैं, तो नदी में कुछ तो होगा, जिसे हम नहीं समझ पाते। लेकिन न समझते हुए भी मेरा मन नदी की ओर खिंचता है।"

"तो जा खिंच, हम तो चले घर।"

"अरे-अरे, घर तो मैं भी चलूँगी, आज तो देर हो गई है, नदी पर भला कैसे जा सकती हूँ।" और वह सखियों के साथ घर लौट गई, लेकिन उसे लगता था कि नदी उसे बुला रही है। वह पिताजी के साथ दो बार शिवरात्रि के मेले में शिवपुर गई थी, तब उसने यह नदी देखी थी। काफी चौड़ी नदी है। इस ओर तो पाट समतल है, लेकिन उस ओर बड़े ऊँचे-ऊँचे कगार हैं। दोनों ओर फसलों का विस्तार उसे कितना अच्छा लगा था। तट की रेत में झाऊ के छोटे-छोटे पेड़ खड़े थे। तट पर फैली बालू पर पाँव रखते हुए चलने में कितना मजा आया था। साफ पानी में नाव तुल-तुल, तुल-तुल करती हुई चल रही थी। पंछी उड़ रहे थे और उनके पंखों की परछाइयाँ पानी में झर रही थीं। कितना अच्छा लगता था। वह देख रही थी—नदी कुछ दूर तक सीधी जाकर एकाएक मुड़ गई थी। मुड़कर कहाँ जाती होगी? मन होता है, कभी नदी के साथ चलकर देखें कि कहाँ-कहाँ जाती है।

"चलो बेटी, उतरो, कहाँ खो गई?" तट पर नाव लगते ही पिताजी बोले थे।

वह चौंककर दूसरा तट देखने लगी थी और फुदकती हुई आगे बढ़ गई थी।

तभी से उसे लगता है कि नदी उसे अपनी ओर खींचती है। उसका मन होता है नदी के किनारे बैठकर धारा को निहारती रहे और तरह-तरह के लोगों को नाव पर चढ़ते-उतरते देखती रहे। न जाने कहाँ से आती है, कहाँ जाती है यह नदी? यह सोचकर उसका मन नदी के आगे-पीछे दौड़ने लगता था।

अभी तो वह बच्ची है, अपने आप कुछ कर नहीं पाती। बड़ी होगी तो रोज सुबह नदी के तट पर चली जाया करेगी और गरमी में तो घंटों उसके पानी में तैरेगी।

('थकी हुई सुबह' उपन्यास से)

□

बचपन भास्कर का

मुझे टुकड़ों में याद आ रहा है अपना बचपन। तो सबसे पहले मुझे अपने जन्म की कथा तो याद आनी ही थी। जब मैं कुछ बड़ा हुआ तो मुझे बताया गया कि जब मैं पैदा हुआ, तब माँ तो अचेत-सी हो गई थीं और मुझे जख्मों ने घेर लिया था। बात यह थी कि देहात में नाबदानवाला घर प्रसूति कक्ष बनाया जाता था। गाँव की दाई (जो गोड़इत के घर की कोई औरत होती थी) बच्चे का जन्म कराती थी और अपने गंदे-संदे हँसुए से नार काटती थी। तो मेरा जन्म कराकर वह चली गई होगी। मेरे पैदा होने पर शिथिलता के मारे माँ की आँख लग गई होगी। माँ अकेली थी। मैं टाट पर लेटा रहा हूँगा। कीड़े-मकोड़ों ने घेर लिया हूँगा। उसी समय संयोग से मैना फुआ आ गईं और मुझे उठाकर दूसरे कमरे में भागी। देहात में विश्वास है कि ये कुछ खास किस्म के कीड़े जमुआ होते हैं—यानी यम के द्वारा भेजे गए शैतान। वे बच्चों के प्राण लेने आते हैं। तो पैदा होते ही मुझे मृत्यु का सामना करना पड़ा, लेकिन जीवन देनेवाली फुआ का वरदहस्त भी तो मिल गया। तो मुझे जीवन-यात्रा में हमेशा लगता रहा है कि मेरा सुख-सौभाग्य छीननेवाले विषैले कीड़े-मकोड़े भी मिलते रहे और उनके दंश से उबारनेवाले वरद हस्त भी।

मैंने एक दूसरी घटना भी सुनी थी, वह यह कि खेत में से शकरकंदी निकाली जा रही थीं। वहाँ मेरी बड़ी बहन थी, बड़े भैया थे, शायद मझले भैया भी रहे होंगे। गंजी खोदने के लिए बहिनिया कुदाल चला रही थी। मैं अचानक उसके आगे आ गया और कुदाली मेरे सिर में लगी। फिर तो हाहाकार मच गया। किंतु आखिर मैं बच ही गया। जाड़े का दिन था, मैं कुलही लगाए हुए था और बहिनिया भी बच्ची ही रही होगी। उसकी कुदाल में न तो बड़ी उठान रही होगी, न भारी गिराव। अतः चोट हलकी ही लगी होगी।

इस प्रकार बचपन से लेकर अब तक मेरे जीवन में ऐसी घटनाएँ घटित होती

रही हैं। लगता था, जीवन गया—गया कि किसी के सहारे लौट आया। जीवन केवल तन का ही नहीं होता है, चेतना का भी होता है। जब लगे कि चेतना के विकास का ही मार्ग अवरुद्ध हो गया है तो वह भी एक मौत ही होती है। आज मैं जो हूँ, वह शायद नहीं होता यदि विपरीत स्थितियों की चल गई होती। तो जो जीवन आज मुझमें दीख रहा है, वह कब का समाप्त हो गया होता। होता यह है कि दुनियावाले सारे काम बहुत जल्दबाजी में करना चाहते हैं। लोगों के भीतर निहित शक्ति-अशक्ति की पहचान भी जल्द-से-जल्द करना चाहते हैं। दूसरों को पहचानने का धैर्य उनमें नहीं होता।

तो मैं बहुत धीरे-धीरे चलनेवाला व्यक्ति रहा हूँ, लेकिन जब समझ लेता हूँ तो समझ लेता हूँ। उसकी परत-दर-परत धीरे-धीरे खुलती चली जाती है। तो हुआ यह कि मुझे अक्षर-ज्ञान कराया जाने लगा, किंतु शायद इतनी हड़बड़ी के साथ मुझे सिखाया जा रहा था कि मैं अक्षरों के साथ हो ही नहीं पा रहा था। सिखानेवालों में घर के अनेक लोग रहे होंगे, क्योंकि सभी साक्षर थे। विशेषतया बड़े भाई साहब की अधिक भूमिका रही होगी, क्योंकि घर में सबसे अधिक पढ़े-लिखे वे ही थे। मुझे वह परिदृश्य ठीक-ठीक याद नहीं है, किंतु बड़ा होने पर मैंने सुना था कि मेरी मूर्खता से तंग आकर सबने घोषित कर दिया कि यह वज्र मूर्ख पढ़-लिख नहीं सकता है। किंतु वह दृश्य मुझे याद है, जब माँ के हाथों से मुझमें अक्षर-विवेक का संचार हुआ था।

जाड़े की सुबह थी। हम कई लोग अलाव के पास बैठे हुए थे। मैं बहुत खद्दक था। कभी मैंने कहा था—'दइयो के खा जाइब।' और तब से मेरे साथ यह जुमला जुड़ गया था। सुबह उठते-ही-उठते बासी मुँह ही खाने पर टूट पड़ता था। मेरे लिए बासी दाल-भात रखा रहता था। उसे सान-सूनकर अलाव की आँच पर गरमाया जाता था। जब भाप निकलने लगती थी, तब वह खाने में तो अच्छा लगता था ही, देखने में भी बहुत अच्छा लगता था। उस दिन भी यही क्रिया चल रही थी। किसी ने ताना मारा कि खाने को तो दइयो को खा जाएगा, लेकिन दिमाग में भूसा भरा है। सिखाने पर कुछ दिमाग में घुसता ही नहीं है। माँ को ताव आ गया। उसने अलाव की ठंडी राख सामने फैलाई। मेरी अंगुली पकड़ी और कहा—"बेटा लिख 'क'।" माँ साक्षर थीं। उनकी अंगुली ने मेरी अंगुली से 'क' लिखवा दिया। काफी देर तक वह बार-बार 'क' लिखवाती रहीं। मुझे 'क' लिखना आ गया। फिर तो मेरी अंगुली अक्षरों के साथ यात्रा करने लगी। धीरे-धीरे पूरी वर्णमाला सीख गया। अंक भी लिखने आ गए। तो मुझे महसूस हुआ कि माँ को लोगों के निर्णय पर भरोसा नहीं

था। उन्हें अपने छोटे बेटे की प्रतिभा की पहचान थी। उन्होंने बहुत प्यार से हौले-हौले उस प्रतिभा को छुआ और वह प्रतिभा हँस पड़ी।

मुझे याद है कि जब मैं साढ़े पाँच वर्ष का हुआ, तब गाँव के एक चाचा मेरा नाम लिखाने के लिए प्राइमरी स्कूल में ले गए। मास्टरजी ने मेरी वय पूछी। चाचा ने कहा—पाँच वर्ष लिख दीजिए। मैंने विरोध करते हुए कहा—नहीं, मैं साढ़े पाँच साल का हूँ। लेकिन बच्चे की सुनता कौन है? सो मास्टरजी ने अंदाज से 31 जनवरी, 1925 मेरा जन्म लिख दिया। मेरा वास्तविक जन्मदिन 15 अगस्त, 1924 है। साढ़े पाँचवें वर्ष में स्कूल यात्रा की शुरुआत आज के लोगों को अजीब लग सकती है, उपहासास्पद भी। अब तो बच्चे तीन वर्ष के हुए नहीं कि स्कूल के हवाले कर दिए गए। उनकी पीठ पर भारी बस्ते लद गए। बचपन खेलने-कूदने भी नहीं पाया था कि होमवर्क की चिंता से उसकी कमर टेढ़ी होने लगी। लगता है, शीघ्र-से-शीघ्र डिग्रियाँ प्राप्त कर नौकरियाँ पाने की होड़ लगी है। हम लोग कितने सौभाग्यशाली थे कि पाँच-साढ़े पाँच साल तक बचपन को खूब मस्ती से जीते थे। गाँव की गलियों में, खेतों में, खलिहानों में, बाग-बगीचों में हमारे खेल की चहल-पहल मची होती थी। घर के वे काम भी करते थे, जो बचपन को रास आते थे। न जाने कितने खेल थे, जिन्हें हम मस्ती से खेलते थे। वे खेल मिट्टी से जुड़े हुए थे और मिट्टी के बेटों को आशीष की तरह अपनी स्फूर्ति और प्रसन्नता प्रदान करते थे। चिक्का-कबड्डी, ओल्हापाती, चिरैया रवे-रवे, लंबी कूद, ऊँची कूद, गुल्ली-डंडा, गोटी, कंचे सभी तो जुड़े थे हमसे। इनके लिए क्या कुछ खर्च करना पड़ता था! हम बच्चे कहीं इकट्ठा हो गए और तय हो गया कि क्या खेला जाना है।

सोचता हूँ कि आज खेल कितने महँगे हो गए हैं। शहर तो शहर, गाँव और कस्बे के बच्चे भी अब क्रिकेट खेलने लगे हैं। क्रिकेट का भयानक क्रेज चारों ओर व्याप्त है। क्रिकेट हो, हॉकी हो, बैडमिंटन हो, फुटबॉल हो, पिंगपांग हो, गोल्फ हो, सभी पैसे माँगते हैं। सभी का नेचर एलीट का है। तो गरीब बच्चे भला इन खेलों का आर्थिक बोझ कैसे बरदाश्त कर सकते हैं? मगर वे भी अपने स्तर पर बरदाश्त करते ही हैं। गली-गली बच्चे हाथ में बल्ला या फिर बल्ला जैसी कोई लकड़ी लिये हुए महँगी या सस्ती गेंदों की धुनाई करते दिखाई पड़ जाएँगे। शहरों में क्रिकेट खेलने के मैदान तो बहुत कम हैं, इसलिए गलियों और छोटी जगहों पर क्रिकेट-लीला चलती रहती है। गेंद पड़ोस के घरों में गिरती रहती है, शीशा भी फोड़ती रहती है—शिकायतों और तकरारों का दौर चलता रहता है। गरीब लोग अपने बच्चों के क्रिकेट

शौक का आर्थिक खामियाजा भोगते रहते हैं।

तो कितना अच्छा था अपना गँवई खेल। खेतों में चिक्का-कबड्डी के खेल चलते थे। खेतों की मिट्टी से हमारे शरीरों में शक्ति और चिकनाई पैदा होती थी। उनमें अनाज पैदा करनेवाली संजीवनी शक्तिवाली मिट्टी होती थी, शहरों की-सी स्वास्थ्य भंजक चिड़चिड़ी धूल नहीं।

□

स्कूल में नाम लिख गया। जाने लगा। दर्जा 'अ' पास किया। 'ब' पास किया। दर्जा एक में गया। वैसे तो स्कूल से मेरा लगाव बना हुआ था, किंतु मन कभी-कभी बुरी तरह बिदक जाता था। कारण थे मास्टर लोग। खास करके एक मास्टर यानी अंगद तिवारी। वे दर्जा एक के शिक्षक थे। वे बहुत ही मरकहे मास्टर थे। उस समय विश्वास यही था कि पढ़ाई डंडे के भय से ही आती है। तो डंडे का प्रयोग प्रायः सारे मास्टर करते थे और हर कक्षा में से बच्चों के चीखने-चिल्लाने की ध्वनियाँ आती रहती थीं। चिल्लाने की लय टूट-टूटकर जुड़ती रहती थी। किंतु अंगद तिवारी तो कसाई थे। वे बच्चों को बुरी तरह मारते थे—हाथ से, डंडे से, लाठी से। अपने भतीजे को तो वे ऊपर उठा-उठाकर पटकते थे। वे ऐसा शायद प्रेमवश करते थे। यानी उन्हें यह इच्छा थी कि उनका भतीजा खूब अच्छा निकले और खूब अच्छा निकलने का संबंध डंडे से है, ऐसा वे मानते ही थे।

दर्जा एक में मन्नन द्विवेदी की 'बाल कवितावली' लगी हुई थी। अंगद तिवारी ने बच्चों से कहा था कि वे बाल कवितावली की कविताएँ रटकर कल आएँ। कल आया तो वे सबसे पूछने लगे कि किस-किस को कवितावली याद है? भला एक दिन में पूरी कवितावली कोई कैसे याद कर लेता? तो उन्होंने हम सबको धूप में सुला दिया और कहा—"सूरज की ओर आँखें फाड़-फाड़कर देखो।" फिर वे सबके तलवों पर डंडे से मारने लगे। भयानक रुदन उठा। दर्जा दो के शिक्षक गुजेश्वरी पंडित को अपनी कक्षा में से चिल्लाकर कहना पड़ा—"अरे जल्लाद, मार डालेगा क्या बच्चों को?" इसका परिणाम यह तो हुआ कि मैंने दो-एक दिन में कवितावली की सारी कविताएँ याद कर लीं, किंतु उस मास्टर का यह व्यवहार याद कर अब भी रोष से मन भर जाता है।

इन्हीं के कारण मेरी पढ़ाई छूटते-छूटते बची। वे एक दिन डंडे के बल पर हम लोगों को हिसाब समझा रहे थे। हड़बड़ी में कुछ समझ में नहीं आ रहा था, किंतु जब वे पूछते थे—"आया समझ में?" तो हम सभी लोग 'हाँ' कह देते थे। वे कहते

थे—"लगाओ।" और हम समझे तो होते नहीं थे, गलत कर देते थे और हमारी पिटाई शुरू हो जाती थी। मैं इतना त्रस्त हो गया कि दूसरे दिन से स्कूल जाना छोड़ दिया। घरवालों से कह दिया कि मुझे नहीं पढ़ना है। यह राक्षस मास्टर बहुत मारता है। दो दिन नहीं गया तो स्कूल से कुछ लड़के भेजे गए मुझे पकड़कर स्कूल ले जाने के लिए। यह भी स्कूल का एक रिवाज था। जो बच्चे कई दिन तक नहीं आते थे, उन्हें पकड़ लाने के लिए लड़कों की फौज भेजी जाती थी। सो वे मेरे घर आ गए। घरवाले तो चाहते ही थे कि मैं स्कूल जाऊँ, इसलिए वे चुप रहे और लड़कों ने मुझे पकड़ लिया। वे चार-पाँच थे, मैं अकेला, किंतु अकेले ही जबरदस्त प्रतिरोध करने लगा। किसी की टोपी फाड़ी, किसी का नया कुरता, किसी को नाखून मारा, किसी को दाँत से काटा, किंतु मैं अपने को उनकी पकड़ से मुक्त नहीं कर सका। स्कूल ले जाए जाने पर सजा तो पानी ही थी।

लेकिन स्कूल जाने से मन बिदक गया। फिर दूसरे दिन नहीं गया। एक दिन स्कूल न जाने पर डर लगने लगता था कि जाने पर पिटाई होगी। तो दूसरे दिन भी नहीं गया। तीसरे दिन भी नहीं गया। तीसरे दिन रघुवर नाई के यहाँ बाल कटवाने पहुँचा तो देखा सोमनाथ भी वहाँ पहुँचे हुए हैं। वे भी स्कूल नहीं जा रहे थे। सोमनाथ मेरे अच्छे दोस्त थे और जीवनयात्रा के लंबे समय तक हम साथी बने रहे। तो हम नाई के यहाँ भी साथ निभा रहे थे। यानी हम दोनों स्कूल नहीं गए थे और दोनों संयोग से एक ही साथ नाई के यहाँ बाल कटाने पहुँचे थे। तभी वहाँ बंतू पहुँच गए। बोले—"दोनों स्कूल चलो। मास्टरजी ने बुलाया है।"

बंतू हमें लेने के लिए भेजे गए हैं, इसका हमें विश्वास नहीं हुआ। आप भी पहले बंतू यानी बलवीर से मिल लीजिए। वे हमारे सहपाठी थे। क्योंकि वय में कुछ बड़े थे, किंतु पढ़ाई की प्रगति कुछ मंद होने के कारण अपने कनिष्ठों के साथ हो गए थे। बंतू काफी लंबी-चौड़ी बलवान काया के मालिक थे। उनका घर कुछ संपन्न था। उनके बाबा गोरखपुर में किसी सेठ के यहाँ नौकरी करते थे। उनके पिता और चाचा गाँव में सबको कर्ज देते थे और लोगों के खेत रेहन लिखा रखे थे। वैसे उनके अपने खेत बहुत कम थे। गोरखपुर से पैसे तो आते ही थे, खाने-पीने के सामान भी आते थे। बंतू घर के बहुत लाड़ले थे। अतः इन चीजों का खूब फूहड़ इस्तेमाल करते थे।

मेरे खेत भी उनके यहाँ रेहन चढ़े थे, अतः वे मुझे प्रायः 'कर्ज खौका', 'कर्ज खौका' कहकर चिढ़ाते थे। वे गरी-छोहाड़ा खाते थे, खाते-खाते थूक देते थे।

कभी-कभी किसी लड़के से कहते थे—"छोहाड़ा लेगा रे।" "हाँ दे दे" कहता हुआ जब वह उनके पास पहुँचता था, तब उसके हाथ पर मुँह में चुभलाया हुआ छोहाड़ा थूक देते थे। वे बहुत ही उद्दंड थे। जिस-तिस को जब-तब पीट देते थे। दो बार तो मेरा सिर फोड़ चुके थे। बच्चे उनके साथ से घबराते थे, अत: कोई उनके साथ नहीं खेलता था। वे अकेले ही यहाँ-वहाँ सबको छेड़ते हुए घूमते रहते थे। उलाहना लेकर जाने पर उनकी माताजी उनका बचाव करती थीं।

इनसे आप मिलते रहेंगे, फिलहाल यह कि वे हमें स्कूल ले जाने आए थे। हम विश्वास न करते हुए भी उनके साथ हो लिये। मैंने अपना बस्ता भी ले लिया। राजापुर के बगीचे में जाने पर बंतू किसी पेड़ की आड़ में छिप गए। हम खोजने लगे—"कहाँ गए भाई, कहाँ गए?" धीरे-धीरे ज्ञात हो गया कि बंतू भी स्कूल से भागे हुए हैं और हम दोनों को अपना दिन भर का साथी बनाने के लिए ले आए हैं। अब तो हम घर भी लौटकर नहीं जा सकते थे। अब तो हम स्कूल के गाँव किशनगंज की गली-गली भटकने के लिए मजबूर थे। बंतू घर से एक रुपया चुराकर लाए थे। उसी से कुछ फल-वल खरीद रहे थे। कुछ हमें भी दे रहे थे, कुछ मुँह में डालकर फेंक दे रहे थे। बस्ता मेरे लिए मुसीबत बन गया था। हम छिप-छिपकर यहाँ-वहाँ भाग रहे थे और इस प्रक्रिया में मेरा बस्ता सरक-सरककर लंबा हो जा रहा था। बरसात के सड़े मौसम में इस तरह दिन भर का समय काटना बहुत भारी पड़ रहा था, किंतु क्या किया जाए? हम स्कूल में छुट्टी होने के समय का इंतजार कर रहे थे। हम स्कूल के सामने के एक बगीचे में जाकर छिप गए। वहाँ से देख रहे थे कि कब छुट्टी होती है। देखा, लड़के उछलते-कूदते निकल रहे हैं। फिर क्या था मैं बस्ता लेकर घर की राह पर हो लिया। सोमनाथ और बंतू अपने बस्ते लेने के लिए स्कूल में गए। मुझे बाद में किसी ने बताया कि बंतू बस्ता लेने कमरे में गए तो मास्टरजी ने देख लिया। वे बोले—"पकड़ो, पकड़ो इसे।" बंतू कमरे के जँगले (जो खुला था) में से कूदकर भाग गए और पीछे की दो पोखरियों के बीच जो जलकुंभी का पुल बनाया गया था, उसी पर से भागे और पानी में गिर पड़े।

अंगद पंडित की क्रूरता के कारण पढ़ाई से मन उखड़ गया था। घरवाले भी उनकी क्रूरता को जानते थे। वे पहले भी इस स्कूल में थे। तबादला होने से किसी और स्कूल में चले गए थे। फिर यहाँ आए। उनके आने के समाचार से ही बच्चों में आतंक छा गया था। तो बड़े भैया भी उनसे पढ़ चुके थे और उनकी क्रूरता के शिकार हो चुके थे। एक दिन भैया स्कूल से आए तो खाना खाते हुए रोते रहे।

माँ ने कारण पूछा तो चुप रहे। माँ ने भैया की बाँह देखी तो सनाका खा गईं। बाँह पर घाव था और उसमें से खून रिस रहा था। "यह क्या है बेटा? माँ ने पूछा, फिर भी भैया चुप रहे। बहुत पूछने पर बताया कि अंगद पंडित ने मारा है। पिताजी ने सुना तो ताव खा गए। लाठी उठाई, दो-तीन दोस्तों को लिया और पहुँच गए स्कूल। अंगद पंडित तो छिप गए मगर हेडमास्टर साहब (जिन्हें बड़का पंडित कहा जाता था) ने माफी माँगी, तब मामला शांत हुआ।

तो अब मेरा मन पढ़ाई से बिदक गया। घरवाले समझाकर, धमकाकर हार गए, लेकिन मैं टस-से-मस नहीं हुआ। पिताजी ने मेरी बाँह पकड़ी, हाथ में खुरपी थमाई और घसीटते हुए खेत की ओर ले चले। बोलते जा रहे थे—"चल, नहीं पढ़ेगा तो जिंदगी भर घास काट।" मैं बहुत खुश होकर उनके साथ जा रहा था। बड़ा हलका महसूस कर रहा था। सोच रहा था—चलो पढ़ाई से जान छूटी। लेकिन कहा न कि मुझे मारनेवाले भी मिले और बचानेवाले भी। और क्या अजीब बात् हुई कि जो मारनेवाला था, वही बचानेवाला निकला। पंडित अंगद तिवारी मेरे एक पट्टीदार के दरवाजे पर बैठे हुए थे। उन्होंने हमें देखा। पिताजी से बोले—"क्या है मिसिरजी, क्या बात है, किसलिए इतना गुस्सा हो रहे हैं?" पिताजी बोले—"यह कहता है कि नहीं पढ़ूँगा। इसे घास काटने के लिए खेत में ले जा रहा हूँ।" "अरे कैसे नहीं पढ़ेगा, यह तो बहुत होशियार लड़का है। यह तो खूब पढ़ेगा। यहाँ आना तो बचवा।" कहकर उन्होंने मुझे अपने पास बुलाया। प्यार किया, समझाया-बुझाया। हम घर लौट गए। जिससे भय था, उससे ही प्यार मिला था, इसलिए मन खुल गया था।

बड़े भाई साहब उन दिनों उर्दू मिडिल की पढ़ाई करने मामा के यहाँ गए थे। वहाँ रहकर वे बड़हलगंज के स्कूल में उर्दू मिडिल की तैयारी कर रहे थे। बीच-बीच में वे घर आते थे। उन्होंने मुझे बहुत प्यार से हिसाब समझाना शुरू किया। धीरे-धीरे कठिन-से-कठिन सवालों को हल करने की शक्ति मुझमें भरती गई। चक्रवृद्धि के हिसाबों से जूझने लगा और उन्हें अपने वश में करने लगा। अगंद पंडित के डंडों से जो हिसाब दूर भाग रहा था, वह मेरा दोस्त बनता जा रहा था। अन्य विषयों में तो मेरी यों ही अच्छी गति थी। मैं थोड़े ही दिनों में एक तेज छात्र बन गया और हर क्लास में मॉनीटर बनाया जाने लगा। आगे चलकर दर्जा सात और दस दोनों में गणित में मेरा डिस्टिंक्शन रहा। तो फिर अंगद पंडित की पिटाई के कुछ ही दिनों बाद स्कूल मुझे खूब भाने लगा, वह जैसे मुझे पुकारने लगा। लेकिन स्कूल का पिटाईवाला माहौल मुझे अब भी बेचैन कर देता था। जो लड़के पढ़ने में तेज नहीं

होते थे, उनकी खूब पिटाई होती थी। स्कूल में रह-रहकर लड़कों के रोने-चिल्लाने की आवाजें उठती रहती थीं। हमारे स्कूल के रास्ते में राजापुर गाँव पड़ता था। उस गाँव के बाहर बरम बाबा की पीढ़ी थी। लड़के जाते समय उन पर सिर नवाकर उनसे प्रार्थना करते थे कि हे बरम बाबा, आशीर्वाद दो कि आज हम मार न खाएँ। और जब मार खाने थे तो लौटते समय उस पीढ़ी को पटरी से पीटते थे और कहते जाते थे—"लौ बरम बाबा, तुम्हारे प्रसाद से तो हम मार खाने से नहीं बच सके, अब तुम भी हमारी मार का प्रसाद ले लो।"

('बचपन भास्कर का' उपन्यास से)

□

एक बचपन यह भी

धीरे-धीरे जाड़ा बीत रहा था। माघ आया, फिर फागुन आया। फागुन आते ही हवा ने रंग बदल लिया। लोग कहने लगे, फगुनहट बह रही है। पत्ते झरने लगे थे, डालियाँ नंगी हो रही थीं। इनका नंगापन भी नए सृजन का आधार होता है। अत: इनमें भी रसमयता लक्षित होने लगी थी। गेहूँ के खेतों में स्वर्णाभा फैल गई थी। यह सब शहर में कहाँ दिखाई पड़ता है। चेतना यह सब देखकर विह्वल हो रही थी।

वह छुट्टी के दिन गाँव से थोड़ी दूर पर बहती हुई नदी के तट पर जाती थी। घाट पर थोड़ी देर बैठ जाती थी। नाव से तरह-तरह के लोग आते-जाते रहते थे। मल्लाह गाँव का ही था, अत: कभी-कभी वह चेतना को नाव पर बैठाकर इस पार से उस पार, उस पार से इस पार ले आता था। चेतना नदी के जल का कल-कल सुनकर आनंदित हो उठती थी और उसके पानी को अंजुरी में लेकर उछालती थी। मल्लाह गाता था तो उसमें वह मगन हो जाती थी। उसे लगता था कि कवि बादल ठीक ही कहते थे। मल्लाह के स्वर में जादू जान पड़ता है, जिसे सुनकर मन दर्द से भीग जाता था।

वहाँ से आकर बाग में घूमती थी। कोयल बोलती थी तो उसे चिढ़ाती थी। कुऊ-कुऊ···। उस बाग से एक कच्ची सड़क गुजरती थी, जिससे तमाम राही जाया करते थे। सोचती थी कि ये कहाँ से आते हैं, कहाँ जाते हैं। इन दिनों तो वे रंग में भीगे होते थे। कभी-कभी कोई राही फाग-राग छेड़ देता था। किसी-किसी के साथ रंग में भीगी हुई दुलहन होती थी।

दुलहन होना भी कितना अच्छा है, कितना बुरा है। गाँव की कुछ दुलहनों की दुर्दशा देखकर वह कभी-कभी तय कर लेती है कि वह शादी नहीं करेगी। लेकिन बुढ़िया माई ने तो कहा है कि मुझे अच्छा पति मिलेगा। उसके पड़ोसवाले घर में रोज एक औरत की मार-पिटाई होती है। वह चिल्लाती है। इच्छा होती है, उसके

घर जाकर पति या ससुर या सास (जो भी मार रहा हो) के सिर पर ईंट मार दूँ। कभी-कभी माँ से कहती, "माँ, यह क्या है ?" माँ चुप रह जाती। आखिर वह दूसरे के मामले में कहती क्या ? मायकेवाले भी एक बार लड़की को घर से निकाल देते हैं, फिर सुधि नहीं लेते।

माँ कहती है, तेरे मामा जैसा भाई हो तो बात बने। बताती है कि तुम्हारे बाबा के बहकावे पर एक बार तुम्हारे बाबूजी ने मुझ पर जूता फेंक दिया। संयोग से तुम्हारे मामा आए हुए थे। वे भड़क उठे। मुझसे कहा—"बहन, चल यहाँ से। इनकी हिम्मत कैसे हुई तुझे मारने की। इन्होंने तुझे क्या समझ रखा है।" वे बिल्कुल अड़ गए। तुम्हारे बाबूजी भी लज्जित हुए और मैंने भी भाई को समझाया तब माने।

जो माँ-बाप गरीब हुए, उनकी उदासीनता की बात तो समझ में आती है, किंतु संपन्न घरों के लोग भी यही करते हैं। तो दुःख भी होता है, गुस्सा भी आता है।

माँ कभी-कभी समझाती है कि बेटी, बेटियों को घर-गृहस्थी का काम आना चाहिए। कई औरतें तो इसलिए पिटती हैं कि वे फूहड़ होती हैं, उन्हें घर-गृहस्थी का काम आता ही नहीं। आता भी है तो आधा-तीहा। इसलिए मैं तुझसे कहती हूँ कि लड़कोंवाली चाल छोड़कर लड़कियोंवाला गुन-ढंग सीख ले। चेतना झल्लाकर कहती है—"माँ, तू ये क्या रट लगाए रहती है। यदि शादी की और किसी ने मेरे साथ बदतमीजी की तो मजा चखा दूँगी।"

"अच्छा-अच्छा, चुप रह मेरी दादी! तुझसे कुछ कहना ही गुनाह है।"

सुमित्राजी सोचती हैं कि क्या होगा आगे चलकर इस लड़की का ? इस छोटी अवस्था में ही सबका दुःख देखकर घबरा उठती है। अरे, इस दुनिया में दुःख कम है क्या ? किसका-किसका दुःख देखकर दुःखी हुआ जाए ? सबके दुःख से यह दुःखी होगी तो जिंदगी भर दुःखी ही बनी रहेगी। उस दिन लड़के बता रहे थे कि चेतना दिनभर भूखी ही रह गई। अपना खाना लेकर स्कूल जा रही थी तो रास्ते में किसी को अपना खाना दे दिया और दिन भर भूखी रही। उसने तो कुछ बताया भी नहीं, लड़कों ने आकर बताया। मैंने चेतना से पूछा कि "अपना खाना किसी और को क्यों दे दिया ?" बोली—"जाने दे माँ, मैं एक समय भूखी रह गई तो क्या हुआ, वह बूढ़ा तो कई दिन का भूखा लग रहा था। उसकी आँखों में भयानक लाचारगी भरी हुई थी। मुझसे देखा नहीं गया।" सुमित्राजी को भीतर-भीतर अच्छा भी लगा कि उनकी बेटी कितनी दयावान है, लेकिन अपनी खुशी व्यक्त नहीं की।

उस दिन पंकज बता रहा था कि "दीदी के साथ वह बागीचे में घूम रहा था।

देखा, एक राही गरमी से बेहाल होकर पेड़ की छाँह में गिर गया। हम लोग उसके पास गए तो देखा, वह धीरे-धीरे 'पानी-पानी' कह रहा था। दीदी परेशान हो गई कि इसे पानी कहाँ से और कैसे पिलाया जाए। न कोई बरतन था, न वहाँ पानी था। दीदी ने कहा—'भाई, तू यहाँ रह, मैं अभी आती हूँ।' वह दौड़ी-दौड़ी पोखरे के पास गई और अपना दुपट्टा पानी में सराबोर करके लाई और राही के मुँह में पानी टपकाने लगी। पानी पीकर राही ने आँखें खोलीं और दीदी पर आशीर्वाद बरसाने लगा।"

सुमित्राजी सोचने लगीं—'मैं अपनी बेटी को इस तरह परोपकार कर अपने को कष्ट में डालने के लिए ऊपर-ऊपर डाँटती रहती हूँ, किंतु मन-ही-मन सोचती हूँ कि आखिर यह है तो मेरी ही बेटी। गोरखपुर में रहती हूँ तो न जाने कितने लोग खाने के समय पहुँच जाते हैं और मैं बुरा नहीं मानती हूँ। सहज भाव से सबको खिलाती-पिलाती रहती हूँ। जो भी दीन-दु:खी दरवाजे पर आते हैं, उनकी सहायता करती हूँ।'

याद आई वह घटना। एक औरत अपने बच्चे के संग आकर सामने पेड़ के नीचे बैठी थी। वह घर से निकाल दी गई थी। चेतना ने आकर कहा था—"माँ, सामने पेड़ के नीचे एक औरत अपने बच्चे के साथ बैठी है। बहुत दु:खी लगती है।" मैं उसके पास गई। उसे अपने घर ले आई। दोनों को खिलाया-पिलाया। लेकिन समस्या थी कि इनका होगा क्या? मैंने दो-एक घरों में घर का काम करने को लगा दिया। वह ब्राह्मणी थी। कुछ लोगों ने उससे कहा—"तू ब्राह्मणी होकर चौका-बरतन का काम करती है?" वह बोली—"जाति हमें खाने को नहीं देगी। आप खाने को दिया कीजिए तो छोड़ दूँ ये सारे काम।"

यह सब सोचते-सोचते सुमित्रा को अपने पिता की याद आ गई। आखिर वह बेटी किसकी है और किसकी भतीजी है। पिताजी और ताऊजी की दयाशीलता का क्या कहना! मेरे पिताजी के घर के सामने के रास्ते से गुजरने में परिचित राही भयभीत होते हैं। वे जानते हैं कि यदि रामसुमगजी के दरवाजे पर शाम हो गई तो वे आगे जाने नहीं देंगे और खाने-पीने का सारा सामान लाकर रख देंगे और कहेंगे, बनाओ-खाओ। कोई आलस करेगा तो डाँटकर कहेंगे—'मेरे दरवाजे पर तुम भूखे सोओगे? नहीं, ऐसा नहीं होगा।'

ताऊजी के मन के बड़प्पन का क्या कहना! उन्होंने तालाब खुदवाया, बागीचा था तो भी पेड़ लगवाते रहते हैं। किसी ने उनसे कहा—"इतने सारे पेड़ लगाते रहते हो, इनका फल खाने का समय आपको मिलेगा क्या?"

ताऊजी बोले—"अरे मूरख, जिंदगी में आदमी सारे काम अपने लिए करता है क्या? इन पेड़ों के फल आनेवाली पीढ़ियाँ खाएँगी, लोग खाएँगे।"

सुमित्रा यह सब सोच ही रही थीं कि चेतना आई। बोली—"माँ, खाने को दो, बड़ी भूख लगी है।"

"अच्छा, तुझे भूख भी लगती है। छुट्टी के दिन का यह मतलब तो नहीं कि तुम दिन भर खेतों और बाग-बागीचों में घूमती रहो। देखो तो दोपहर ढल रही है।"

"अच्छा-अच्छा अब उपदेश मत दो, खाने को दो।" हँसकर चेतना बोली।

पीछे से पंकज आ गया। "अच्छा, तू भी इसके साथ घुमक्कड़ी करता रहता है।"

"नहीं माँ, हम घुमक्कड़ी नहीं कर रहे थे, खेल रहे थे। कबड्डी खेल रहे थे। दीदी तो बहुत अच्छा खेलती हैं, लड़कों को दबोचकर सबको आउट कर देती हैं।"

सुमित्रा ने माथा पीट लिया। "हे भगवान्, इस लड़की की सारी चाल लड़कों की है! क्या होगा इसका?"

"मेरा कुछ नहीं होगा। पहले रोटी खिलाओ तब और कुछ सोचना।"

फागुन की मस्ती चारों ओर छाई थी। लोग मिलजुलकर कभी यहाँ, कभी वहाँ होली गीत गा रहे थे। स्त्रियाँ मन में गुनगुना रही थीं। गली से गुजरनेवाले देवरों पर भाभियाँ पानी फेंक रही थीं। बूढ़ों में भी तरंग आ गई थी।

और 'फागुन भर बाबा देवर लागी' गीत यहाँ-वहाँ छिड़ जाता था। शिवरात्रि का दिन भी आ गया। लोगों ने, विशेषतया कुँवारियों ने, व्रत रखा था। कुँवारियाँ चाहती हैं, उन्हें भी शंकर जैसा पति मिले। इसलिए व्रत रखती हैं और शंकर की पूजा करती हैं। सुमित्रा ने चेतना से कहा—"तू भी व्रत रख।"

"माँ, व्रत रखने से क्या होगा?"

"अरे लड़कियाँ अच्छा पति पाने के लिए शिवरात्रि का व्रत रखती हैं।"

"मुझे तो अच्छा पति मिलेगा ही, बुढ़िया माई ने हाथ देखकर कहा था। और व्रत रखूँ भी तो मुझे तो भूख लग जाएगी, बीच में खाना खा लूँगी।"

"अच्छा बाबा, मत रख व्रत, लेकिन शंकर की पूजा तो कर लेना।"

"नहीं, मैं पूजा-वूजा नहीं करूँगी।"

"ठीक है, तुझे जो भावे वह कर।"

चेतना ने दस बजे के आसपास देखा, बड़ी लड़कियाँ नई-नई साड़ी पहने हुए लोटे में पानी लिये हुए शंकर के स्थान की ओर जा रही हैं और गा रही हैं—

पूजहूँ शिव को बहु भाँति
आजु शिवराति

चेतना को अच्छा लगा और वह भी लोटे में पानी भरकर शिवजी के स्थान की ओर चल पड़ी।

सुमित्राजी मुसकराईं और सोचने लगीं—अजीब है यह लड़की।

चेतना पूजा करके आई तो माँ ने कहा—"आखिर शिवजी ने तुझे बुला ही लिया।"

"नहीं माँ, मुझे तो गाती जाती हुई लड़कियों का झुंड प्यारा लगा। उसमें शामिल होने को मेरा मन हो गया। माँ, मुझे मेला बहुत अच्छा लगता है, त्योहारों की रौनक अच्छी लगती है। पूजा-पाठ में मन नहीं लगता।"

"लग जाएगा, लग जाएगा, समय तो आने दे।"

"तब देखा जाएगा। अभी तो देख होली आनेवाली है, सम्मति गड़ गई है, लड़के उसमें उपले-लकड़ी आदि डाल रहे हैं। वे चाहते हैं कि उनकी सम्मति की लपट सारे गाँवों की लपट से ऊँची हो। कभी-कभी मैं भी लड़कों के झुंड में शामिल हो जाती हूँ।"

"तो तू सम्मति बटोरती है?"

"हाँ, इसमें बुराई क्या है?"

"अरे, वह लड़कों का काम है।"

"यह क्या माँ, हर जगह लड़का-लड़की में भेद।"

"बेटा, यह भेद तो ईश्वर ने बनाया है।"

"नहीं माँ, ईश्वर तो महान् है, वह ऐसा गलत काम नहीं करेगा।"

होली बीत गई। चैत आ गया। होली गीत की जगह चैता छा गया। पेड़ों की नंगी डालियाँ लाल-लाल किसलयों से लद गईं। फसलें पककर कटने की स्थिति में आ गईं। महुआ, कटहल, आम-मंजरियों की मिली-जुली महक व्याप्त हो गई। चेतना का कवि मन नए सौंदर्य और गंध-बोध से लद गया। वह चाहती रही कि इस वातावरण में घूमे और इस ऋतु को अपने भीतर भर ले, लेकिन परीक्षा पास आ रही थी, अतः उसने अपने को समेटकर पढ़ने में लगा दिया। उन्हीं दिनों एक घटना घटी। गाँव में जमीन के झगड़े में एक खून हो गया। धर-पकड़ शुरू हो गई। उस समय एक खून हो जाए तो चारों ओर आतंक फैल जाता था। उतरा जाती थीं लाल पगड़ियाँ।

खलिहान में गेहूँ, जौ आदि का डाँठ पड़ा था। लोग जी-जान से प्रयास कर रहे थे कि अनाज घर पहुँच जाए। पता नहीं कब कौन पकड़ लिया जाए। सबको यह

खौफ लगा रहता था। लोग दिन में छिपे रहते, रात को भूसे से अनाज अलग करते। ऐसे ही माहौल में एक दिन शाम को घोड़े की टाप सुनाई दी। सारे लोग भागकर छिप गए। चेतना वहाँ खेल रही थी। पुलिस के सिपाहियों के साथ थानेदार आ पहुँचा और चेतना से पूछने लगा—"किसका खलिहान है?" चेतना ने बिना आतंकित हुए सहज भाव से कहा—"मेरा है।" उसने पूछा—"तुम्हारा बाप कहाँ है?" चेतना ने कहा—"आपको तमीज नहीं कि कैसे बात की जाती है। मेरे पिता गोरखपुर में हैं। वे रेलवे में नौकरी करते हैं।" वह हँसने लगा। पूछा—"ठीक है, ठीक है, मगर यह अनाज कौन उठा रहा है?"

चेतना ने कहा—"नौकर उठा रहा है। घर गया है, कल आएगा।"

"रात को कौन रखवाली करेगा?" उसने पूछा।

"हम लोग हैं न, यहीं खेलेंगे, यहीं सो जाएँगे।" चेतना ने कहा। थानेदार ने सिपाहियों से कहा—"चलो उठा लो अनाज।"

इतना सुनना था कि चेतना ने पास पड़ी अखइन उठाकर कहा—"अगर किसी ने गेहूँ पर हाथ लगाया तो हाथ तोड़ दूँगी।"

यह सुनकर थानेदार ने कहा—"अरे वाह, बड़ी बहादुर लड़की है।"

चेतना ने कहा—"तुम जानते नहीं कि मैं वीरेश्वर मिश्र की बेटी हूँ। वे बहुत बड़े आदमी हैं, तुम्हें जेल भेज देंगे।"

वह हँसने लगा। सिपाहियों से कहा—"चलो, यह लड़की तो हमें जेल भेज देगी।"

('एक बचपन यह भी' उपन्यास से)

□

एक था कलाकार

दो दिन बाद देवेश ने शिवजी से कहा—"पापा, अब गाँव चलिए न।" विभा और असीम ने कहा—"वे गाँव नहीं जाएँगे।" फिर तो भारतीजी को भी गोरखपुर में रुकना ही था। सुबह-सुबह शिवजी देवेश को लेकर गाँव की ओर चल पड़े। गोरखपुर से गाँव की दूरी बीस मील की है। शिवजी ने कई बार पैदल यह दूरी तय की है। रेलगाड़ी से जाने पर गाँव के लिए तीन स्टेशन उपयुक्त होते हैं—कुसुम्ही, सरदार नगर और चौरी-चौरा। ये सभी गाँव से दस मील की दूरी पर पड़ते हैं। बस से जाने पर कासिहार उतर जाया जाए तो वहाँ से पाँच मील की दूरी तय करनी पड़ती है। इसी रास्ते शिवजी देवेश को साइकिल पर बैठाकर तब ले गए थे, जब वह बच्चा था। अब देवेश बड़ा हो गया है, इसलिए दस मील पैदल चल सकता है। यही सोचकर दोनों रेलगाड़ी से चले और सरदार नगर उतर गए।

सरदार नगर से घर की ओर रवाना होने में न जाने कितनी स्मृतियाँ शिवजी के भीतर आने-जाने लगीं। वे देवेश से बतियाने लगे। इससे रास्ता तो सुगम होगा ही, देवेश को कल के अनेक यथार्थ का ज्ञान भी होगा। इससे इस परिवेश से उसका लगाव और भी गहरा होगा।

उन्होंने शुरू किया—"बेटा देवेश, इसका अगला स्टेशन चौरी-चौरा है। राष्ट्रीय आंदोलन में इसका अपना इतिहास है।"

शिवजी आगे बढ़ें उससे पूर्व ही देवेश बोल पड़ा—"हाँ पापा, उसका इतिहास जानता हूँ" और वह वहाँ घटित सारा सत्य उगलने लगा। शिवजी चकित भाव से उसे देखने लगे। बोले—"शाबाश बेटा, तुम तो मुझसे अधिक जानते हो। अच्छा बेटा, आते समय हम चौरी-चौरा ही होकर गोरखपुर जाएँगे।"

कुछ देर मौन छाया रहा। फिर शिवजी बोले—"बेटा, तुम तो जानते होगे कि

सरदार नगर में बहुत बड़ा गन्ना मिल है। इसके साथ ही हमारे घर का एक संबंध जुड़ा हुआ है।"

"वह क्या पापा?"

"बेटा, मेरे बचपन में मेरा घर बहुत गरीब था। तुम्हारे ताऊजी मीडिल पास करने के बाद घर की गरीबी से लड़ने लगे। नौकरी के लिए यहाँ गए, वहाँ गए और इसी क्रम में गन्ने के एक सीजन में इस मिल में भी काम किया। तीन-चार महीने घर में थोड़ी खुशहाली दिखाई पड़ी। गन्ने का सीजन खत्म होते ही घर फिर ज्यों-का-त्यों हो गया।"

कुछ देर मौन छाया रहा, फिर शिवजी बोले—"इस मिल ने जवार की गरीबी में भी उसका थोड़ा साथ दिया। जाड़े में कछार का इलाका अभाव भोगता रहता था। उस समय मिल से निकलनेवाला गंधकमय चोटा लेने के लिए लोग यहाँ आते थे और एक पैसे में एक कनस्तर चोटा ले आते थे। सत्तू में मिलाकर या रोटी से खाते थे। वे भी क्या दिन थे बेटे, सोचकर आँखें भर आती हैं।"

देवेश बहुत ध्यान से यह सब कुछ सुन रहा था, जैसे उस सत्य को आत्मसात् कर रहा हो।

चलते-चलते तरकुलहा देवी का स्थान आ गया। दूर तक फैला हुआ लंबा सुनसान, बीच में एक मंदिर। आते-जाते लोग मंदिर की ओर सिर झुका लेते थे।

"बेटा, यह तरकुलहा देवी का स्थान है। बहुत प्रभावशाली देवी मानी जाती हैं। चैत की नवरात्रि को यहाँ बहुत बड़ा मेला लगता था। अब भी लगता है, किंतु अब वह बात नहीं रही। तब न जाने कितनी दूर-दूर से यहाँ तरह-तरह की दुकानें आती थीं। दूर-दूर से लोग देवी का दर्शन करने तो आते ही थे। साल भर का मिर्च-मसाला आदि भी खरीदते थे। तब गाँवों में बड़ी-बड़ी दुकानें नहीं थीं। इन सबके साथ वे मेले का आनंद भी लेते थे। मैंने कहा न कि अब वह बात नहीं है, इसलिए कि अब तो गाँवों में भी बड़ी-बड़ी दुकानें हो गई हैं। मनोरंजन के अन्य अनेक साधन हो जाने के कारण मेले के प्रति लगाव कम हुआ है। अब देवी-देवताओं के प्रति वह बात नहीं रही। लेकिन मेरे मन में तो तब का ही मेला अपने सौंदर्य के साथ छाया हुआ है।"

"यह कौन सी नदी है, पापा?"

"बेटा, यह परेन नदी है। यह नदी नहीं, बल्कि बड़ा नाला है। देवी के मंदिर के सामने से बह रहा है। लोग इसी में नहाकर देवी की पूजा करते थे। देखो, चारों

ओर जंगल-ही-जंगल है। पेड़ों के पत्ते पानी में गिर-गिरकर उसमें सड़ाँध भरते रहते हैं, किंतु तब लोग इसमें नहाते ही नहीं थे, इसका पानी भी पीते थे। तब कोई रोग नहीं पकड़ता था।"

जंगल के बीच की पगडंडियों से होकर दोनों आगे बढ़ते गए। परेन नाला भी बगल से बहता रहा।

"पापा, यह क्षेत्र तो बड़ा ही भयानक है। किसी को कुछ भी हो सकता है।"

"बेटा, अब कुछ भी हो जाने के लिए कोई निश्चित स्थान नहीं रह गया है। दिल्ली या अन्य शहरों के भरे-पूरे स्थानों पर दिन दहाड़े हत्याएँ और अनेक तरह के अपराध होते रहते हैं। यह तो सुनसान है, लेकिन कभी यहाँ किसी अपराध के घटित होने का समाचार मैंने न पढ़ा, न सुना। होता भी होगा तो मुझे खबर नहीं।"

एक सन्नाटा छाया रहा।

"बेटा, याद आ गई एक रात। तुम्हारे छोटे ताऊ की शादी थी। तुम्हारे बड़े ताऊ तब लक्ष्मीगंज में बच्चा बाबू के यहाँ तहसीलदार थे। वहाँ से वे शादी के तमाम सामान लेकर देर शाम को सरदार नगर स्टेशन पर उतरे। एक भारवाहक के साथ हम दोनों भाई वहाँ पहुँच गए थे। रात को ही हम सभी कुछ-न-कुछ सामान लादे चल पड़े। चाँदनी रात थी, इसलिए मार्ग दिखाई पड़ रहे थे। इसी सुनसान स्थान से हम लोग गुजरे और गुजरते गए, कहीं कोई भय नहीं था, आशंका नहीं थी। सारे सामान के साथ रात रहते ही हम गाँव पहुँच गए।"

"क्या बात है पापाजी! यह सब सुनकर लगता है कि अब हम किस जमाने में जी रहे हैं।"

जंगल पार हो गया था। अब गाँव आने लगे थे। रास्ते में एक किलोमीटर की चौड़ी सड़क मिली। उसके दोनों ओर पेड़ खड़े थे—आम के, महुए के, कटहल के।

"बेटा, इन पेड़ों को देख रहे हो न!"

"हाँ पापा, इनमें कोई खास बात है क्या?"

"हाँ, हम तरकुलहा का मेला देखने के लिए सुबह चार बजे ही घर से निकल पड़ते थे। भोर होते-होते इस सड़क पर आ जाते थे। चैत में आम, महुआ, कटहल फूले होते थे और उनकी महक आपस में मिलकर आसपास को उन्मुक्त किए रहती थी। यहाँ से गुजरने का अपना सुख था।"

लगा कि देवेश भी उस गंध को महसूस कर रहा है।

चलते-चलते एक छोटा सा बाग पड़ा। उसमें तमाम गादुर उलटे लटके हुए थे। देवेश आँखें फाड़कर लटके हुए गादुरों को देखने लगा।

"इसे गदुरहिया बाग बोलते हैं बेटा! ये गादुर हैं, रात को उड़ते हैं और दिन में पेड़ों की डालों से लटककर सोते रहते हैं।"

शिवजी ने देवेश को बताया। लगता था कि देवेश हर दृश्य को अपने भीतर उतारता चल रहा है।

उसके बाद गोर्रा नदी आ गई। शिवजी बाले—"अब यहाँ से दो मील और चलना है बेटे! थक तो नहीं गए?"

"नहीं पापा, मुझे तो इन दृश्यों के साथ होते हुए महसूस ही नहीं हो रहा है कि कितना चला और कितना चलना बाकी है।"

"तो देखो, यह नदी हम लोगों की बड़ी जानी-पहचानी है। न जाने इसे कितनी बार पार किया होगा। कितनी बार इसके दोनों तटों की छवियों को मन में उतारा होगा। किंतु इसने हमें कष्ट भी कम नहीं दिए हैं।"

"इसने आपको कष्ट दिया है?" देवेश ने आश्चर्य से पूछा।

"हमें का मतलब। हमारे कछार क्षेत्र को बरसात के दिनों में ये और राप्ती दोनों नदियाँ मिलकर अपने बीच के कछार को पानी में डुबो देती हैं। सारी फसलें निगल जाती हैं और छोड़ जाती हैं जाड़े भर भुखमरी। इनमें खेत ही नहीं डूबते, तमाम पशु डूब जाते हैं, आदमी भी डूब जाते हैं। गाँवों के अंदर ही उनकी जिंदगी ठहर जाती है। इनकी विनाश लीला के कारण इस क्षेत्र के बीच पक्की सड़कें भी नहीं बन पातीं। फिर भी…"

"फिर भी क्या पापा?" देवेश बोला।

"फिर भी इन नदियों का महत्त्व है। विनाश के बाद खेतों के लिए नई मिट्टी और आर्द्रता दे जाती हैं और बरसात के बाद के महीनों में इनमें आसपास के गाँवों का जीवन बहुत कुछ पाता रहता है।"

देवेश भरी हुई गोर्रा को निहार रहा था। नाव उस पार से इस पार आ रही थी। मल्लाह कोई तान छेड़े हुए था। नदी पार करने के बाद शिवजी ने कहा—"अब हम कछार में आ गए बेटे! यहाँ से कछार का सौंदर्य शुरू हो रहा है। यह गन्ने का खेत है। देखो, कितना सुंदर लग रहा है। लग रहा है न बेटा?"

"हाँ पापा, बहुत सुंदर लग रहा है।"

"बेटा, जिस साल बाढ़ नहीं आती, उस वर्ष कछार में विविध प्रकार की

फसलें अपना सौंदर्य और समृद्धि बिखेरने लगती हैं।"

"बेटा, इस साल बाढ़ नहीं आई थी, इसलिए कछार में फसलों का सागर लहरा रहा है। देखो, दूर-दूर तक धान के खेत हवा में मंद-मंद झूम रहे हैं। इनकी सुनहली बालियाँ धूप में नहा रही हैं।" थोड़ा और आगे बढ़े तो शिवजी ने कहा—"बेटा, रास्ते के दोनों ओर ये मक्के के खेत हैं। शहर में जो भुट्टा तुम खाते हो, वे देखो, अपनी जड़ों से जुड़े कितने सुंदर लग रहे हैं।"

"हाँ पापा, खाने में तो वे अच्छे लगते ही हैं, खेत में वे देखने में भी कितने अच्छे लग रहे हैं।"

'किले हो, कड़े हो' की आवाज के साथ कनस्तर बजने की आवाज सुनाई पड़ी।

"ये क्या है पापा?"

"बेटा देखो, खेत के बीच मचान गड़ा हुआ है। उस पर बैठा हुआ वह लड़का पंछियों को भगाने के लिए कनस्तर भी बजा रहा है और भगानेवाली आवाज भी दे रहा है। पशु-पक्षी सभी इन बालियों पर झपट्टा मारते हैं।"

"पापा, आपने कभी मचान पर बैठकर मक्के के खेत की रखवाली की है?"

"बेटा, मैंने क्या-क्या नहीं किया है? गाँव के लोक में कितना कुछ किया है, कितना कुछ जिया है।"

"हाँ, अब मुझे महसूस हो रहा है कि आपके लेखन से यह क्षेत्र क्यों इतना गहरे जुड़ा है।"

रास्ते में शिवपुर का बाजार पड़ा। "देवेश को देखो यह लंबी-चौड़ी जगह बाजार की है। हर सोमवार को यहाँ बाजार लगता है। दो-दो कोस से दुकानें आती हैं। इस बाजार से हमारे घरों का तो गहरा रिश्ता रहा ही है, हम बच्चों का भी रहा है। वह देखो, वह स्कूल दिखाई पड़ रहा है न! वहीं मिडिल तक मेरी पढ़ाई हुई है। उस स्कूल भवन को देखता हूँ तो न जाने कितनी खट्टी-मीठी यादें भरभराकर खुल जाती हैं। सच बात तो यह है कि आज मैं जो हूँ, उसकी नींव इसी स्कूल में पड़ी है। सोमवार के दिन हम बच्चे स्कूल से छूटकर इसी बाजार में आ जाते थे। हम गरीब घरों के भाई-पिता कुछ खरीदने के लिए बाजार में आए होते थे। हम लोगों के पास तो कुछ नहीं होता था। खाली-खाली घूमते थे और ललचाई हुई आँखों से मिठाई की दुकान देखते हुए आगे सरक जाते थे।"

"अभी अपना गाँव कितनी दूर है पापा?"

"बस अगला गाँव अपना ही है, चलो आगे बढ़ते हैं।"

एक बड़ा सा बागीचा पार करते ही एक नाला पड़ा। उसके बाद फिर खेतों का सिलसिला शुरू हो गया। यहाँ से अरहर के खेतों का जंगल शुरू हो रहा था। रास्ते के दोनों ओर दूर-दूर तक अरहर के खेत फैले थे। लगता था, फसलों का जंगल फैला हुआ है। इनके बीच डूबे हुए रास्ते से चलने पर कुछ दूर आगे का दृश्य दिखाई नहीं पड़ता था।

"इस फसल को पहचान रहे हो बेटे, इसे अरहर कहते हैं, जिसकी दाल तुम्हें बहुत पसंद है। लगता है, अब यहाँ से गाँव तक यही फसल पसरी हुई है। इसके भीतर के रास्ते से चलना कभी हम बच्चों को बहुत रोमांटिक लगता था। किंतु डर भी लगता था कि इसके भीतर से कोई खतरनाक पशु न निकल आए। खासकर जब हम बच्चे इसके भीतर से रात को पढ़ने स्कूल जाते थे। पशु के साथ भूत-प्रेत का भी डर लगता था।"

"कभी कुछ ऐसा घटित हुआ क्या पापा?"

"घटित तो नहीं हुआ, किंतु घटित होने का भ्रम हुआ। बात यों हुई कि हम पाँच-छह बच्चे शाम को खा-पीकर रात के अँधेरे में स्कूल जाते थे। एक तो यों ही चारों ओर बात फैली हुई थी कि हमारे स्कूल के रास्ते में पड़नेवाले अनेक पेड़ों पर नाले में, नाले के पास के कब्रगाह में भूतों का डेरा है। दूसरे रास्ते में अरहर के कई घने जगंल। हम लोगों ने पारी बाँध रखी थी कि एक दिन अमुक आगे-आगे चलेंगे, एक दिन अमुक। जिसको गायत्री मंत्र आता है, वह रास्ते भर गायत्री मंत्र पढ़ेगा। जिसे हनुमान चालीसा आता है, वह हनुमान चालीसा बोलता चलेगा। उस दिन आगे-आगे चलने की मेरी बारी थी। हम लोग चले जा रहे थे कि आगे से किसी अदृश्य स्थान से किसी के खाँसने की आवाज आई। हम लोग सहम गए। मैं मना ही करता रह गया, किंतु और लड़के पीछे भागने की मुद्रा में आ गए। सभी धीरे-धीरे खिसकने लगे। फिर कुछ निकट से खाँसने की आवाज आई। लड़कों को लग गया कि आगेवाले बाग के भुतहवा पेड़ का भूत है, जो खाँसता हुआ घूम रहा है। फिर तो तेज भगदड़ मच गई। सबको रोकता हुआ मैं भी उनके पीछे-पीछे भागने लगा। जब गाँव के पहले घर के पास आए, तब ठहर गए और धड़कन अभी जारी थी कि सामने से गाँव के एक अधेड़ सज्जन आ गए। बोले—'तुम लोग भाग क्यों आए? अरे, वह तो मैं था।' फिर भी हम इतना डर गए थे कि स्कूल जाने की हिम्मत नहीं जुटा पाए। तब मेरे पिताजी हमें अपने साथ स्कूल तक ले गए।

"क्या मजेदार कहानी है पापाजी" कहकर देवेश जोर-जोर से हँसने लगा।

शिवजी भी हँसने लगे।

और गाँव आ गया। घर में बच्चों ने शोर मचाया—"दिल्लीवाले बाबा आ गए।"

माँ ने आकर देवेश को गोद में भर लिया। पिताजी और भाईसाहब खेत में गए थे। जब लौटे तो देखकर खुशी में नहा उठे। भाईसाहब बोले—"अरे, न चिट्ठी, न पत्री, एकाएक आकर तुमने और देवेश बेटे ने हम सबको आकस्मिक आनंद दे दिया।"

('एक था कलाकार' उपन्यास से)

□

एक था नीरू

नीरू के पहुँचते ही कहकहा और जोर पकड़ उठा। यह क्या? सत्तर साल का यह बूढ़ा कहार रामदीन होली के बीच चारपाई पर बैठा हुआ था। उसकी उभरी हुई हड्डियाँ और नसें उसे एक कंकाल का रूप दे रही थीं। आँख से कीचड़ बह रहा था। वह शांत भाव से उसी होली के बीच बैठा मानो जुगाली कर रहा था। लड़के हो-हो करके तालियाँ पीट रहे थे—

धिना धिन्ना धिनाक

धिना धिन्ना धिनाक

लोग पहपट गाते हुए होली के पास पहुँच रहे थे। नीरू को हँसी आ रही थी, किंतु लड़की की शरारत की कुरूपता उसे भीतर-ही-भीतर साल रही थी।

धिना धिन्ना धिनाक

बाजा-गाजा बंद। बच्चे, बूढ़े, जवान सब लोग एक बार जोर का कहकहा लगा उठे, किंतु रामदीन ज्यों-का-त्यों वहीं बैठा हुआ था। गाँव के मुखिया कुबेर पांडे ने सुपारी चबाते हुए मुसकराकर पूछा—"क्यों रामदीन, आज अच्छी साइत बनी है क्या? अरे, अब तो निकल आओ।"

रामदीन ने अपनी आँख से कीचड़ पोंछते हुए काँपती आवाज में जवाब दिया—"मुखिया बाबू, किसलिए निकलूँ? बाल-बच्चों को भगवान् ने छीन लिया। जो रही-सही झोंपड़ी थी, उसे आपके इन राजकुमारों ने उजाड़कर होली मइया में डाल दिया। उससे भी पेट नहीं भरा तो चारपाई सहित मुझे भी डाल दिया। अब इससे बढ़िया चिता कहाँ मिलेगी? आज आप लोगों को असीस देती हुई मेरी साँस-साँस उड़ जाएगी।"

लोगों के कहकहे धीरे-धीरे पथरा रहे थे। एक अज्ञात आशंका जैसे लोगों की आँखों पर धीरे-धीरे सुलग रही थी। होली जलाने का समय हो गया था। मुखिया

ने जोर देकर रामदीन को होली में से निकल जाने को कहा, किंतु रामदीन अपनी थरथराती आवाज में 'नहीं' को पकड़े हुए था। उसका तर्क तो सुनिए—"होली में जो चीज पड़ जाती है, उसे वापस नहीं लिया जाता। इससे गाँव का भला नहीं होता। मेरे बाहर निकल आने से न मेरा भला होगा, न गाँव का।" मुखिया और अन्य जवानों को क्रोध आया। चटककर पूछा—"किन लड़कों ने इस जपाट को होली में फेंका है रे! यह एक नई मुसीबत खड़ी हो गई।"

लड़के चिल्ला उठे—"नीरू ने, नीरू ने।"

"ऐं मैंने ?" नीरू चौंक उठा।

"हाँ-हाँ तुमने," महेश ने तेज जवाब दिया।

"शरम नहीं आती तुम्हें झूठ बोलते हुए!" नीरू तेज हो उठा।

महेश ने लड़कों को संबोधित करके कहा—"बोलो लड़को! नीरू ने नहीं कहा है कि होली में पुरानी और व्यर्थ की चीजों को डालते हैं, डालो।" सब लड़के एक साथ चिल्ला उठे—"हाँ, हाँ, कहा है, कहा है।"

"बड़े समझदार हो तुम लोग," नीरू बौखला उठा। "मैंने यह तो नहीं कहा कि किसी बूढ़े आदमी की जान ले लो। अपनी गुंडई करते हो तुम लोग और थोप देते हो मेरे सिर।"

"तुम गुंडे-तुम गुंडे, खबरदार जो हम लोगों को गुंडा कहा।" लड़कों का समवेत स्वर कौंध उठा, किंतु दोष जिस किसी का हो, अब तो इस बूढ़े को होली में से निकालना है।

नीरू के मन पर चोट लगी। ये छोकरे इस गरीब को आग में फेंककर कैसी बेहयाई से निकले जा रहे हैं। आखिर यह महेश अपने को समझता क्या है ? मुखिया का बेटा हुआ तो क्या हुआ ? लफंगा नंबर वन है। बच्चू, आज क्लास में खूब पीटे जो गए हैं। मुझसे कहते हैं नकल कराने के लिए, मैं क्यों कराऊँ ? उसी से खार खाए हैं मुझसे। अच्छा देखूँगा।

मुखिया कुबेर गरज उठे—"क्यों बे रामदीन, निकलता है कि नहीं ? क्यों त्योहार के दिन परेशान करता है ?"

"नहीं, मैं नहीं निकलूँगा, जो चाहो सो करो।" रामदीन जिद पकड़े हुए था। "क्यों रे नीरू की दुम, अब निकालता क्यों नहीं है ? इसे डलवाने के लिए तो बड़ा वीर था।" मुखिया क्रोध से गरज उठे।

"क्यों मुखिया काका, मैंने क्या किया है ? अपने लाड़ले महेश से क्यों नहीं पूछते हैं, जिसने निरबल तेली का गोहरा उजाड़कर उसे दो लाठी जमाया भी है और

जिसने इस बुड्ढे रामदीन को अपने कंधे पर ढोकर इसका क्रिया-कर्म करने को सोचा है।"

"चुप रहो, शरम नहीं आती कैंची की तरह जबान चलाते हुए!" मुखिया तैश में आ गए।

"मैं क्यों चुप रहूँ? शरम तो आपको आनी चाहिए कि एक बेगुनाह लड़के पर इस तरह अपने बेटे का गुनाह लाद रहे हैं। मैं तो दो घंटे से खलिहान में बैठा हुआ था।" नीरू काँप रहा था।

"अच्छा रे छोकरे, तेरी यह हिमाकत! कहिया पूत जनमलें कहिया झाँकरि भइल। चला है मुझी से पद और गुनाह की बात करने।"

मुखिया और नीरू में कहासुनी हो रही थी कि सुमेश पांडे ने आकर अपने बेटे नीरू को जोर-जोर के तीन-चार थप्पड़ जड़ दिए—"शैतान, हर जगह रार बेसहता चलता है। बड़ा बुद्धिमान बना फिरता है।" तब तक रमेश ने आकर सुमेश का हाथ थाम लिया, "काका, क्या करते हैं? नीरू भैया ने तो सचमुच कुछ नहीं किया है। यह सब तो मनगढ़ंत बातें हैं।"

"तो अब तक क्यों चुप थे?" सुमेश ने आग्नेय नेत्रों से रमेश की ओर देखकर पूछा।

"क्या करूँ काका? मेरी तो क्या, किसी की भी हिम्मत इस महेश के खिलाफ बोलने की नहीं होती है। यह कुछ छोकरों का दल बनाकर सबको परेशान किया करता है।"

महेश ने रमेश को घूरकर देखा—जैसे कह रहा हो—समझ लूँगा बच्चू! मुखिया अपने लड़के की शिकायत सुनने के कायल नहीं थे। लापरवाही से रमेश को देखकर वे डपटे, "अब भाइयो, देर हो रही है। इस जपाट को होली में से बाहर खींचो।" लड़के हो-हो करते हुए आगे बढ़े और रामदीन को बाँहों पर टाँग लिया। रामदीन चमगादड़ की तरह उनसे चिपट गया, किंतु लड़कों ने उसे घसीटकर बाहर करके छोड़ा।

पहपट शुरू हुआ।
धिना धिन्ना धिनाक
झम झम झम झम
फागुन भरि बाबा देवर लागी
फागुन भरि बाबा देवर लागी।

राग-रंग शुरू हुआ। होली में आग लग गई। लपटें चिटख-चिटखकर आसमान छूने लगीं। लपटों की लंबी-लंबी छायाएँ पोखर को पार करती हुई बरगद और बाँसों की शिखाओं पर लोटने लगीं। लोग लपट में तीसी भून रहे थे। शुभ है यह। गाने-बजाने के प्रवाह में यह भूल ही गया कि अभी कुछ हुआ था और सचमुच हुआ भी क्या? लड़कों की कहासुनी। वह तो कोई गंभीर अर्थ नहीं रखती। बच्चे हैं—झगड़ते हैं, हिल-मिल जाते हैं, उन्हें चार बात कह भी दो तो उसका उनके दिल पर कोई असर नहीं पड़ता, किंतु नीरू का कोमल हृदय इस घटना से आहत हो उठा था। उसका स्वाभिमान रह-रहकर भीतर-ही-भीतर फूत्कार कर रहा था। उसकी आँखों में न जाने कितनी भावी परछाइयाँ काँप रही थीं, किंतु उसकी परवाह किसे?

लपटें तेज होती जा रही थीं, पहपट और तेजी से उठ रहा था। सब एक-दूसरे को प्रणाम कर रहे थे, नया साल जो शुरू हो रहा था। किंतु आह! उस बूढ़े रामदीन की खोह-सी आँखों में उसकी जलती हुई झोंपड़ी की लपट लोट रही थी।

गिरती हुई लपटों को छोड़कर समूह फिर आगे बढ़ा। नीरू धीरे-धीरे अपने खलिहान में सरक गया और मुखिया का दरवाजा फिर चौताल, नगाड़ों और करताल झाल के सम्मिलित नाद से मुखर हो उठा। सबसे अलग एक बूढ़ी जर्जर परछाईं उस पेड़ की छाँह में जाकर समा गई।

नीरू खलिहान में लेटा-लेटा आज की घटनाओं के सूत्रों को सुलझा रहा था। आज का त्योहार मस्ती का है, रागरंग का है, समानता का है। पुस्तकों में उसने यही तो पढ़ा है और अपनी तीव्र संवेदनाओं से उसने अनुभव भी यही किया है। किंतु ये छोकरे अपनी मस्ती में दूसरों की मस्ती को भूल जाते हैं। बेकार की खुराफात करते हैं। वह यह अनुभव करता है कि इन लड़कों के घरवाले उन्हें ऐसा बनने देने के लिए सुविधाएँ जुटाते हैं।

उसका मन खिन्न तो हो उठा था, किंतु होली राष्ट्रीय पर्व है, इसमें हमारी सामूहिक खुशियों की लहरें गले मिलती हैं। उदास बैठना ठीक नहीं। तो क्या करें? कल सुबह होनेवाली घटनाओं की तसवीरें उसके मन में उतरा गईं। वह उठा। घर से कागज-कलम लेकर कुछ लिखा और चल पड़ा गाँव के उत्तर उस टीले की ओर। सुनसान, एकदम सुनसान। कहते हैं कि उस टीले के आसपास भूतों का डेरा है, किंतु नीरू चला जा रहा था। सुनसान कैसा? आज तो दूर-दूर तक फैले हुए नीरव सिवानों और खामोश पगडंडियों की शिराओं में रागों का रक्त बह रहा था। चौताल साफ-साफ सुनाई पड़ रहा था। इस टीले के पास तो जैसे चारों ओर के

गाँवों के संगीत की आत्माएँ आ-आकर मिल रही थीं। डर कैसा? फिर भी सुनते हैं, इस टीले पर भूत नहीं आ सकते। यहाँ तो ब्रह्म बाबा का निवास है। टीले तक जाकर नीरू ने पीपल के पेड़ पर कागज चिपका दिया और धीरे-धीरे सफेद रास्ते पर बहता हुआ लौट आया।

सुबह-सुबह गाँव के बाहर दग्ध होली के पास लड़कों का शोर उमड़ उठा। उसी के समानांतर उस पासवाले गाँव से कोलाहल की एक धारा बहने लगी। लड़के होली की गरम-गरम राख को बुझा-बुझाकर झोले में भरने लगे और फिर एक सम्मिलित हाहाकार उस टीले की ओर बढ़ने लगा। नायक था महेश। उस गाँव से भी हाहाकार उस टीले की ओर दौड़ने लगा। गालियों का विनिमय दोनों हाहाकारों को एक में गूँथने लगा। महेश दौड़कर टीले पर सबसे आगे पहुँचा और झट से गरम-गरम राख की एक मूठ ब्रह्म बाबा के पिंड पर फेंक दी। उसकी निगाह पड़ी कागज पर। लिखा था—

'भाइयो!

'आज का त्योहार प्रेम और एकता का है। आज के दिन हमें अपने सब भाइयों के गले मिलना चाहिए। आज के दिन गाली-गलौज करना और सिर-फोड़ौवल करना कहाँ तक जायज है? आप सोचें। आप अपने एक भाई की प्रार्थना पर ध्यान देंगे, यह मुझे उम्मीद है।'

उसके नीचे किसी का नाम नहीं था। महेश ने कागज को फाड़ते हुए कहा—"साला बड़ा गियानी बन गया है। खुद तो डरपोक है, दूसरों को भी बनाता है।" और लड़के भी आ गए। "क्या है, क्या है?" सब पूछ उठे। "कुछ नहीं जी, यह निरुआ जो है न, इस कागज पर गियान लिखकर टाँगे हुए है। कहता है कि पकड़िहावालों से लड़ाई मत करो। भला बताओ तुम लोग, जो पुरखे पुरनियाँ करते आ रहे हैं, उसे कैसे छोड़े?" यह कहकर उसने कागज के टुकड़े-टुकड़े कर दिए।

कबीर सररररर…पांडेपुरवा…पर गिरे…। महेश चौंक पड़ा। सावधान भाइयो, वो देखो, आ गए पकड़िहा के अहीर सब। दूर हट जाओ और ढेलों से मारो। कबीर सररर पकड़िहा…पर गिरे।

ढेलों की सनसनाहट शुरू हो गई। नीरू लपककर बीच में आ गया और दोनों ओर चिल्ला चिल्लाकर कहने लगा, "भाइयो! यह क्या करते हो? रोको-रोको यह बेकार की लड़ाई। इस तरह तो कोई मर जाएगा।" लेकिन उस नक्कारखाने में तूती की आवाज की क्या गणना? नीरू यहाँ से वहाँ, वहाँ से यहाँ व्यर्थ हाथ उठाकर

दौड़ता रहा। इधर संघर्ष चलता रहा, जैसे नीरू नाम का कोई क्षुद्र व्यक्ति वहाँ हो ही नहीं। उस जल-चक्र में वह एक तुच्छ तिनके की तरह चक्कर काट रहा था। उसने देखा, बाल-सेना के पीछे जवानों का रिजर्व फोर्स खड़ा है। पता नहीं, शांति के लिए या हमला करने के लिए। एक ईंट का गोल टुकड़ा उसके ललाट के रोओं को छूता हुआ सन्न से निकल गया। देखा, वह ईंट का टुकड़ा महेश की ओर से आया था। उसका जी हुआ, इस महेश नाम के जंतु को पकड़कर चूर-चूर कर दे और फिर उस पर घृणा से थूक दे। मगर अभी समय नहीं है, फिर देखा जाएगा। वहाँ से थोड़ी दूर हट आया। सोचने लगा—उसका कहा कोई सुनता ही नहीं है। वह चाहता है, लोग उसे सुनें, उसे महत्त्व दें; किंतु यहाँ तो बात-बात पर लोग उसे झिड़क देते हैं और नादान छोकरा समझकर उस पर ध्यान ही नहीं देते। वह गरीब बाप का बेटा है, शायद इसलिए भी। नीरू के मन में ऐसी एक गाँठ है, जो खुलना चाहती है, किंतु खुलने के स्थान पर और गुत्थियाँ पड़ती जाती हैं।

परंतु झगड़ा बच गया। पांडेपुरवा का एक अधेड़ पांडे लाठी लेकर उधर से निकल आया। उसकी देखा-देखी पकड़िहा का एक अहीर भी आ गया और दोनों ने अपने-अपने गाँव के छोकरों को पैंतरा बदल-बदलकर गालियाँ दे-देकर रोकना शुरू किया। आखिर लड़के धीरे-धीरे पीछे हटने लगे। अब हटते नहीं तो करते भी क्या? दो घंटा दिन चढ़ आया था। वे दौड़ते-दौड़ते हाँफ गए थे और अभी धूल चढ़ाने का काम तो बाकी ही था। लड़कों का झुंड पीछे हटता-हटता सहसा गाँव की ओर भागने लगा। नीरू अपने मन की कसक पीकर इस प्रवाह में जा मिला। लड़कों का झुंड गलियों से दौड़ता, शोर करता गाँव-भर के जवानों-बूढ़ों का धूल से सत्कार करने लगा। 'बुरा न मानो होली है' अरे-अरे, वह छोकरा तो साफ-साफ बचा है, पकड़ो उसे। हाँ ऐसे। और मलो, और मलो उसके मुँह पर धूल। अरे वह देखो, झींगुर चाचा दातुन कर रहे हैं, एक साथ टूट पड़ो। हा-हा, हा-हा, कैसा सफेद पाउडर परत-का-परत मुँह पर जम गया है। नीरू सबसे आगे है। बड़े उत्साह से वह रह-रहकर अपने हमजोलियों के चेहरों पर धूल रगड़ देता है। जवानों और बूढ़ों को भी खदेड़-खदेड़कर पकड़ता है। हैं-हैं, आज भागने की क्या बात? बरस दिन पर तो होली आई है, इसे यों ही क्यों जाने दिया जाए? इन लोगों की और संपत्ति ही क्या है? देह पर कहने-सुनने को फटे-फटे, गंदे-गंदे अँगोछे लिपटे हुए हैं, जिन्हें शायद फटी धोतियों से फाड़-फाड़कर बनाया गया है। किसी की कमर में भगई लिपटी है, जिसका पछोटा बाहर निकलकर लुटुर-लुटुर हिल-डुल रहा है। किसी

की कमर लँगोटी से कसी है। जो कुछ छोटे हैं, वे तो यों ही मस्त बिचर रहे हैं। जो कुछ बड़े हैं, वे अलबत्ता अपनी लाज की गरदन छोटी-छोटी धोतियों या फटे-पुराने नेकरों में फाँसे हुए हैं, लेकिन इनका हृदय तो देखिए, कितनी मस्ती और उल्लास से भरा है? लगता है, आज ये अपने भीतर कुछ नहीं रखेंगे, सारा-का-सारा उड़ेल देंगे बाहर गलियों में, पगडंडियों पर, द्वार-द्वार पर, एक-दूसरे के चेहरों पर।

'बुरा न मानो होली है' लड़कों का झुंड आगे बढ़ रहा है। अहा, शिकार तो मिल गया। देखो भागने न पाए। कई ओर से आकर उन्हें घेरो। ये हैं—बेनी काका। चलते हैं तो इनकी अंगुलियाँ चिट्टिर-पिट्टिर बजती हैं। इसलिए ये लड़कों के चिट्टिर-पिट्टिर काका हैं। लड़कों से ये जितना ही भागते हैं उतना ही लड़के उनसे लिपटते हैं।

एक मूठ, दो मूठ। बेनी काका घबरा गए। "अरे-अरे पाजियो, क्या कर रहे हो?" चार मूठ, पाँच मूठ और मूठ-ही-मूठ। बेनी काका घबरा गए, उनकी आँखें मुँद गईं, लड़कों के हँसने का शोर उनके कान के परदे फाड़ रहा था। बेनी काका गालियों के साथ मुँह से थूक उगल रहे थे, भागना चाहते थे, पर बुरी तरह घिर गए। "अरे साले पाजियो! भागो, नहीं तो एक-एक का खून पी जाऊँगा।" ये लो ये लो, धूल फर्र···फर्र···। बेनी काका के हाथ में डंडा आ गया। लड़के भाग चले। चिट्टिर-पिट्टिर चिट्टिर-पिट्टिर करते बेनी काका लड़कों के पीछे दौड़ पड़े और डंडा चलाने लगे।···

कुएँ पर रग्घू बाबा कुल्ला कर रहे थे। रास्ते में चलते हैं तो 'चित्त थू, चित्त थू' के मधुर स्वर में थूक की पिचकारी छोड़ते चलते हैं। इसलिए ये लड़कों के चित्थू बाबा हैं। लड़कों की भीड़ आते देख इनके प्राण सूख गए। दूर से ही गाली बकने लगे, "अत देखऽ सरऊ लोग हमरे ऊपर धूल छोड़ब तऽ ठीक नाहीं खाई। जे बासे, हम कहि देत हईं।"

"हो···हो···हो···हो···बुरा न मानो होली है। बाबा, थोड़ा-सा हाथ न दे देंगे।"

"नाहीं, नाहीं, कुछ नाहीं, तू सब लामे खड़ा रह, नाहीं त जे बासे हम सबकऽ टाँगि तूरि देब।" चित्त थू चित्त थू।

"अरे चित्थू बाबा, थोड़ा सा।"

"का कहले हवे चित्थू, मारब सरऊ तुहार जे बासे खपड़ोई उधिया जाई। चित्थू तोर बाप होई।"

"हो-हो-हो-हो···बुरा न मानो···"

"अतऽ हम कहि देत हईं।"

"हैं-हैं, यह क्या कर रहे हो तुम सब लोग चित्थू बाबा के साथ। हाथ में थोड़ा-थोड़ा दे दो, बुजुर्ग हैं, कुछ खयाल करो।" कहते हुए नीरू आगे निकल आया। रग्घू बाबा ने हाथ बढ़ा दिया कि नीरू ने एक मूठ धूल लेकर उनके मुँह पर मल दिया। होय··होय··होय··होय अब तो एक-दो-तीन··

चित्थू बाबा कुएँ पर गगरा छोड़कर भागे। लड़कों ने उनका पीछा किया। कुत्ते भी भौंकते हुए उनके पीछे दौड़ने लगे। एक लड़के ने उनका गगरा कुएँ में डाल दिया। रग्घू बाबा चित्त थू, चित्त थू करते हुए गली-गली भागे जा रहे थे। उधर से महेश अपने दल के साथ आ पहुँचा। बड़ी मुसीबत है। रग्घू बाबा पास की ही फूस की छत पर चढ़ने के लिए एक नाँद पर चढ़ गए और लपककर छत पर चढ़ गए। पुराना फूस चरमराकर नीचे बैठ गया और रग्घू बाबा बड़े से छेद में से नीचे घर में जा गिरे। लड़के घबराकर वहाँ से भागे।

'बुरा न मानो होली है' और यह गोबर और कीचड़ की बौछार कहाँ से आ रही है? अच्छा तो सयाने लोग भी निकल पड़े। भागा-भागा, मगर भागकर जाओगे कहाँ? कीचड़ का झोंका लगा छप्प से। मगर उसके भी तो हाथ हैं, उसने गोबर उठाकर मारा और इसके मुँह पर गीला गोबर फैल गया। हो··हो··हो··हो··हो पकड़ो-पकड़ो, वह तो एकदम कोरा है। वह घँड़रोज की तरह भागा-भागा और वह भागा। मगर उधर भी तो आदमी हैं। उसे उठाकर पटका और धूल और कीचड़ से मरम्मत कर दी। अब तो वह भी उसी में शरीक हो गया। इस तरह दुर्दशाग्रस्तों का संप्रदाय बढ़ता जा रहा था—

डम्मर मटाक धिना
डम्मर मटाक धिना
सदा अनंद रहे एहि द्वारे
जीये से खेले फाग रे

कबीर शुरू हो गया। कबीर गाते-गाते लोग घरों में घुस रहे थे। मन के भीतर संचित जनम-जनम के गंदे उद्गारों को औरतों पर फेंक रहे थे, जैसे घूरे पर कूड़ा फेंकते हैं। और यही तो सार्थकता है नारी-जीवन की। घरों में वे बंद हैं—जी में आया तो पति किवाड़ खोलकर उस पर कूड़े बरसा आया और फिर बंद कर दिया। इससे अधिक सुरक्षा और धन्यता नारी-जीवन को क्या मिल सकती है? परंतु आज नारियों को थोड़ी सी छूट है और वे किवाड़ के पल्ले की आड़ से पुरुषों की कबीर-

गर्जना ओड़ती हुई पानी-पर-पानी फेंक रही थीं। आँगन में कच-बच मच गई थी। दीवारों पर नीली, पीली, लाल लकीरें उभर-उभरकर बुझ रही थीं।

कबीर की चोट नीरू के मुलायम हृदय पर सीधे गिर रही थी। वह देख रहा था, छोटे-छोटे छोकरे तक बड़ों की पैरोडी की तरह कच्ची जबान से गालियाँ उगल-उगलकर आँगन में नाच रहे थे और जिस लड़के के घर में कबीर उमड़ रहा था, वह लड़का अपनी माँ या भावज के प्रति बहती हुई गालियों से छटपटाकर कबीर गानेवालों को ही कबीर सुना रहा था। अपने घर में कैसा बुरा लग रहा है बच्चू को? परंतु अभी दूसरे के आँगन में दुल्हन के घूँघट के पास तक चले जाएँगे।

नीरू अन्यमनस्क था। वह उस भीड़ में खोकर भी उससे अलग था। उसका जी चाहता था कि उसके घर कबीर न हो, वहीं उसकी माँ होगी, बहन होगी। भाभी होती तो कोई बात न होती। मगर उसके आँगन में कबीर तो होना ही था। ये पहुँचे लोग घर में घुसने लगे। महेश बड़े उत्साह से छलक रहा था। नीरू की हिम्मत घर में जाने की न हुई। वह सोचता रहा कि यह प्रथा बंद होनी चाहिए। मगर अभी तो उसकी आवाज दूध-सी कच्ची है, मासूम है, कौन सुनेगा उसे?

'सदा अनंद रहे एहि द्वारे
जिए से खेले फाग रे।
'डम्मर मटाक धिना डम्मर मटाक धिना'

लोग निकल आए। लोगों के बंदरों से काले-काले चेहरे पर लाल-लाल अबीर कैसी फब रही थी। आगे-आगे ये साठ साल के छैल-छबीले भवानी पांडे। वे आज के समारोह के नायक थे। कबीर की बोहनी उन्हीं के साथ होती है। दुनिया में 364 दिन वे जहाँ कहीं रहें—तराई में करताल लेकर या चेलों के यहाँ ज्योतिषी बनकर, किंतु 365 वें दिन वे औरतों को अखंड और व्यापक सुहाग का आशीर्वाद देने अपने गाँव जरूर पधारते हैं।

उधर देखिए, अंधे कन्नू पांडे को गदहे पर बैठाकर लड़के पीछे-पीछे हो-हो कर रहे हैं। घबड़ाइए नहीं, ज़ुलूस इधर को ही आ रहा है। एक ने नाँद में से सड़ी सानी निकालकर छप्प से उसके मुँह पर मारा। अंधे महाराज के कान पर मुँह ले जाकर शागिर्द ने कहा—"महाराज, यह गनेसवा है।" महाराज के मुँह से आशीर्वाद के फूल झड़ने लगे—"गनेसवा के माई के डोम ले जा।" "वाह ओस्ताद, क्या बात है!" फिर छप्प से। महाराज यह टिसुनवा है। "टिसुनवा के घरे आज गदहा लोटे, टिसुनवा क माई घोड़ा संघ जा।" वाह…वाह…वाह…वाह ओ मारा, भागा। अरे

भागा, अरे भागा। फिर गीत बन गया—

ओ देखो भागा, वहाँ देखो भागा।
कन्नू के मुँहें छपाक देना लागा।
वाह उस्ताद! और गाओ
गाओ-गाओ-गाओ बजाओ खूब बाजा।
कानी गदहिया पर अन्हरा राजा।

"साले शैतान छोकरो, तुम सबों ने क्या कहा?" "कुछ नहीं, उस्ताद, कुछ नहीं, आज तो होली है।" कहते हुए उस छोकरे ने गदहे पर एक कुकरौंछी छोड़ दी। गदहा दुलत्तियाँ झाड़ता हुआ भागा। कन्नू बड़ी सी तोंद लेकर थुल-थुल करता चिल्लाने लगा, अरे क्या हो गया रे?

"कुछ नहीं उस्ताद, जरा भूडोल आ गया है।" गदहा भागा जा रहा था। कन्नू जोर से उसकी गरदन से चिपटा हुआ था। लड़के और जवान सब होहकरा मचाए थे। वह देखो कन्नू महाराज नाबदान में गिरे छपाक से।...

दोपहर ढल रही थी। लोग खा-पीकर आराम कर चुके। गुलाल और रंग खेलने का समय आ गया। द्वार-द्वार पर घूम-घूमकर लोग फाग गा रहे थे और गुलाल तथा रंग से सबके चेहरों को रंजित कर रहे थे। आज तो वर्ष का प्रारंभ है। लोग नया खाते हैं, नया पहनते हैं। शरबती कुरते पर रंग खूब खिलता है। मगर नीरू क्या नया पहने? उसके पास तो एक आधी बाँह की कमीज है जिसकी पीठ जगह-जगह मुँह बाए हुए है। ऐसा नहीं है कि गाँव में वही ऐसा है, मगर उसको शरम जो बहुत आती है। पता नहीं, ब्रह्मा ने किस कोमल धातु से उसका हृदय बना दिया है। अवधूत के समान सभी छोकरे फटा-पुराना पहनकर नाच-गा रहे थे, मगर नीरू को क्या हो गया? वह झुंड में शरीक नहीं हो रहा था। वह बरामदे में उदास बैठा था और उसका दस वर्षीय छोटा भाई नए कपड़े के लिए मचल रहा था। तेरह वर्ष की बहन लीला भी तो है। उसके लिए एक पुरानी धुली हुई साड़ी को रँग देने से ही काम चल गया। वह अपनी सहेलियों के साथ लोटे में रंग घोलकर निकल गई है गाँव में।

छोटा भाई केशव अहक रहा था, माँ परेशान, बाप परेशान, फिर चट्ट-चट्ट-चट्। केशव तिलमिलाकर गिर पड़ा। फेंकरने लगा। नीरू ने एक बार घूमकर उसकी ओर देखा। उसकी घायल आँखों में एक उपालंभ, एक बेबसी, एक मायूसी और न जाने क्या-क्या उतरा गई थी। मानो वह कह रहा हो कि मैंने कौन-सा गुनाह किया कि इस तरह मुझे बरस-बरस के दिन यह निर्मम सजा मिली। आज साल के पहले

दिन मैंने एक सही-सलामत कुरता ही तो चाहा, क्या यह भी कोई गुनाह है? नीरू भाई के उफनते हुए आँसुओं में तड़पती हुई व्यथा को बरदाश्त न कर सका और धीरे-धीरे उठकर अज्ञात दिशा को चलने लगा। अनजाने ही वह फाग की तरंगों से खिंच गया। धीरे से जाकर मुखिया के द्वार पर बैठ गया। फाग चल रहा था। मुखिया धुला हुआ शरबती का कुरता और दुपलिया टोपी लगाए रंग छिड़क रहे थे। महेश का ठाट एकदम नया था : मलमल का नया कुरता, नयी धोती, मुँह में पान का बीड़ा, आँखों पर आठ आनेवाला हरा चश्मा। छोटे-छोटे छोकरे बड़ों के साथ उछल-उछलकर गा रहे थे। उन्हें अपने नंग-धड़ंगपन की कोई सुधि न थी। और रही भी हो तो कैसे जाना जा सकता है। नीरू चुपचाप खमिया से उठंगकर बैठा था। महेश इसके पास आकर बैठ गया। नीरू को उसका अपने पास आ बैठना अच्छा न लगा, परंतु करता भी तो क्या?

महेश ने नीरू से पूछा "यार, आज तुम कुछ उदास-से लगते हो, क्या बात है?"

"नहीं तो," नीरू ने हँसने का प्रयत्न करते हुए उत्तर दिया।

लड़कों ने भी हाँ-में-हाँ मिलाई ।"हाँ, हाँ, नीरू भैया, तुम आज कुछ खोए-खोए से दीखते हो।"

"नहीं-नहीं, कुछ नहीं।" नीरू का स्वर था।

महेश की आँखें काफी देर से कुछ देख रही थीं और वह सोच रहा था कुछ। वह सहसा नीरू की पीठ पर हाथ ले जाकर उसकी कमीज के फैले हुए मुँहों को चीरता हुआ बोला—"अरे यार नीरू, तुम तो बचपन में ही संन्यासी हो गए। आज होली है, आज तो जरा आदमी की तरह पहनते-ओढ़ते।" और उसकी अंगुलियाँ कमीज के एक छोर से दूसरे छोर तक करकराती हुई दौड़ गईं। नीरू आहत हो उठा। उसने घूरकर किंतु बेबसी-भरी आँखों से महेश को देखा, मानो कह रहा हो, इस तरह तुम्हें दूसरों की गरीबी का मजाक नहीं उड़ाना चाहिए और नीरू वहाँ से उठकर चला गया और लड़कों ने भी इस दृश्य को देखा। महेश का यह मजाक बहुतों को बुरा लगा। कुछ तो अपनी कमीज के फटे अंशों को इधर-उधर छिपाने लगे कि महेश उन्हें भी न फाड़ दे।

महेश मुसकराता हुआ घर में चला गया और सब लड़के फाग के हुल्लड़ में खो गए।

मगर नीरू? उसका हृदय अपमान से खौल रहा था और गरीबी उसके दिल

में आज काँटे की तरह चुभ रही थी। ऐसा नहीं है कि गरीबी के दुःख का अनुभव उसने आज पहली बार किया हो, मगर आज के अनुभव की तिक्तता कुछ और ही थी। वह चला जा रहा था, चला जा रहा था, मगर कहाँ जाए? वह धीरे-धीरे गाँव के बाहर हो रहा था। उसे लग रहा था, जैसे महेश की उँगलियाँ अब भी उसकी कमीज में उलझी हुई हैं। वह शिथिल पैरों से बढ़ता-बढ़ता गाँव के पश्चिमवाले बाग की ओर निकल गया। आम की मंजरियों की गंध चारों ओर फैली हुई थी। कुछ दूर पर एक खलिहान था, जहाँ दक्खिन टोला का डाँठ जमा होता था। खलिहान के पास यहाँ-वहाँ अरहर की भीरें खड़ी थीं। कुछ गेहूँ-जौ के सुनहले खेत अब भी दूर-दूर तक फैले हुए थे, मानो वे भी धूप का रंग खेल रहे थे। चने के खेत कभी-कभी हवा के झोंकों में बज उठते थे। नीरू बरगद की छाँह में बैठने के लिए उसी ओर बढ़ गया। मगर यह क्या? यह कौन अस्थि कंकाल यहाँ उतर आया है? यह तो रामदीन है। हरे चने का एक मूठ लेकर दानों को निखोरकर खा रहा है। दूसरा लड़का होता तो रामदीन की इस दुर्गति पर अट्टहास करता, थू-थू करके चिढ़ाता, मगर नीरू को क्या हो गया? वह एकदम उदास हो गया। कुछ देर हक्का-बक्का सा इस कुरूप दृश्य को देखता रहा। फिर भर्राई हुई आवाज में पूछा—"बाबा, रामदीन!"

काँपते हुए रामदीन ने झुर्रियों-भरा चेहरा फेरा—"कौन? कौन हो बाबू?"

"यह तो मैं हूँ बाबा, नीरू।"

"अच्छा नीरू बाबू? अब आँख नहीं रही बाबू, पहचान नहीं पाता।" कहकर वह आँख से कीचड़ पोंछने लगा।

"लेकिन बाबा, यह क्या कर रहे हो आज बरस-बरस के दिन?" नीरू की वाणी दया से काँप रही थी।

"जाने दो बाबू, अभी तुम बच्चे हो, क्यों इस फेर में पड़ते हो? सभी को अपना-अपना भोगना पड़ता है।" रामदीन की आवाज टूट-टूटकर काँप रही थी।

"लेकिन बाबा, लेकिन बाबा"—नीरू कुछ आगे नहीं कह पा रहा था।

"क्यों मेरे लिए इतना परेशान होते हो नीरू बाबू! अब मेरे पास रहा क्या जिसके लिए परेशान हुआ जाए? एक रही-सही झोंपड़ी थी, उसकी भी सम्मति मइया के साथ गति बन गई। मैं तो अब दो दिन का मेहमान हूँ, कहीं किसी पेड़ की छाँह में दो दिन काट लूँगा, किसी खेत से कुछ माँग लूँगा, खेत बड़े दानी होते हैं, कुछ दे ही देंगे और कहीं किसी रास्ते पर लेटकर दम तोड़ दूँगा। हवा धूल से ढक देगी या सियार-कुत्ते घसीटकर अपने बाल-बच्चों का एक दिन पेट भर लेंगे।"

नीरू को रामदीन की बातें बड़ी डरावनी मालूम पड़ रही थीं। उसे लग रहा था, जैसे इस बूढ़े बरगद के पत्तों से कोई काँपती हुई आवाज फूट-फूटकर उसकी नस-नस में सिहर रही है। नीरू का जी कचोट रहा था। बोला—"बाबा, आज सारा गाँव राग-रंग में डूबा है। सब लोग पूड़ी-सोहारी खा-पी रहे हैं और तुम इस बरगद के नीचे बैठे चने के दाने निखोर-निखोरकर खा रहे हो!"

रामदीन के मुँह में पूड़ी के नाम से पानी भर आया। उसे ऐसा लगा कि गरम-गरम पूड़ियाँ उसके भूखे मुँह में पड़ने ही वाली हों। मगर उसने असलियत को 70 वर्ष तक देखा था। अपने को सँभालते हुए बोला—"भगवान् तुम्हें जुग-जुग जियावे और भागमान बनो भैया। मैंने घर-घर को देखा है, उसके सुख और दुःख की हर एक आवाज का गवाह हूँ। मगर तुम्हारी आवाज सबसे अलग है। भैया! तुम मेरी बात मानो बाबू, मुझ बूढ़े को अपने करम पर झँखने दो, तुम जाओ, राग-रंग में शामिल हो जाओ। बड़े भाग्य से यह दिन आता है, इसके बाद तो फिर वही सन्नाटा, फिर वही उदासी गाँव पर छा जाती है नीरू बाबू!"

नीरू का किशोर हृदय एक अज्ञात आशंका से हिलने लगा। उसे लगा कि सारे गाँव से बहिष्कृत यह वृद्ध आत्मा सारे गाँव पर शाप बनकर छा जाएगी। नीरू वहाँ ठहर न सका। धीरे-धीरे घर की ओर लौटने लगा। उसकी इच्छा हुई कि वह घर से कुछ लपसी-सोहारी लेकर इस बूढ़े के आगे परस दे और बूढ़े की आत्मा आशीर्वाद की तरह चारों ओर बिछ जाए। गाँव में फाग का कोलाहल मचा हुआ था। सामने से गाँव की लड़कियों का एक झुंड फाग गाता निकल गया। नीरू को कुछ भी दिखाई न पड़ा। उसे यह भी ज्ञात न हुआ कि लड़कियों की टोली में दो हमजोली आँखें उससे कुछ शिकवा कर रही थीं। वह उस अँधेरी गली में घुसने लगा कि सुन पड़ा, "नीरू!"

"कौन है?"—नीरू ने पीछे मुड़कर देखा। मगर उसके देखने के पहले अबीर से भरे दो हाथ उसके गालों पर चिपक चुके थे। नीरू ने देखा—गेंदा थी। वह नीरू के गालों को हथेलियों से कसकर इस कदर अपनी ओर खींचना चाहती थी जैसे वह उसके भीतर की समस्त शक्ति निचोड़कर अपने उन्माद में डुबो देगी। नीरू इस दबाव के लिए तैयार नहीं था। आजिजी से उसे फटकारकर कहा, "क्या करती हो गेंदा, तुम्हें शरम नहीं आती?" मगर गेंदा हाँफ रही थी। वह बिना कुछ कहे उसके गाल को मलती रही और मुसकरा दिया। नीरू अभी यौवन की भाषा से परिचित नहीं था, किंतु कैशोर की एक रंगीनी धीरे-धीरे उसके मन में उषा की लालिमा की

तरह फूट तो अवश्य रही थी। मगर वह गेंदा को जानता था, उसे भीतर-ही-भीतर इस लड़की से नफरत थी। गाँव की छोकरी बहन ही तो है। बहन इस तरह भाई पर नागफाँस डाले यह उसके सरल गँवई संस्कारों-भरे मन को असह्य था। यह सोचते-सोचते नीरू को गुस्सा आ गया। जोर से फटकारकर बोला—"जाओ, हटो बदतमीज! कोई देखेगा तो क्या कहेगा?"

गेंदा थोड़ी सहमकर दूर खड़ी हो गई। सँभलकर बोली—"अच्छा तो यहाँ तक सोचने लगे हो? आज तो रंग खेलने का त्योहार है; क्या भाई-बहन रंग नहीं खेल सकते हैं? हूँ, बड़ा घमंडी हो गया है।"

"हाँ-हाँ, घमंडी हो गया हूँ—जाओ अपना रास्ता देखो।" कहता हुआ नीरू जल्दी-जल्दी चला गया। घर जाकर पता लगाया तो मालूम पड़ा, खाना खत्म हो गया है। वह जानता था अपने घर की हालत। उसके पिताजी कल खलिहान से थोड़ा-सा गेहूँ पीटकर लाए थे, माँ ने उन्हें पीसकर त्योहार की सोहारी का इंतजाम कर लिया था। गेहूँ था ही कितना? उसमें भी पवनी-प्रजा। लपसी तो सुबह ही कम पड़ गई थी। इतना पैसा कहाँ जो अधिक गुड़ खरीदा जा सके? मगर रामदीन का चित्र उसकी आँखों में तैर रहा था—वह क्या करे?

शाम हो रही थी? उसका छोटा भाई रो-धोकर लड़कों में शामिल हो चुका था। बहन भी अपनी सखियों के साथ थी, पिताजी भी गाँव में घूम रहे थे। माँ किसी प्रबंध में व्यस्त थी, शायद शाम के लिए खाने का प्रबंध करने के सोच-विचार में थी। नीरू घर से निकल पड़ा। धीरे-धीरे गाँव के उत्तरवाले टीले पर निकल गया। वहीं पीपल के पेड़ की निष्पत्र डालियों की छाँह में पत्थर के चबूतरे पर बैठ गया। उसके आसपास कुछ जंगली झाड़ियाँ थीं। पीपल के नीचे वही ब्रह्म बाबा का पिंड अभय वरदान के रूप में स्थित था।

नीरू का माथा घूम रहा था। अपमान की तिक्तता, रामदीन का चित्र—माथा क्यों न घूमे? तेल की सोहारी क्या कम माथा घुमाती है? मगर गरीबों की तकदीर में घी कहाँ लिखा है? तेल की सोहारी, यह धूप, अबीर की गरमी, सभी तो माथा घुमाने के लिए एक साथ गाँठ जोड़ लेते हैं। शाम ढल गई। ठंडी हवा का झोंका तैरने लगा। धीरे-धीरे चाँदनी निकल आई। गेहूँ-जौ के खेतों पर चाँदनी बिछ गई। नीरू को यह बड़ा मनोहर लगा। उसका सिर हलका होने लगा। अब भी झालों की झमझमाहट, ढोलों की ढमढमाहट दूरियों को तैर रही थी।

नीरू चौंक पड़ा—"हैं, यह क्या ठंडा-ठंडा?" एक मधुर खिलखिलाहट से

टीला बज उठा। नीरू ने देखा—"संध्या, तुम!"

"हाँ जी, मैं"—संध्या फिर खिलखिला पड़ी। और अबीर से भरी हुई हथेली को उसके गालों पर लपेट दिया। नीरू चुपचाप चबूतरे पर बैठा रहा। संध्या को यह चुप्पी अखर रही थी। उसने उसके गालों पर अंगुली से ठुनकी देकर कहा—"क्योंजी साधू बाबा, आज इतने भारी कैसे हो गए हो? मैं तो तुम्हें कब से खोज रही हूँ। गाँव में तुम्हें पश्चिम की ओर से आते देखा भी तो तुम जैसे न देखने की कसम खाए हुए थे। आखिर तुम्हें रह-रहकर हो क्या जाता है?"

नीरू बोला—"संध्या, तुम्हें यहाँ डर नहीं लगा। लोग कहते हैं कि यह बड़ा भयानक स्थान है। भूत रहते हैं यहाँ!"

"डर काहे का जी, मैं जानती थी कि तुम जब गाँव में नहीं हो तो उसी अपने प्यारे टीले पर गए होगे। तुम्हारे साथ मुझे कौन-सा डर है जी?"

नीरू की आँखें गीली हो उठीं। उसने गीली आँखों को संध्या के ऊपर बिछा दिया। स्निग्ध, चमकीला मुँह जिस पर चाँदनी बिछल रही थी, बड़ी-बड़ी मासूम आँखें, जिनमें कुमकुम का रंग घुल गया था, अबीर की हलकी-हलकी आभा से रंजित बड़े-बड़े काले केश जो उसकी पीठ के साथ अगल-बगल लहराकर फैल रहे थे। स्वस्थ गोरी-गोरी देह जिस पर एक महीन वासंती साड़ी खिल रही थी, जिस पर रंगों के गुलाब उभर आए थे। वह मुसकरा रही थी मानो ज्योत्स्ना में नहाती हुई स्वयं संध्या ही उतर आई हो।

"क्यों संध्या, आज तुमने रंग नहीं खेला क्या?" नीरू ने उसके मुख की स्वच्छता को लक्ष्य करके कहा।

"क्यों नहीं खेला, मगर यहाँ तो नहा-धोकर आई हूँ।" वह मुसकरा रही थी।

"क्यों संध्या?"

"इसलिए कि मैं दूसरों से रँगा हुआ मुख तुम्हारे हाथों को नहीं सौंपना चाहती।"

"तो क्या औरों ने रंग दिया है तुम्हें? और ऐसा रंग दिया है कि उसे धोने की जरूरत पड़ रही है?" नीरू थोड़ा सा शोख हो गया।

"हिश, तुम तो क्या से क्या सोच लेते हो। किसकी मजाल कि मेरी निगाह को भी छू दे। मैं तो अपनी सखियों की बात कर रही थी।" संध्या का मुख अरुणिम हो उठा।

थोड़ी देर तक कोई नहीं बोला। फिर नीरू उठा। संध्या से अबीर लेकर उसके चेहरे पर कोमलता से रगड़ दिया। दो मासूम आत्माएँ जैसे इस चाँदनी की स्वच्छता

के नीचे कुमकुम की लाली में भीग रही थीं।

नीरू ने कहा—"चलो अब घर चलें, देर हो रही है।" वह आगे-आगे चल पड़ा।

संध्या उसके पीछे हो ली। फिर एक मौन रहा। फिर संध्या ही बोली—"नीरू, आज तुम इतने उदास क्यों दीख पड़ रहे हो?"

नीरू कुछ नहीं बोला, चलता रहा।

"क्यों जी, बोलते क्यों नहीं, नाराज हो क्या मुझसे?"

नीरू को मालूम हुआ कि संध्या का गला भारी हो गया है। उसने मुड़कर कहा, "नहीं संध्या, मैं नाराज किसी से नहीं हूँ, मुझे इस तरह गला भारी करके सताओ मत।"

फिर खामोशी रही।

"संध्या!" नीरू का सहमा हुआ स्वर था।

"कहो।"

"जानती हो मैं कितना गरीब हूँ!"

संध्या कुछ न बोली। जैसे कह रही हो, क्या व्यर्थ की बातें कर रहे हो?

"मगर जाने दो, ये सब व्यर्थ की बातें हैं?"

"कहो न।" संध्या ने भारी स्वर से कहा।

"तो तुम सुनोगी?"

"मेरी पीठ देख रही हो।"

"हूँ।"

"देखो महेश की अंगुलियाँ इसमें उलझी हैं कि नहीं? उसने मेरी गरीबी का मजाक उड़ाया है।"

"जाने दो नीरू, वह तो जंगली है। उसकी बात को मन पर नहीं लेते, उसने तो···।"

"क्या उसने तो?"

"उसने तो मुझे आज एक गली में अकेला पा लिया और रंग छोड़ने को झपटा मैंने एक ईंट उठाकर उसकी ओर मारा, बच्चू भागते नहीं तो खून की होली खेल लेते। तो भी पीठ पर भरपूर ईंट पड़ी है, समझते होंगे बच्चू।"

"तुमने खैर अच्छा किया। मगर सुनो, वह रामदीन कहार है न, आज वह उस बरगद की छाया में बैठकर चने निखोर-निखोरकर खा रहा था। मुझे ऐसा लगता है

संध्या, जैसे गाँव के इस राग-रंग पर एक काली छाया तैर रही है।"

"तुम कविता लिखते-लिखते खराब होते जा रहे हो नीरू!" संध्या मन-ही-मन कवि नीरू की इस कोमलता पर रीझ आई। उसे एक गर्व हुआ।

"संध्या!"

"हूँ।"

"मैं अभी इस रामदीन के पास जाऊँगा।"

संध्या समझ गई नीरू की वेदना को। "अच्छा नीरू, तुम अपने घर के पिछवाड़े रहना, मैं आऊँगी।"

"संध्या, अब गाँव नजदीक आ रहा है, तुम आगे चलो। कोई साथ देखेगा तो भला नहीं समझेगा।"

संध्या मुसकरा दी और चल पड़ी।

नीरू घर के पिछवाड़े खड़ा था कि संध्या आई और उसे एक पोटली पकड़ाती हुई बिना रुके निकल गई।

नीरू उस पोटली को लेकर पश्चिमवाले बाग की ओर बढ़ा। बाग में आ गया। देखा, दो परछाइयाँ बरगद की ओर बढ़ रही थीं। नीरू पहले तो कुछ सहमा—आखिर ये छायाएँ कौन हो सकती हैं? भूत? नहीं-नहीं, अभी तो शाम हुई है। भूत कहाँ से आएगा! उसे पुस्तकों के उपदेशों से बल मिला, "नहीं-नहीं, भूत नहीं होते हैं। वह तो मन का भ्रम होता है।" मगर उसके भूतों के भय से बने गँवई संस्कार कभी-कभी जुगनू की तरह मन में कौंध उठते थे। नहीं, अभी कोई डर नहीं है। अभी गाँव में फाग उमड़ रहा है। वह पेड़ों की आड़ में छिपता-छिपता छाया के पीछे हो लिया। परछाइयाँ बरगद की सघन छाँह की ओर बढ़ी जा रही थीं। और कुछ अस्पष्ट आवाजें भी आ रही थीं। सहसा दोनों परछाइयाँ रुक गईं और स्पष्ट चीख सुनाई पड़ी।

"गे··गे··गेंदा!"

"भु भु भु भु भूत!"

"क··क··कहाँ।"

"ब··ब··ब··देखो ब ब बरगद के के नी इ इचे।"

"भु··भु··भूत!"

"भु भु··भु··भूत!"

"धि धि··धीरे बोलो··गे··गे··गेंदा।"

"को···कोई सु···सुन लेगा।"

"बुहूत।"

दोनों छायाएँ पीछे हटने लगीं, कुछ दूर आकर गिरती-पड़ती सरपट भागने लगीं। एक छाया ने दूसरी की कमर हाथ से पकड़ ली। "दे···दे···देखो अकेले क कहाँ भागते हो?"

"भा भा···गो न न···हीं तो ज ज जान गई।"

नीरू को हँसी आ रही थी, उसे मजाक सूझा। पेड़ की छाँह में खड़ा होकर नक्की सुर में ललकारा—"धरों-धरों, आज तुमको नहीं छोड़ूँगा।" और उसने एक ढेला फेंक दिया जो पेड़ों के पत्रों से खड़-खड़ करता हुआ महेश के पास गिरा। महेश भड़-भड़ भागा जा रहा था, गेंदा कमर से लिपटी घिसटती भाग रही थी। "छोड़ छोड़ पाजी तु···तू हमको भी ले बी···बीतेगी-भु···भूत तो मारेगा ही को··· कोई दे···दे···देख ले···लेगा तो···दो···दो···दोहरी मौत मिलेगी। बुबुहूत ढेले मार रहा है।"

सड़क की ठंडी धूल में एक कुत्ता लेटा हुआ था। महेश बदहवासी में उसी के ऊपर गिर पड़ा। कुत्ता चों-चों करके उठ खड़ा हुआ और इन भागते हुए दोनों प्राणियों के पीछे भौंकने लगा। महेश परेशान हो गया। "सा···सा साला यह भी ए··· एक···मु···मुसीबत खड़ा हो गया। तू···तू हमें छोड़ न···नहीं तो यह भू···भूत और कु···कुत्ता हमें जि···जिंदा न छोड़ेंगे।"

नीरू हँस रहा था। सूअर बहादुर बनता है। वह रामदीन के पास बढ़ गया। रामदीन आहट पाकर चौंक उठा—"कौन?"

"मैं हूँ नीरू।" कहकर उसने रामदीन के आगे वह पोटली खोलकर बढ़ा दी और रामदीन के भूखे हाथ उस पर एक साथ टूट पड़े। उसकी आत्मा ज्यों-ज्यों तृप्त हो रही थी, त्यों-त्यों उसकी खोह-सी आँखों से आशीर्वाद की करुणा बरस रही थी। नीरू को ऐसा ज्ञात हो रहा था जैसे काले-काले बादल छँट रहे हों और उनमें से दूध की तरह सफेद चाँदनी फूट-फूटकर उतरा रही है। न जाने किस पेड़ से कोयल कूक उठी—कुऊ···कुऊ।

('पानी के प्राचीर' उपन्यास से)

□

यश का बचपन

'छपाक!' फिर वह चौंका। पानी में होने वाला यह शब्द उसे एकदम चौंका देता है। वह डर से काँपने लगता है और आँखों में बदरी भैया उभर आते हैं। सुबह वह काँप उठा था। उसे लगा था कि बदरी भैया राप्ती में कूदे हों और कूदकर फिर बाहर नहीं आए हों।

वह धीरे-धीरे फिर अपने अतीत परिवेश में खो गया।

तब वह पंद्रह साल का रहा होगा। मिडिल की परीक्षा देने गया हुआ था। लौटा तो देखा, उसके दरवाजे पर भीड़ जमा है। बदरी भैया अहक-अहककर रो रहे हैं, राम भैया गुमसुम पड़े हैं और पिताजी की लाश अंदर पड़ी हैं। जाते ही वह धाड़ मारकर रो पड़ा। लगा जैसे उसकी दुनिया ही लुट गई। अब वह पूरी तरह अनाथ हो गया।

क्रियाकर्म हुआ। दिन बीतने लगे। राम भैया के चेहरे पर पिताजी के मरने का कोई चिह्न नहीं रहा। हाँ, इस बात का अफसोस अवश्य रहा कि पिताजी के क्रिया-कर्म में एक बीघा जमीन सेठ के हाथ रेहन रखनी पड़ी थी। सेठ बहुत खुश हुआ होगा इस घर को पहली बार कर्ज देकर और उसे लगा कि पिताजी की आत्मा सेठ के यहाँ गिरवी रख दी गई हैं। पिताजी जीवन-भर इस सेठ से बचते रहे, किंतु उनके मरने के बाद उन्हीं के क्रियाकर्म के लिए उन्हें सेठ के यहाँ बंधक रख दिया गया था। ऐसा क्यों हुआ? यह प्रश्न उसे लगातार मथता रहा। उसने एक बार पिताजी को रुपए निकालते देखा था और लगता था कि पिताजी के पास रुपए हैं हजार दो हजार तो होंगे ही। वे रुपए कहाँ गए? उसने देखा, पिताजी का बक्स टूटा हुआ है। किसने तोड़ा होगा! बदरी भैया तो मस्त आदमी हैं, उन्हें कुछ पता नहीं होगा। जरूर राम भैया ने निकाले होंगे। क्या उन पैसों से पिताजी का क्रियाकर्म नहीं हो सकता था?

वह पिताजी के दर्द को और इस कर्ज को लेकर उदास रहने लगा। रातों के अकेलेपन में रोता था। कितनी ही तरल धाराएँ उसके भीतर रेंगती लगतीं, उसकी छाती धड़कने लगती। बदरी भैया उसे देखते, प्यार से हाथ फेरते। "चिंता न करो भाई, हम लोग हैं न।" वह उनके हाथ का स्पर्श पाकर कुछ आश्वस्त हो जाता; लेकिन राम भैया उसे एक अजीब घूरती और सख्त आँखों से देखते। एक दिन डाँट ही दिया—"क्या फिसिर-फिसिर रोया करते हो? मरना-जीना तो लगा ही रहता है। चलो, खेत का काम-धाम देखो।" और हाथ में हँसिया पकड़ाकर खेत काटने के लिए हाँक दिया। उसे कभी इन सब कामों का अभ्यास नहीं था, लेकिन जो काम उसे दिया जाता, करने लगा।

एक दिन उसने राम भैया से पूछा—"भैया, आपने सेठ के यहाँ से कर्ज क्यों लिया? आप जानते हैं कि पिताजी सेठ से और कर्ज से हमेशा भागते रहे थे।"

पहले तो राम भैया ने बहुत गुस्से से देखा जैसे इस पिल्ले की यह प्रश्न करने की हिम्मत कैसे हुई? फिर बोले—"क्यों, कर्ज नहीं लेता तो उनका क्रियाकर्म कैसे करता? तुम्हारे पिताजी रोकड़े छोड़ गए थे क्या?"

"जहाँ तक मुझे मालूम है, उनके बक्स में रुपए थे। मैंने एक दिन देखा था।"

"तो क्या मैंने वे रुपए चुरा लिये हैं? ढूँढ़ ले उस टुटहे बक्से में से रुपए। जा, जा कमीने, तू मुझे चोर समझ रहा है!" कहकर उन्होंने उसे धक्का देकर बक्स की ओर ढकेला।

वह जाकर बक्स पर भहरा पड़ा। वह जमीन पर गिरते-गिरते बचा, जैसे पिताजी के बक्स ने ही रोक लिया। उसने उठकर राम भैया की ओर कातर नेत्रों से देखा। राम भैया की कुटिल आँखें उसे अब भी घूर रही थीं। वह भीतर तक हिल गया। कहा कुछ नहीं, लेकिन बहुत कुछ कहना चाहता था। वहाँ से धीरे-धीरे हट गया और राम भैया देर तक गाली देते रहे—"सूअर का बच्चा, कमीने की औलाद, बहुत विद्वान् और आदर्शवादी बनता है। सिर चढ़ानेवाले चले गए, अब तो बच्चू को माँगे भीख भी नहीं मिलेगी। इसी कमीने के कारण हम लोगों का भी निरादर होता रहा, सारी पूजा इसी को चढ़ती रही। बाप ने तो हमें चोर, बेईमान और आवारा समझा ही, यह भी समझ रहा है। अब दो दिन में अकल ठीक हो जाएगी।" वह वहाँ से हट गया और चला गया नदी की ओर।

□

नदी के किनारे सेमल का पेड़ खड़ा था—निष्पत्र, लाल-लाल दहका हुआ।

तमाम फूल नीचे झरे हुए थे। धरती और आकाश दोनों फूलों से पटे हुए थे। वह वहीं बैठकर रोने लगा। रह-रहकर नदी के उस पार देख लेता था। जैसे वह तौल रहा हो कि वह उस पार जा पाएगा या नहीं? कहाँ जाएगा, क्या करेगा? उसे पढ़ने की इच्छा है, कैसे पढ़ेगा? यह सब सोच-सोचकर और भी रो उठता था। बदरी भैया··· बदरी भैया ही कुछ सहारा दे सकते हैं, मगर क्या सहारा देंगे? उन्हे अपनी पहलवानी से तो फुरसत मिलती नहीं। वे कौन-सी कमाई करते हैं कि उसे पैसे देंगे? और अब तो उसे पढ़ने का खर्च कौन देगा?

वह बदरी भैया से बात करेगा। राम भैया की करतूतों से परिचित कराएगा, लेकिन क्या वे राम भैया के खिलाफ जाएँगे? असल में तो राम भैया ही खेती-बारी कराते हैं। बदरी भैया भी उन्हीं के बल पर पहलवानी करते हैं। उन्होंने उन्हीं के लिए माँझीटोला फूँक दिया था। आखिर वे दोनों सगे भाई हैं।

बदरी भैया भी मार्क करते रहे कि राम भैया का उसके प्रति व्यवहार दिन-दिन क्रूर होता जा रहा है। उसने बदरी भैया से संकेतों में इस व्यवहार के बारे में कहा भी, लेकिन उन्होंने अपनी स्थिति को समझते हुए उससे कहा—"जाने दो, बड़े भाई हैं, कुछ कह भी दें तो बुरा नहीं मानना चाहिए", और जब राम भैया उसे डाँटते थे तो बदरी भैया उनसे कहते थे—"जाने दीजिए भैया, बच्चा है—समझ जाएगा। इसे प्यार दीजिए, आखिर इसे हम लोगों का ही तो भरोसा है।"

"बच्चा नहीं है बदरी, यह साँप का पोवा है, बहुत जहरीला है। मुझे चोर समझता है। आगे न जाने क्या-क्या समझेगा?"

एक दिन उसने बदरी भैया से कहा—"भैया, अब मेरी पढ़ाई का क्या होगा? अब तो आप ही मेरे सब कुछ हैं।"

"हाँ रे, यह समस्या तो है। इस पर तो मैंने सोचा ही नहीं था। क्या करूँ रे? अच्छा देख, सोचता हूँ। नतीजा तो निकलने दे।"

अब वह बाकायदा खेती-बारी के कामों में जोत दिया गया। बैलों का सानी-पानी करता, खेत काटता, खाना भी बनाता और राम भैया की गाली भी सुनता। बदरी भैया लाठी लेकर घूमते ही रहते। कभी-कभी घर के काम में भी हाथ बँटाते, कभी खेत भी काटने बैठ जाते और अजीब बात थी कि राम भैया उन्हें कुछ नहीं कहते। पता नहीं उनसे डरते थे या उन्हें प्यार करते थे या जान-बूझकर उन्हें घर के कामों से बेखबर रखना चाहते थे।

कटिया-दँवरी हो गई तो उसे कुछ फुरसत मिली।

एक दिन मालूम हुआ कि बदरी भैया ने सेठ के यहाँ नौकरी कर ली है। बात यों हुई कि बदरी भैया ने एक सौ रुपए राम भैया को दिए। उन्होंने पूछा—यह क्या है? तो उन्होंने बता दिया। न जाने उसे कैसा लगा! लगा जैसे पिताजी की आत्मा के साथ यह पूरा घर सेठ के यहाँ गिरवी रख दिया गया है। राम भैया बहुत खुश हुए। बोले—"शाबाश बदरी, तुमने बहुत अच्छा किया। क्या तनख्वाह देगा वह?"

"अरे तनख्वाह क्या देगा साला वह बदरी को? बदरी को तनख्वाह देनेवाला कोई अभी पैदा ही नहीं हुआ। अरे, उसने कहा—'बदरी बाबू, आखिर आप खाली ही हैं, कुछ मेरा काम कर दिया करो।' मैंने कहा—'देखो सेठ साहब, मुझे खाली मत समझो, मैं बहुत से काम करता हूँ। हाँ, तुम्हें कोई काम हो तो बताओ।' उसने कहा—'अरे, काम क्या है, आप हमारे यहाँ के मालिक बनकर रहिए, देखभाल कीजिए। कभी खेती-बारी देख लीजिए, कभी रुकी हुई वसूली करा दीजिए, कभी दुकान पर नजर रखिए।'

मैंने कहा—'ठीक है, देख दूँगा।'

'क्या तनख्वाह लेंगे आप?'

'अरे बदरी को तनख्वाह देनेवाला अभी पैदा ही नहीं हुआ सेठ! हाँ, तुम कह रहे हो तो काम कर दूँगा, जो मन होगा दे देना।'

राम भैया की बाँछें खिल गई थीं। उनके कुटिल चेहरे पर आई मुसकान कितनी बीभत्स लग रही थी !

उसने मौका पाकर पूछा—"बदरी भैया, उस नर-पिशाच के यहाँ आपने नौकरी क्यों की है? उसे देखकर मुझे मतली आती है। वह गरीबों का खून चूसता है। वह तुम्हें भी कीचड़ में सान देगा।"

बदरी भैया ठठाकर हँसे थे—"अरे भैया, तू छोड़ इन सब बातों को, बदरी को कीचड़ में साननेवाले मर चुके। अरे हाँ, तेरा नतीजा कब आ रहा है?"

"नतीजा तो अब आना चाहिए।"

"अच्छा-अच्छा।" कहकर बदरी भैया वहाँ से चले गए, लेकिन वह उदास हो गया। नतीजे के बाद क्या होगा?

इस बीच एक घटना घटी।

वह यह कि राम भैया की शादी हो गई। वे एक दिन कहीं गए और दो-चार दिन बाद एक औरत साथ लिये चले आए। उसे भी बहुत अच्छा लगा। अब खाने-पीने का ठिकाना तो हो गया। घर में थोड़ी रौनक तो रहेगी। भाभी देखने-सुनने में

ठीक थीं, वे भी काफी अवस्था की मालूम पड़ती थीं। तीस साल से कम की तो वे भी नहीं रही होंगी। शुरू में तो उनका व्यवहार बहुत सहज रहा, लेकिन धीरे-धीरे असहज होता गया। लगता था, राम भैया उन्हें सिखा-पढ़ा रहे हैं। बात-बात में वे उसे झिड़कने लगी, उपेक्षा से खाना देने लगीं। वह और भी दु:खी और उदास रहने लगा। उसे कुछ आर-पार नहीं सूझता था। खाना खाते-खाते मन-ही-मन रोने लगता था। कहाँ जाए, क्या करे? बदरी भैया से भी उसे कोई उम्मीद नहीं रही और मन-ही-मन उनसे भी नफरत करने लगा। ये सभी मिलकर पिताजी की आत्मा को बेचने पर तुले हैं। एक ने खेत बंधक रखा, एक ने नौकरी कर ली। आखिर हैं तो दोनों भाई एक ही थैली के चट्टे-बट्टे। वह अब बदरी भैया से भी मिलने से कतराने लगा। ठीक है, जो होगा सो देखा जाएगा। उसे एकाएक कामरेड जगत् का खयाल आया। सोचा, उनसे वह मिले। उनका घर तो वह जानता था, लेकिन वे वहाँ रहते कहाँ थे—कभी यहाँ, कभी वहाँ—हमेशा गरीबों और मजदूरों के बीच में।

वैसे घर तो उनका पता नहीं कहाँ था, लेकिन आकर यहीं रहने लगे। कोई बता रहा था—बड़े घर के अकेले लड़के हैं। अच्छी खेती-बारी थी। सब बेच-बाचकर पैसे पार्टी को दे दिए और खुद फकीर की तरह मजदूरों-किसानों के बीच काम करते फिरते हैं। शहर में रहने के बजाय इस छोटे-से कस्बे में आ पड़े हैं। वह उनके घर पहुँचा। यह कस्बे का सबसे पिछड़ा मोहल्ला था—पासियों, डोमों, चमारों, जुलाहों का मिला-जुला मोहल्ला। वह पहले एक बार यहाँ आ चुका था। वह किसी काम से यहाँ से गुजर रहा था तो किसी ने मजाक में बताया था कि एक पढ़ा-लिखा आवारा न जाने कहाँ से आकर इसी घर में रहता है। घर क्या था, एक झोंपड़ी थी जिस पर बाँस के चचरे का दरवाजा लगा था। तब उसे कुछ खास नहीं मालूम था। लेकिन तब में और अब में अंतर देख रहा है। तब गंदगी बहुत थी, अब गलियाँ थोड़ी साफ-सुथरी हैं।

स्त्री-पुरुष अपने-अपने पुश्तैनी काम में लगे हुए थे। वह कामरेड जगत् के घर पहुँचा तो देखा कि चचरा बंद है। झोंपड़ी के सामने काफी अच्छी सफाई थी, घर के भीतर भी जो भाग दिखाई दे रहा था, साफ-सुथरा था। कहाँ होंगे कामरेड?

"किसे खोज रहे हैं, बाबू?" एक बूढ़े आदमी ने पूछा—"जगत् बाबू को?"

"हाँ-हाँ चाचा, उन्हीं को।"

"वे तो बच्चों को पढ़ा रहे हैं।"

"कहाँ ?"

"बस इधर से चले जाइए। वहाँ पेड़ की छाँह में आप उन्हें देखेंगे।" वह वहाँ पहुँचा। पाकड़ का बड़ा पेड़ था। उसकी छाँह में बीस-पच्चीस छोटे-छोटे बच्चे रहे होंगे। उन्हें कामरेड पढ़ा रहे थे। वह वहाँ जाकर खड़ा हो गया। देर तक खड़ा रहा। देखता रहा, कामरेड बच्चों को कितने प्यार से पढ़ा रहे थे, कुछ सामान्य बातें भी सिखा रहे थे। ये बातें स्कूलों से सिखाई जानेवाली पारंपरिक बातों से अलग थीं।

कामरेड ने आँख उठा-उठाकर उसे कई बार देखा और फिर-फिर पढ़ाने में मशगूल हो गए। थोड़ी देर बाद उनकी छुट्टी कर दी तो उसकी ओर देखा। वह उनकी ओर सरक गया। जाकर खड़ा हो गया। कुछ नहीं बोला।

"कहो, कौन हो तुम?"

उसकी आँखों से झर-झर आँसू गिरने लगे। कामरेड ने उसके सिर पर हाथ फेरा, उसे खींचकर अपने कंधे से लगा लिया।

"आओ चलो, घर चलें।" कहकर कामरेड ने उसे साथ ले लिया। चचरा खोलकर अंदर ले गए। घर का फर्श गोबर से लिपा-पुता था, उस पर एक चटाई पड़ी थी। उस पर दोनों बैठ गए। उसने देखा, एक बाँस की अलमारी में कई मोटी-पतली किताबें पड़ी हैं—कुछ अंग्रेजी की, कुछ हिंदी की।

"आप अंग्रेजी भी जानते हैं?"

कामरेड हँसे, "हाँ हाँ, क्यों? तुम्हें आश्चर्य क्यों हो रहा है?"

"इसलिए कि इधर के जितने नेता हैं, वे दर्जा चार से आगे नहीं पढ़ सके हैं। आप भी तो नेता ही हैं न।"

कामरेड जगत् बहुत जोर से हँसे।

"बहुत मजेदार हो, दोस्त! हाँ, कहो तुम कौन हो, मैं तुम्हारे लिए क्या कर सकता हूँ?"

"मैं इसी कस्बे का रहनेवाला हूँ। विद्यार्थी हूँ। दर्जा सात का इम्तहान दिया है। आपके बारे में बहुत सुना था, आपसे मिलने की इच्छा बहुत दिनों से थी।"

"क्यों, मुझमें ऐसी क्या खास बात है कि तुम मुझसे मिलना चाहते रहे?" वे मुसकराए।

"मुझे हमेशा से लगता रहा है कि सेठ चोकरदास को आप मार सकते हैं।"

"क्या कहा?" कामरेड चौंक गए थे। "क्या मेरे हाथ में बंदूक है? क्या मैं हत्यारा हूँ?"

वह थोड़ा डर गया और सोचने लगा कि क्या कह बैठा। फिर सँभलकर

बोला—"नहीं-नहीं, चाचाजी···।"

"मुझे कामरेड या साथी कहो, अच्छा रहेगा। हाँ-हाँ, कहो···।"

"कामरेड, मेरे कहने का अर्थ दूसरा था। वह यह कि सेठ गरीबों का खून चूसता है और आप गरीबों की भलाई के लिए इतना सारा काम करते हैं। आप ही गरीबों को सेठ या उन जैसे लोगों से छुड़ा सकते हैं। सेठ को मारने का मतलब उसके छल-कपट की ताकत को मारने का था।"

कामरेड मुसकराए—"बहुत समझदार मालूम होते हो। इतनी छोटी-सी उमर में बहुत कुछ जान लिया है। तुम ठीक कहते हो। सेठ को मारने से कुछ नहीं होगा। दूसरा सेठ पैदा होगा। हमें तो उस व्यवस्था का खत्म करना होगा जिसमें सेठ पैदा होते रहते हैं। हमें तो उस व्यवस्था को खत्म करना होगा, जिसमें सेठ पैदा होते रहते हैं। लेकिन यह भी तुम ठीक ही कहते हो कि हमें कभी-कभी सेठ को भी मारना होता है। हम अहिंसावादी नहीं हैं, हमारे रास्ते में यदि कोई पहाड़ बनकर अड़ ही जाएगा तो हम अपनी शक्ति से उसे भी उड़ाने की कोशिश करेंगे। उसके आगे न हाथ फैलाएँगे, न शीश नवाएँगे, न समझौता करेंगे।

"आह, अकेले इतना सब कुछ कैसे कर लेंगे, कामरेड?"

"अकेले?" वे ठठाकर हँसे। फिर कहा—

"हम अकेले कहाँ हैं? मैं हूँ, तुम हो।"

"मैं, मैं क्या हूँ? मेरी क्या बिसात है?"

"तुम? तुम बहुत कुछ हो। तुम्हारे भीतर मानवता की एक ज्योति है और विद्रोह की एक आग है जो तुम्हें मुझ तक खींच लाई।" वे थोड़ा ठहरे। फिर बोले—"और···अरे, तुम्हारा नाम तो पूछा ही नहीं।"

"यश।"

"हाँ कामरेड यश, तुम मुझे अकेला देख रहे हो। ये सारे भूखे-नंगे लोग तो हमारे साथ हैं। इन्हें तुम कमजोर समझते हो? अरे नहीं, ये बहुत ताक़तवर हैं। समाज की नींव तो ये ही हैं। जिस दिन हिलना शुरू कर देंगे, सारी दीवारें, छतें हिलना शुरू हो जाएँगी, तहलका मच जाएगा और नींव के लोग निकलकर ऊपर आ जाएँगे और ये ऊपर के लोग मलबा बन जाएँगे। और हमारी एक पार्टी है जो पूरे देश, पूरे संसार में फैली हुई है। उसमें मजदूरों और किसानों के साथ बड़े-बड़े विचारक, अध्यापक, लेखक और नेता भी हैं। इस पाकड़ के पेड़ के नीचे इस कस्बे और आसपास के गाँवों के कामरेड इकट्ठा होते हैं। हम गाँवों में घूम-घूमकर भी सभाएँ

करते हैं। हमारा एक बड़ा दफ्तर गोरखपुर में है। उसकी अनेक छोटी-छोटी शाखाएँ छोटे-छोटे कस्बों में हैं। जहाँ तुम बैठे हो, यहाँ मजदूर आते हैं और बड़े-से-बड़ा नेता आकर इसी चटाई पर बैठता है। यहाँ कोई भेदभाव नहीं। समस्याएँ आती हैं, सुलझाई जाती हैं।···कहो, क्या हम अकेले हैं?"

उसकी आँखों में एक चमक आ गई। बोला—"नहीं कामरेड, मुझे मालूम नहीं था कि इतनी बड़ी ताकत आपके साथ है। मुझे बहुत अच्छा लग रहा है। मैं चाहता हूँ कि मैं भी आपकी पार्टी में काम करूँ।"

"यह पार्टी मेरी नहीं है कामरेड, आप सबकी है और तुम यहाँ आओ, कुछ सीखो, अच्छा ही है; लेकिन अभी तुम्हारी उम्र पढ़ने की है, राजनीति में आने की नहीं है। पढ़-लिखकर ही राजनीति भी ढंग से समझ सकते हो। अभी तुमने मजाक किया था न कि इधर के सारे नेता दर्जा चार पास हैं।" फिर वे ठठाकर हँसे। वह भी हँसा, लेकिन उदास हो गया।

"क्या बात है?" कामरेड ने पूछा।

"नहीं, कुछ नहीं, आप ठीक कहते हैं, मुझे पढ़ना चाहिए, पढ़ने में मेरी रुचि बहुत है, मुझे पढ़ना ही चाहिए। मैंने दर्जा सात की परीक्षा दी है। उम्मीद है, प्रथम श्रेणी में पास हो जाऊँगा।"

"अरे हाँ, तुम रहते कहाँ हो?"

"मैं? कस्बे के उत्तर-पश्चिम के कोने पर एक मकान है, उसमें रहता हूँ।"

"उत्तर-पश्चिम के कोने पर? वहीं कहीं दिनेश जी भी रहते थे। अरे, मास्टर दिनेश जी! बहुत अच्छे आदमी थे और उतने ही बढ़िया शिक्षक। अब ऐसे आदर्श शिक्षक कहाँ मिलते हैं? पता नहीं, बेचारे को क्या हो गया कि एकाएक उनका स्वास्थ्य गिरने लगा और एक दिन चल बसे···।"

वह फफककर रो पड़ा। कामरेड चौंके—"अरे क्या हुआ, क्या हुआ यश?" वह फफकता रहा और कुछ देर बाद आँसू पोंछकर बोला—"मैं उनका पुत्र हूँ।"

"तुम उनके पुत्र हो?" कामरेड उछल-से पड़े। "अरे भले आदमी, तो अब तक बताया क्यों नहीं?"

और उन्होंने उसके सिर को गोद में खींच लिया, प्यार से थपथपाते रहे।

बड़बड़ाए—"तभी तुम्हारे विचार इतने ऊँचे हैं, इतने मानवीय हैं।"

वह कुछ नहीं बोला। फिर कामरेड ने कहा, "बदरी भी तो तुम्हारा ही भाई है न?"

"जी।"

"दोनों भाइयों में कितना अंतर है—एक सेठ के जुल्म का नाश करने का सपना देख रहा है, एक उसकी नौकरी कर गरीबों के ऊपर लाठी भाँजता फिर रहा है। क्या विडंबना है!"

एक लड़की दो-एक बार कामरेड के कमरे में आई। उनके बर्तन माँज गई, उनका चौका ठीक-ठाक कर गई। वह किसी और काम से अंदर आई और बदरी भैया का नाम सुनकर ठमककर खड़ी हो गई और घूरने लगी।

"क्या है?" कामरेड ने पूछा।

"कुछ नहीं।" वह वहाँ से अंदर चली गई। फिर वह निकल रही थी तो कामरेड कह रहे थे—"दिक्कत यह है कि बदरी मास्टरजी के लड़के हैं, तुम्हारे भाई हैं। मगर यदि वे गरीबों पर जुल्म करेंगे तो उनसे टकराना ही पड़ेगा। सुना है, उन्हें अपनी लाठी का बड़ा गुमान है।"

"कौन कहता है कि बदरी बाबू गरीबों पर जुलुम करते हैं? कभी किसी ने देखा है उन्हें जुलुम करते?" वह लड़की बोली।

"तो तू उन्हें जानती है?" कामरेड ने चौंककर पूछा।

"हाँ, वे पूरे कस्बे में एक ही मरद हैं—गरीबों और औरतों की इज्जत बचाने वाले। बाजार में मुझे गुंडे तंग कर रहे थे, सब लोग तमाशा देख रहे थे। बदरी बाबू ने अकेले ही उन्हें ललकारा और सब भाग खड़े हुए।"

अब उसने उसके चेहरे की ओर देखा—अरे, यह तो रूपमती है।

"लेनिक रूपमती, इससे यह बात तो नहीं साबित हो जाती कि वे गरीबों के साथी हैं। यह तो घटना है। उसने अपनी पहलवानी दिखाने के लिए गुंडों को खदेड़ दिया। जो आदमी सेठ के पैसों की उगाही के लिए नौकरी करेगा, वह गरीबों को सताए बिना रहेगा?"

"क्यों नहीं रहेगा? आप यह क्यों नहीं सोचते कि सेठ इस काम के लिए किसी-न-किसी को लगाता और लगाता ही रहा है। कितने-कितने जुलुम किए हैं उसके लठैतों ने और कितने जुलुम आगे कर सकते थे। यह क्यों नहीं सोचते कि बदरी बाबू के हाथ में यह काम आ जाने से गरीबों को राहत मिलेगी।"

"तू तो ऐसे बात कर रही है जैसे तू उनकी सेक्रेटरी है। किसी को राहत दी है उन्होंने? कोई सबूत है कि वैसे ही बके जा रही है।"

"हाँ, मैं उनकी सकेरेटरी हूँ। उनकी भी हूँ और आपकी भी हूँ। हर अच्छा

आदमी मुझे अपना सकेरेटरी बना लेता है।"

कामरेड हँसे, रूपमती भी हँस पड़ी और वह भी हँसने लगा। उसके भीतर बदरी भैया के प्रति रूपमती की तरफदारी एक प्रसन्नता भरती गई।

"जाकर पूछिए लोगों से। कितने लोगों से पूछिएगा? जो लोग कर्जा या मकान का किराया चुका देते हैं, उनका तो ले लेते हैं, बाकी के लिए चौधरी से कह देते हैं कि वह घर पर मिला ही नहीं है। खेती-बारी कराने छावनी पर जाते हैं, वहाँ मजदूरों को ज्यादा मजूरी दे देते हैं—किसी काम करती औरत का बच्चा रोता रहता है तो डाँटकर कहते हैं—'अरे सुनाई नहीं पड़ रहा है रे बहरी, तेरा बच्चा भूख से तड़प रहा है!'

'बाबूजी, बार-बार दूध पिलाने पर मालिक लोग डाँटते हैं।' वह कहती है।

'कौन उल्लू का पट्ठा माँ को बच्चे को दूध पिलाने से रोकता है? जा-जा देखु उसका गला सूख गया है।'

उसका हृदय गर्व से भर आया। तो उसके बदरी भैया ऐसे हैं। उसने चमकती आँखों से कामरेड की ओर देखा। कामरेड के चेहरे पर हँसी या विषाद की कोई रेखा नहीं थी, वे वैसे ही निर्विकार बैठे कहीं खो गए। फिर बुदबुदाए—

"हाँ, लेकिन इस तरह की उदारता भी सामंती ही है, इससे जन-क्रांति थोड़े ही होती है।"

उनकी बात न उसके पल्ले पड़ी, न रूपमती के। यह जरूर लगा कि वे बदरी भैया के आचरण को बहुत पसंद नहीं कर रहे हैं।

"पता नहीं, आप क्या-क्या कहते रहते हैं। मैं सामंतवाद-फामंतवाद कुछ नहीं जानती। यह जरूर जानती हूँ कि बदरी बाबू एक फकीर हैं। उन्हें किसी बात से कुछ लेना-देना नहीं। आप उन्हें न समझें, लेकिन वे आपको समझते हैं।"

"क्या समझते हैं?" कामरेड ने चौंककर पूछा।

रूपमती मुसकराई। "वे समझते हैं कि आप बहुत बुरे हैं।"

"हाँ, यह तो समझेंगे ही!"

रूपमती फिर मुसकराई। बोली—"बस, हो गई आपकी समझदारी? अरे कामरेड बाबू, वे आपकी बहुत तारीफ करते हैं। एक बार किसी ने कहा—यह कामरेड छोटी जातियों के मोहल्ले में बैठा हुआ क्या करता रहता है! मुझे तो कुछ दाल में काला नजर आता है। यह रूपमतिया भी उसके घर बहुत घुसपैठ किए हुए हैं। जब तक मैं उसे कुछ कहूँ, बदरी बाबू तड़प उठे—"खबरदार, अगर जगत् बाबू

के खिलाफ कुछ कहा तो। वे गरीबों के सच्चे नेता हैं। जब से वे गरीबों के मोहल्ले में आए हैं, तब से रहने-सहने और सोचने-विचारने में कितना फरक आ गया है।"

वह आदमी फिर बोला—"आप बिला वजह उनकी तरफदारी करते रहते हैं। देख लेना, किसी दिन इस कामरेड की मरम्मत हो जाएगी।"

बदरी बाबू बौखला उठे—"चुप रहो, नहीं तो ठीक नहीं होगा। जगत् बाबू पर हाथ उठानेवाले को बदरी ठिकाने लगा देगा। मुझे तो अचरज होता है कि कहाँ का तारा टूटकर गरीबों के इस गंदे मोहल्ले में आ गिरा है और अपनी रोशनी फैला रहा है।"

कामरेड जगत् की आँखें कुछ तरल हो आईं और उसे भी बदरी भैया को और अधिक निकट से जानने के कुछ सूत्र मिले।

कामरेड ने कहा—"रूपमती! देख, लोग हैं न, वे किसी के ऊपर लांछन लगाने से नहीं चूकते। हमें नहीं मालूम लेकिन देखा, लोग तुम्हारे बारे में क्या-क्या सोचने लगे हैं। तू मेरा काम-काज कर देती है, खाना बना देती हैं तो लोग सोचते हैं कि तू कुछ नाजायज हरकत करती है, यानी मैं भी नाजायज हरकत करता हूँ। अच्छा हो कि तू मत आया कर। तेरा पति परदेस में है, उसके आने पर भी लोग झूठ-सच लगा सकते हैं तो तेरी जिंदगी भारी हो जाएगी।"

"ऐ कामरेड साहब, इसी बल पर आप करांती करने चले हैं! अपने मन को साफ रखो जी, हरामियों को बकने दो। आप हमारे मोहल्ले, हमारी जाति, हमारे देश के लिए इतना कुछ कर रहे हैं और हम आपके लिए इतना भी नहीं कर सकते! मुझे तो आपसे ज्ञानी बदरी बाबू लगते हैं, जो ठीक समझते हैं, उसे करते रहते हैं और गाली देनेवाली दुनिया को जूते की नोक पर रखते हैं! मेरी परवाह न करें। मैं झूठ बात पर यमराज से भी लड़ जाऊँगी। मेरा मरद मुझे झूठ गाली-वाली देगा तो मैं उसे भी ठीक कर दूँगी, या अपने को खतम कर दूँगी। मैं बकरी बनकर रहनेवाली बड़ी जातियों की औरत नहीं हूँ। मैं अपने हाथों के बल पर जी सकती हूँ।"

"अच्छा-अच्छा, कामरेड रूपमती! मैं मान गया, तुम बहुत बहादुर हो। तुम्हारी जैसी बहादुर औरतों की ही जरूरत है पार्टी को और देश को भी।"

शायद उन्हें लगा कि वह उपेक्षित-सा बैठा है। उन्होंने रूपमती से कहा—"तुम इन्हें जानती हो?"

"नहीं।" उसने सिर हिलाया।

"ये तुम्हारे बहादुर बदरी बाबू के छोटे भाई हैं।"

"अरे-अरे, अब तक काहे नहीं बताया!" और वह उसके पास सरक आई। प्यार-भरे नेत्रों से निहारती रही—"बड़ा भोला है, बदरी बाबू जैसा ही। बदरी बाबू कहते हैं, बड़ा विद्वान् है हमारा छोटा भाई।"

उसके भीतर बदरी भैया का बड़प्पन स्तर-स्तर खुलता जा रहा था। वह गौरव-बोध के उस बिंदु तक पहुँच गया था कि कामरेड के सामने अपनी असमर्थता या गरीबी प्रकट करने में संकोच अनुभव करने लगा। वहाँ से उठा और नमस्ते करते हुए बोला—"अच्छा कामरेड जी, मैं चलूँ, फिर आऊँगा।"

"अच्छा," कहकर उन्होंने हाथ मिलाया। रूपमती प्यार-भरी आँखों से उसे देखती रही।

('आकाश की छत' उपन्यास से)

□□□